7

Jul.

了不起

冯唐 著

序

天下第一件好事还是读书

"文能知姓名"。这些年,我的这一点点名声靠的是我的小说、诗歌和杂文写作。但是这些年,我一直有个繁重的全职工作,用业余时间写作,只是努力写得不业余。

在过去二十多年的全职工作中,我一直想有一套适合中国的通用管理书。最初几年,我是想自己研修,"我注六经,六经注我",一边做管理,一边看书,相互印证。后来,我开始带大大小小的团队,我想把这样一套书给团队成员,和他们讲:"既然我是一把手,既然我觉得这套书很好,咱们人手一套,当成我们团队的管理手册,管理自己、管理团队、管理项目。这样,我们有共同的工作语言,有类似的工作三观,我们的工作效率更高,我们的成事概率更高,我们能最大限度地用好我们这几块料。"

可惜，市面上并没有这样一套适合中国的通用管理书。

市面上有成功学，但是这种从结果反推当初所作所为都是对的，甚至推测未来依旧适用，在逻辑上立不住。残酷的现实是，绝大多数成功人士早年靠运气挣的钱，后来凭本事都输了。市面上有商学院教授写的各种MBA教科书，但是即使从最好的商学院的MBA毕业，如果没有商业实践，他的通用管理能力也是极其有限的。更残酷的现实是，绝大多数商学院教授经营不好一家街边的咖啡店。市面上也有欧美管理大师们的著作，有理论，有实践。但是，中国实在特殊，历史悠久，文化独特，管理的一个重要方面是管理人，一方水土养一方人，人是社会和历史的动物。残酷的现实是，绝大多数欧美管理大师管理不好一家以中国员工为主的企业。

既然有持续刚需、缺有效供给，我秉承九字真言——不着急、不害怕、不要脸，决定自己慢慢写一套这样的通用管理书，我叫它"成事学"。成功不可复制，成事可以修行。

2018年，成事学的第一本书《成事》出版，叫座又叫好，长期霸占管理图书畅销榜，也没有任何中外商学院教授跳出来骂，总体待遇比我第一本长篇小说《万物生长》好多了。

2021年，成事学的第二本书《冯唐成事心法》出版。如果说，《成事》类似经，那么《冯唐成事心法》就类似经疏，是本成事的实践指南。《冯唐成事心法》比《成事》更叫座叫好。从商二十多年，我结交了不少非常不文艺的商界朋友，很多人一首唐诗不会背，一听中国古文就头痛，一听我谈文学理想就嘲笑我只是为了吸引女粉丝，他们竟然开始批量购买《冯唐成事心法》，分发给团队。

2022年，成事学的第三本书《了不起》来了。我坚信，管理学是人学，不了解自己和其他人类，做不好管理；不读书，无法充分了解自己和其他人类。从这个角度看，阅读一定数量的经典书籍是提升成事功力的必需，经典书籍也是管理学的一部分。

在《了不起》里，我精讲了三大类五十本经典书籍，都是经典中的经典。一类是文学经典，文学是人学中的人学，管理中绝大多数核心问题都涉及人性问题。一类是历史经典，历史是大尺度时间维度上的兴衰规律，从历史学管理，尝试摆脱兴衰的轮回。一类是生活美学经典，生命不只是工作，还有生活。阳光之下，力战者未必能胜，快跑者未必能先达。如果只知道工作，完全不知道生活，在成事能力上还是有缺陷的。一味逐鹿中原，未必能得中原。

希望这本《了不起》成为你读书的拐杖、成事的基石。世间数百年旧家无非积德，天下第一件好事还是读书。

是为序。

CONTENTS　目 录

一 / 找回你的野性和灵性

人是为了活着而活着吗	003
情窦初开，动物凶猛	008
直面真实而油腻的世界	013
找回你的野性和灵性	018
饮食比男女重要	025
有故事不如有生活	031
和好玩的人消磨时光	036

二 / 做个真狠人才有真自由

用三流的天赋修成一流的智慧	043
吸取高质量智慧，享有高质量的人生	050
做个真狠人，才能有职场自由	054
非天才的人如何自我成就	061
笃定有意义地活一生	068
与自私的基因和平共处	075
做事时成事，不做事时成佛	079
硬干是死路一条	086

三 / 生而为人,欲望满身

能有个幸福的婚姻,纯属偶然	099
遗憾也许是老天善良的安排	106
爱上文艺男往往是徒劳的	113
婚姻是生活的日常,爱情不是	122
生而为人,欲望满身	130
人间因为人情而值得	135
人生都有一个悲剧的底子	142
决绝的个人主义,需要懂战略	148

四 / 很多了不起和钱没关系

衰败总是因为管理问题	157
心结容易让人成功但不幸福	163
体会黑暗的力量	171
女性之力不怕泥沙俱下	179
有品位地生活与花钱	184
把闲情用好也是很好的一生	190
让历史经验进入日常	196

五 / 了解他人和自己的天赋

和光同尘是一种处世态度	203
自给自足,自得其乐	211
把自己的心想明白	219
在点滴日常中渐悟	227
做好小事,想点大事	236
了解他人和自己的天赋	244

六 / 专心,才对得起美好之物

生活家需要能养活自己	251
不以效率为原则,反而欢喜	258
你和美就在一米之间	265
恋物是把生命变美的过程	271
放下执念,寻求解脱	278
浪费时间,玩耍一生	285
专心,才对得起美好之物	291

七 / 留不住时光，还有诗、酒、花

人生苦短，不要太多贪恋	299
拿得起，放得下，了不起	307
不爱美人，如何看到其他美好	314
留不住时光，还有诗、酒、花	321
尝尽人生苦后的一点甜	331
人生的路不止一条	340
善待自己心里的小孩	347

一

找回你的野性和灵性

《活着》

《动物凶猛》

《金瓶梅》

《查泰莱夫人的情人》

《随园食单》

《北回归线》

《黄金时代》

释放你的兽性，多使用肉体，多去狂喜与伤心。
体味你的人性，贪嗔痴慢疑，让杂念飘一阵。
挖掘你的神性，多去创造，活出更多人样儿。

人是为了活着而活着吗

了解1940年到1980年这几十年的中国社会,你不得不读《活着》。

余华之前作为一个先锋作家,在小圈子里得到了极大的名声,有才气、有常识,写得漂亮。《活着》是余华的战略转型作品,成为一本畅销书,被改编成电影,还得了奖。在战略上,他做对了两件事:一件是写擅长写的农村、小地主故事,有自身的竞争力;另一件就是这个故事够惨、够苦,非常催人泪下。男儿有泪不轻弹,但读《活着》时,好多次我想哭。所以,这是以战略眼光取胜的一部作品。

"一个人一辈子倒霉"的故事

《活着》讲述了一个"一个人一辈子倒霉"的故事。尽管倒霉,他还活着,他身边的人没有他这么倒霉,但很快就死了。

《活着》有两条主线:一条主线是一个叫福贵的男人如何在历史的洪流中起伏、倒霉;另一条主线是1940年到1980年这四十年发生的社会大事。

吃苦不等于能写好小说，好小说不一定吃苦才能写出。如果一个时代，人吃过太多的苦，也不见得能出好作品。

余华的《活着》、王朔的《动物凶猛》是这种吃苦年代里的凤毛麟角，找不出太多。

一部十余万字的小说，写了十几个人的死亡，这是中国文学里少见的"催泪弹"，也是少见的"死亡之书"。

不想当牙医的作家

余华是一位不想当"牙医"的作家。

余华1960年4月3日生于浙江杭州，父亲是个医生。余华称中学毕业后当过牙医，五年后弃医从文。

我、余华、毕淑敏和之前的鲁迅、郭沫若，都被称为弃医从文的典型。鲁迅、郭沫若、毕淑敏我都认，毕竟他们上过正经的医学院。我也是严格的科班出身，学了八年医，然后弃医从商，一边从商，一边写文章。

但是，对于余华号称自己弃医从文这件事，我就有点不感冒。我小时候掉牙的时候，我妈偶尔也充当"牙医"，拿根绳，一端拴在我那颗晃动着、死活不愿意下来的牙上，一端拴在门上，让我看窗外，说："飞机！"我说："不可能，咱家这边没飞机。"这时候，我妈一脚就把门给踹上了，我就变成血盆大口。我正要诅咒，我妈说："瞧，我是一个牙医，你看你的牙被我弄下来了。"

我的意思就是，帮人拔五年牙后从文，不算弃医从文。

在《活着》的序言里，有一些让我有感触的段落：

一位真正的作家永远只为内心写作，只有内心才会真实地告诉他，他的自私、他的高尚是多么突出。内心让他真实地了解自己，一旦了解了自己也就了解了世界。

这个原则我感同身受——只为自己内心写作，不应该去迎合。最了不起的作家从来只对自己负责，不会为了市场而写作。

经常有人指责我太自恋，但是一个作家如果不自恋，就成不了好作家。自恋不意味着他觉得自己有多好，而是把自己当成一个媒介去了解这个世界，除了自己之外，你别无他途。

正是在这样的心态下，我听到了一首美国民歌《老黑奴》，歌中那位老黑奴经历了一生的苦难，家人都先他而去，而他依然友好地对待这个世界，没有一句抱怨的话。这首歌深深地打动了我，我决定写一篇这样的小说，就是这篇《活着》，写人对苦难的承受能力，对世界乐观的态度。写作过程让我明白，人是为活着本身而活着的，而不是为了活着之外的任何事物而活着。我感到自己写下了高尚的作品。

这是余华《活着》中文自序的最后一段。我感受到几点：

第一点是一部好的小说往往会来自一个"情结"，来自一个挥之不去的"核"。它可能像《百年孤独》那样，对时间、历史不清楚的困扰；它也可能像《活着》里人对苦难的承受能力和对世界乐观的态度。

第二点是我对《活着》的不赞同。"人是为活着本身而活着的，而不是为了活着之外的任何事物而活着"，这句话体现了在某些特定历史环境中，多数底层人根深蒂固的生活哲学。我能理解有些人是为了活着而活着，但是除了活着，人还要有一些精神，还要有些原则和风骨。如果人只是为了活着本身而活着，那就太像动物。当然，遇上艰难困苦的时候，我们不得不像牲口一样活着，但是这并不意味着我们只有一味地承受，不做任何的抗争和改变。

一个好作家往往是敏感的。现实以及他通过眼、耳、鼻、舌、身、意接收到的信息，落到自己的身心灵里，会产生比普通人更大的涟漪，感受到更多的痛苦和欢乐、光明和黑暗。所以，一个作家需要做的是接触生活，甚至接触一些极端的生活；阅读、理解、长见识，增加自己身心灵这个"湖泊"，只有心里这摊水越来越大，掉进来一块小石头，才会激起很大的涟漪；保持身心的开放，不要说"太阳底下无新鲜事"。要说我，依旧敏感，依旧可以受伤，依旧可以变得鲜血淋漓，这样才是一个好作家好的写作状态。

作家虽然有辛苦的地方，过度敏感、过度焦虑、很多事情不能忘记，但作家也有自己幸福的地方，通过写作好像又活了一遍，过去的岁月透过时间的迷雾慢慢地、一点点地清晰起来，感觉像坐上了时光机，回到了过去。

天赋都藏在细节里

我很喜欢《活着》的开头，有很多细节，把余华的写作天赋彰显无遗。

我比现在年轻十岁的时候，获得了一个游手好闲的职业，去乡间收集民间歌谣。那一年的整个夏天，我如同一只乱飞的麻雀，游荡在知了和阳光充斥的农村……我曾经和一位守着瓜田的老人聊了整整一个下午，这是我有生以来瓜吃得最多的一次，当我站起来告辞时，突然发现自己像个孕妇一样步履艰难了。

"我如同一只乱飞的麻雀，游荡在知了和阳光充斥的农村"，有一种飘着的又极其真实的感觉。"自己像个孕妇一样步履艰难了"比喻用得真好。

作家的幽默不一定需要是相声演员式的，他的幽默可以很"冷"、很"干"、很"黑色"、很不直接，都可以。余华的幽默感，还来自独特的看事物、描写事物的角度。

这类角度、描写，在王小波、王朔、阿城以及亨利·米勒等作家的作品里都非常显见，这也是我喜欢读这些作家的小说的很大一部分原因。

"催泪炸弹"式的小说应该怎么写？憋着泪，咬紧牙，只做白描，不要过分渲染。福贵的老婆家珍在生命垂危的时候，对福贵说：

福贵，有庆、凤霞是你送的葬，我想到你会亲手埋掉我，就安心了。

这辈子也快过完了，你对我这么好，我也心满意足，我为你生了一双儿女，也算是报答你了，下辈子我们还要在一起过。

凤霞、有庆都死在我前头，我心也定了，用不着再为他们操心，怎么说我也是做娘的女人，两个孩子活着时都孝顺我，做人能做成这样我该知足了。

你还得好好活下去，还有苦根和二喜，二喜其实也是自己的儿子了，苦根长大了会和有庆一样对你好，会孝顺你的。

这几段没有什么大道理，没有什么形容，但是一股悲凉就在一个临死的人的病床上蔓延出来，让我们想到可能要面对的死亡。

一写死亡，读者心里就一"激灵"，情节就有了进一步推进的动力。把人写死是能够产生神奇能量的一种方式。看这些苦事，还是会让我们对周围亲人、朋友产生很多依恋、思念和柔情。

情窦初开，动物凶猛

在我心目中，没有"严肃文学"这种定义，只有好的文学和坏的文学。更严格地说，只有文学和非文学。

严肃文学（好的文学或文学）就像医院，真的能帮你解决生理、心理上的问题；通俗文学（坏的文学或非文学）像按摩院，它让你舒服一时，但不能帮你解决问题。从这个角度来看，《动物凶猛》是好的文学，是"严肃文学"。

我总觉得，人作为一个生物，有一部分是跟神相近的——我们有道德、有神圣感，甚至愿意牺牲；有一部分是人本身，社会的人；还有一部分是动物性的。十二三岁的时候，我深刻体会到我肉身里的动物性。我一直觉得我的身体里有个大毛怪，你不叫它的时候它不出来，但是你的一些话、行动、情绪，总有这个大毛怪的影子在那里。这种动物性，被王朔"咣叽"抓住——《动物凶猛》。

为什么要读王朔？回看 1949 年以来的中国汉语文学，如果你不读王朔，当代文学史你就了解得不完整。在我看来，《动物凶猛》有三个特点。第一，了解那个时代、了解那段历史最好的途径，是看关于那段历史最好的小说。如果没有，散文、杂文、诗歌也可以，最好是生活在当时的人写的，能真切地表达的。而在写"文革"的文字里，最直接、最好的还是《动物凶猛》。第二，为了了解一类人，一类浑不论的人，一类不着调的人，一类立志对社会有副作用的人。第三，回到阅读的本源。王朔是个有意思的人，他的文字好玩、有意思、有阅读快感，能让你消磨时光。这是推荐《动物凶猛》的第一个原因。

推荐《动物凶猛》的第二个原因，是帮助大家了解北京、了解大院文化。大院文化有历史特点，王朔非常真诚地描述了真实的二代、三代的大院文化。

推荐《动物凶猛》的第三个原因，就是回忆最初的情欲。情欲，不是应该忌讳的事儿。情欲，发乎情，止乎非礼；发乎情，止乎后代；发乎情，止乎人类繁衍。《动物凶猛》非常生动、真切地描写了小男生情欲萌发的美好状态。

《动物凶猛》主要讲述了主人公的青少年时代，他和玩伴之间的相互调侃、性幻想和打群架，也可以看作他们长大后颓废与犯罪行为的雏形。《动物凶猛》用四个字概括，就是"打架、泡妞"；如果用八个字来概括，就是"打架、泡妞，泡妞、打架"。

那是男生女生更大程度上被激素控制的时候，特别是男生，情窦初开，"春水初生，春林初盛，春风十里不如你"这么一种状态。

我时常感慨，人为了一口吃的，男人为了一个女的，女的为了一个男的，干过的蠢事之多，真是人类的文字都不够用啊。

谁都纯情爱过一个人，值不值得不重要

《动物凶猛》是非常少见的用情绪、回忆驱动的中篇小说。回忆跟现实产生冲突，用这种形式来推进小说的发展。这种感受到回忆里的不真实，又跳出来讲回忆本身，坦承回忆里有误解、有夸张，反而更真实。

王朔的《动物凶猛》是中文版的《了不起的盖茨比》。一个小男生纯洁地、百分之百地爱着一个女生，值不值得不知道，但展现了男生——哪怕他将来变成男人，变成人渣——曾经最纯情的一面。

小说讲述"我"追求米兰，先看到照片，之后才遇上人，有悬念和疏离感，以及层层推进的感觉。

……她在一幅银框的有机玻璃相架内笑吟吟地望着我，香气从她那个方向的某个角落里逸放出来……

这几句话为整篇小说定调。因为女体的照片，"我"在人生中第一次感到情欲萌发。也许那就是个普通女生，有着普通的毛病和弱点，但是不重要，她是长生天进化了多少万年的结果，是老天爷用这么多日子打磨出来的鬼斧天工。

按老天的设计，在她／他的一生中，在青春期里，都会遇上这样一个男生或女生。这主题多棒！

用菲茨杰拉德的《了不起的盖茨比》开头引用的一首诗来表示：

Then wear the gold hat, if that will move her;

If you can bounce high, bounce for her too,

Till she cry "Lover, gold-hatted, high-bouncing lover, I must have you!"

翻译成中文就是：

那就戴顶金灿灿的帽子，如果那能让她心跳；

如果你能蹦得很高，那就为她蹦得很高，

直教她叫："亲，戴着金灿灿的帽子的亲，蹦得很高的亲，我要好好要要你！"

这句话能解释两部小说中男主人公的驱动：我就是要表现，哪怕我很幼稚；我就是要吸引这个女生的注意；我就是希望她能跟我"有点儿什么"。虽然我不知道为什么要"有点儿什么"，也不知道之后会"有点儿什么"，但是我就想现在、一直跟她"有点儿什么"。

作家的法宝：故乡、初恋、睡袍和好酒

我觉得作家有四个法宝：故乡、初恋、睡袍，以及一杯好酒，最好是香槟。

说到故乡，王朔在《动物凶猛》里是这么写的：

我羡慕那些来自乡村的孩子，他们的记忆里总有一个回味无穷的故乡……

我很小便离开出生地，来到这个大城市，从此再也没有离开过，我把这个城市认作故乡。

这个城市他讲是北京。

没有遗迹，一切都被剥夺得干干净净。

我曾经把故乡定义为：你在20岁之前，在一个地方连续待五年以上，这个就是你的故乡。这是你怎么都抹不去的记忆。从这点上，我不同意王朔的说法，城市里的孩子就一定不如农村里的孩子，没有故乡。哪怕城市变得再快，你仔细观察共同点和差异点，反而更有意思。

王朔、王小波、阿城三个人都是北京的，主要生活和写作在北京，

我也看到他们仨写作的一些不足，但这不能改变他们曾经是我的文字英雄。这些英雄帮助我走出日常的迷雾，把一些缥缈的目标具体化。

王朔的语言是好的，是生动而有色彩的，是准确而简洁的。

金线之上的语言至少要满足"6C"——Concise：简约；Clear：清澈；Complete：完整；Consistent：一致；Correct：正确；Colorful：生动。王朔基本做到了。

出奇和创新那是另外一回事。对多数作家来讲，太出奇、创新、考究的语言不必要，可能会因文害意。

我从纯个人的角度讲王朔的问题。坦诚地说，老艺术家、当红的艺术家周围会盘踞一些莫名其妙的油腻的人，总在夸他、捧他，以及带着他走不一定该走或想走的路。除了红尘翻滚之外，我不觉得王朔做错了。其实王朔是一个非常聪明的人，一直在尝试不同的风格、题材，但写一本换一个写作方式，不能长期投入到一种写作方式里去，造成其中后期没有特点。

我最可惜王朔的地方是他没有坚持写当下，写他的生活，而不是他的臆想。王朔是1958年生人，还年富力强，真心希望他多用自己的天赋、肉身、精力，写一写当下，写一写生活，写一写他耳濡目染的东西，哪怕极其简单。

直面真实而油腻的世界

《金瓶梅》号称"天下第一奇书",我觉得"奇"在人情,就是让贾宝玉叹气摇头的"世事洞明皆学问,人情练达即文章"这个"人情"。读《金瓶梅》,你就了解了社会人脑子里的弯弯绕绕,肚子里的花花肠子。

《金瓶梅》是我在情色方面的一个启蒙读物。作为一个人,你需要知道情色到底是怎么回事。

《金瓶梅》还有一情——"世情",它非常真实地展示了资本主义萌芽、世风日下、民风浮夸的明代后期中国江南风貌。

《金瓶梅》的作者兰陵笑笑生,大家都不知道他的真实身份。

我们几部伟大的中文小说最初其实是以手抄本的形式流传,比如《金瓶梅》《红楼梦》。因为有手抄的存在,才有自由的书写。

《金瓶梅》作者的真实身份是文学界的"哥德巴赫猜想"。作为普通读者,《金瓶梅》的作者究竟是什么人不重要,重要的是你能体会到其中的好处,能跳出来看大问题,看到这个时代、这些人到底是什么样子，我们从何处来，要到何处去。

《金瓶梅》的作者，应该是山东南部、江苏北部、安徽东部这些地方怀才不遇的某个人，跟书商联系紧密，甚至可能就是书商。

《金瓶梅》好玩的是，它是著名的"同人小说"。从《水浒传》中西门庆与潘金莲偷情的故事演绎而来。

鲁迅在《中国小说史略》里说："同时说部，无以上之。"《金瓶梅》跟同时的小说比，没有比它更好的。它拥有中国文学史上的许多"第一"：第一部由个人创作的长篇小说，第一部网状结构的长篇小说，第一部描写社会世情的长篇小说，第一部以写家庭生活为主的长篇小说……《金瓶梅》描写的当下有非常强的现实意义，是第一部伟大的现实主义小说。

真实而油腻的世界

我重读《金瓶梅》，感觉一股油腻感扑面而来，太黑暗，太悲哀无奈了。原来我认为《金瓶梅》强于《红楼梦》，但我这次再读，觉得不如《红楼梦》。

一个原因可能是我的年岁、智慧的增长。年少时对人情世故有一种好奇、渴望，以及想要掌握的心。初读《金瓶梅》，惊叹它把人情世故写得那么通透，每个人都带着一股混江湖的街头之气。对于在书斋里念《诗经》《史记》，念唐诗宋词元曲的不沾地气的我来说，似乎打开了通向另外一个世界的门，非常震撼。而过去二三十年，在知道了世态炎凉、人间冷暖、社会这点儿事后，我反而觉得人为什么不能在知道这些事的前提下，活得清爽一点。

还有一个原因是，我发现《金瓶梅》情色描写得不足，太兽性、太本能了，不高级，不干净，不如《肉蒲团》。《肉蒲团》是直接、欢乐地描写性，非常像《十日谈》里弥漫的欢乐的肉欲的气氛。"食色，性也"，性作为人的原始大欲，涉及复杂的人性。复杂人性应该包括一部分神性、一部分人性和一部分动物性。《金瓶梅》的情色描写在很大程度上只是围绕着动物性，欢乐的人性很少，离地三尺、带着翅膀的神性几乎没有。

我喜欢干净、纯粹和有点儿精神劲的东西。情色不只是肉体，还能上升到灵魂。所以，我反对情色描写的两个取向。一个是谈很多因果报应。色就是色，空就是空，只要你色谈到极致，空谈到极致，色、空自己会遇的。另一个就是太肉欲。我们有人类的温暖和神性的闪光。如果我们细细听，能听见一些超凡脱俗的、在肉体上荡漾的声音。如果只谈肉欲，我觉得俗了。

"邪典作家"兰陵笑笑生

写《金瓶梅》这种整本书里没有什么好人的作家也是少见。英文里叫"Cult Writer"——"邪典作家"，这类作家写的东西不正常、不大众，但绝对有价值。这些不正常的"邪典作家"往往能够带我们探索未知，冲破界限。任何人都是井底之蛙，阅读、行路、学徒、做事，无非是成为井口更大的井底之蛙。"邪典作家"直接帮助我们打开"井口"。这包括《洛丽塔》的作者纳博科夫，包括《金瓶梅》的作者兰陵笑笑生。

"邪典作家"如果太邪，你会产生强烈的厌恶感。我对兰陵笑笑生热衷描写的油腻人性并不是很喜欢。人的确有油腻的一面，但是作为万物之灵，人也有像草木一样丰美的地方，也能通过自身有意识的努力，避免成为中年油腻男或者中年油腻女。

《金瓶梅》为什么油腻？因为晚明的社会环境。物质文明、精神文明灿烂，儒学已经使官僚体系非常完善，有了一丝丝腐朽的味道。这是一个糜烂而开放的时代，在其他时代看是作恶的东西，在那个时候可能会被定义成风雅。明末江南夜夜笙歌几十年，人们当是风流，到了清初就只能是下流，不道德、违法。有些人怀念明末，比如钱谦益娶柳如是，文人歌颂陈圆圆、董小宛，放在其他时代似乎会被人诟病，但在那个时代就理所当然。

所以，我不认可大篇幅去描写油腻，作家需要稍稍跳出来，需要有一点恻隐之心，看一看沉沦在无尽轮回中的人们。《红楼梦》至少还有虚幻的、美好的成分，有情在，有"白茫茫一片大地真干净"的无意义、悲观空洞之感。但是在《金瓶梅》这本书里，你看到的几乎是一锅油腻，甚至没有悲凉，更谈不上涅槃。

另一种商业奇才

我从管理的角度读《金瓶梅》，站在西门庆的角度想，地头的生意怎么做，开药铺、放贷以及灰色边缘的事如何去管理。

作者兰陵笑笑生很有常识和经济头脑，熟悉商业活动的方方面面甚至意识超前。西门庆善于发女人财，更重要的是权钱交易，以权谋财，放高利贷。他似乎还明白如何搞股份制，结交十几个烂仔兄弟，采取直销模式。开铺子，不开则罢，要开就开专卖店、旗舰店，在最好的位置找到铺面扎根下来，这在现在都是先进的经营模式。

《金瓶梅》虽以北宋末年为时代背景，但它描绘的社会风貌有明显的晚明特征。西门庆是个暴发户式的富商，是新兴的市民阶层中的显赫人物。他依赖金钱的力量形成官商勾结,形成金钱和权力的循环:因为有钱,所以能有权;因为有权,才可以挣钱。

西门庆有这样的豪言壮语:"咱闻那佛祖西天,也止不过要黄金铺地。阴司十殿,也要些楮镪营求。"楮镪,烧给阴间的纸钱。西门庆想:只要有钱,我就可以做一切,我只想为所欲为。所以他恣意妄为,纵情享乐,想谁是谁,尤其在男女之欲方面追逐无尽无休的满足。但是他肆滥宣泄的生命力,也导致了他最终纵欲身亡,也预示着他所代表的社会力量很难健康地成长。

《金瓶梅》的写实力量是前所未有的。曹雪芹是"追忆似水年华",写了一个半童话的故事。但是《金瓶梅》彻底把读者拉回现实境况,说这就是世界,这就是小城镇,这就是人生。

找回你的野性和灵性

说到《查泰莱夫人的情人》,不得不提到"性"。劳伦斯的性描写有非常独到的地方,也有相当的革命性。劳伦斯大声告诉世人,性是有力量的,但是不足也非常明显。

劳伦斯作品的一个重要主题是人类现代化之路上的痛苦,另一个重要主题是两性关系的光明、黑暗、复杂、纠缠。两性之难,难于上青天。

劳伦斯:生命不息,写作不止

D. H. 劳伦斯这个人大于他的所有单独作品。他非常文艺,但对社会如何运转又充满兴趣,一生游走在社会的边缘,试图探索文笔和体验的极限,是很有意思的一个人。

D. H. 劳伦斯,全名叫 David Herbert Lawrence,1885 年生人,1930 年去世,享年 45 岁。他是 20 世纪英美文学最有影响力的作家和诗人之一,非常多产,最重要的作品除了《查泰莱夫人的情人》,还有《儿子和情人》《虹》《恋爱中的女人》等。

劳伦斯的父亲是个工人，母亲有些文艺气质。

劳伦斯跟母亲的关系非常好，由此造成和情人之间的不和谐。母亲去世让劳伦斯备受打击，因此写出成名作《儿子和情人》。他当时的女朋友看了这本书，决定跟他分手，从此两个人恩断义绝。

劳伦斯可能因为长期生活在粉尘重的矿区，加上自己本身敏感、体弱，一直被肺病困扰。肺结核发病的时候看上去不太严重，平常就是敏感、乏力而已，并没有什么特别明显的症状。但是，在免疫力低下的时候，肺结核会引起严重的肺炎和并发症。劳伦斯最后的死因就是肺炎引发的并发症。

国家不幸诗家幸，肉体不幸精神幸。体弱多病能够帮助作家写出好文章。肉体产生了病痛，病痛会让精神相对敏感。所以，病、酒、药，都是作家、艺术家的好朋友。但是很遗憾，D. H. 劳伦斯45岁就死了。

劳伦斯热爱写作。生命不停，写作不止。他一直处于自我放逐状态，和老师的妻子私奔、结婚，没有稳定的工作，甚至很穷，一直没得到社会的认同，还被英国政府多次怀疑是德国间谍，但这些都不能阻挡他写作的热情和产量。

他的一生是自我放逐的一生，他一直躲着这个社会的主流，一直保持着旁观的冷静和抽离。我想劳伦斯也有这样的自觉。

自由书写：公开审判获得胜利

《查泰莱夫人的情人》最开始出版于1928年，是劳伦斯死前两年在美国出的删节版，全本在法国和意大利出版。在所谓"现代文明的发祥地"的英国，《查泰莱夫人的情人》被禁三十余年后才得以出版。

其实我们现在看来没有问题的事情，在不遥远的过去，在很多国家、文化里都还是禁忌。

1959年在伦敦，对于《查泰莱夫人的情人》是不是淫秽书籍这件事，展开了一个大讨论，甚至有一个社会影响非常大的审判。在这个审判上，当时有名的作家和文学评论家都被要求去做证，问他们怎么看这本小说，是文学作品还是淫秽读物。案子的诉讼人反复问：你愿意让你太太、朋友、用人去读吗？最终审判结果是，1960年11月2日，法庭宣布这本书"无淫秽内容"。

一个伟大的作家在他生前做了艰苦的努力，让一本伟大的小说能够在世界上出现。他不管生前是否能够把它出版，是否能够听到掌声；其实与之相反，这本书在他的家乡长期受到非议，但他还是写了。他并不强壮，相反他体弱多病，但他还是坚强地、勇敢地、有骨头地去做了。掌声送给D. H. 劳伦斯，为他有勇气写下《查泰莱夫人的情人》。

《查泰莱夫人的情人》被宣布"无淫秽内容"，是人类出版史上的一件大事，之后企鹅出版社为了纪念这件事，特别在新的版本里鸣谢陪审团那十几个正常人做了正确的抉择。

我希望任何18岁以上心智健全的人都去读这本书。性的确是隐私中的隐私，但是阅读也是很私人的事，你可以不在街上朗读这本书，你可以躲在房间里，关上窗户、拉上窗帘去读这本书。

读书无禁区，写书也不应该有禁区。为什么人类的思想要被害怕？一个人的表达应该被尊重，我们应该有倾听的能力和胸怀。如果你不同意他的想法，你可以说出你的想法。如果我们不想听，也可以不听，但是我们不能剥夺其他人说话的权利。写是必需，自由地写才能写出好的东西。作为一个作者，我能做到的是写作无禁区，也希望各位读者做到读书无禁区。

找回你的野性和灵性

归纳《查泰莱夫人的情人》这本书，我会用这个题目：性力和现代化之路。

性是有力量的，没有性，没你，没我，没他。劳伦斯一直在思考现代化的问题，他把现代化当成妖魔，至少是有妖魔气质的事物。他自己多病，45岁就去世了，这跟现代化工业的弊病也是相关的。劳伦斯在自我流放中，一直在思考：为什么人类衣食住行的条件好了，但是不开心的时候多了，对身体的理解少了？为什么会出现第一次世界大战这种愚蠢的状态，人和人还要往死里厮杀，年轻人大批死去，现代化之路出了什么问题？

康妮，绝对女一号，是独立女性的代表。她从懵懂女孩到拥有独立人格的成熟女性的成长经历，是所有女性成长的必由之路。她出生在一个中产阶级家庭，对艺术、自然，对自己都有相当的兴趣，特别是对自己的身体、对自己还残存的兽性、心中模模糊糊的神性，有很多细致敏感的体验以及诉求。在机械工业的核心地带，被自由思想包裹的康妮显得格格不入。她坚持不被同化，继续做自己，所以才会冲破这一切的桎梏，洒脱地放弃金钱、名利、社会地位等这些并不绝对必要的东西，找回自己的身体、灵性和神性，迈向新生。

康妮的蜕变、康妮和麦勒斯心灵契合、对爱情的追求和守护、新生命的来临，让劳伦斯用象征的艺术手法给顽固的机械工业贵族以警告：过度的利益追求和环境破坏，彻底放弃人身上的兽性和神性，必将导致被遗弃和消亡。劳伦斯借用康妮说了他想向工业贵族表达的东西：现代化之路并不是一条尽善尽美之路。

麦勒斯，男一号，守林人。他热爱自然，不修边幅，红脸膛，身着深绿色的棉绒衣，打着绑腿，身旁还跟着一条灰色的猎狗。这种不修边幅让人感觉到了他独特的"自然气息"，和英国破落贵族、新兴贵族这些人相去甚远。随着康妮和麦勒斯交往的深入，康妮发现麦勒斯不只是自然，不只是体力劳动者，他其实读书很多。麦勒斯自幼聪颖好学，中学毕业之后在巴特莱事务所当过职员，但是他不喜欢城市里毫无生气的生活，虽然那看上去光鲜无比。他选择了打份工养活自己，独居山林，跟自然生活在一起，远离尘世喧嚣。他没有金钱和显赫的地位，只把自己放诸山林间，把孤独看作自己生命中最后也是唯一的自由，从这点看有点像中国的庄子。

劳伦斯描写性非常细致，涉及身体和心灵。他用优美的、抒情的、诗意的、花草的、小动物般的语言去描写性，通灵、通神，有一定的宗教性。《查泰莱夫人的情人》很罕见地以查泰莱夫人和守林人几次交欢作为整本书的主线，这是我所知的唯一以此为主线的小说。《金瓶梅》的性都是在一定程度上的简单重复，以宣泄兽欲为主，写得不高级。

爱情 = 爱 + 性

我同意这种说法：爱情 = 爱 + 性。

没有大脑的互通、三观的相对一致、感情上的依赖、习惯上的接近、灵魂上的契合，那可能就没有爱，你可能就不想跟一个人花时间、耳鬓厮磨。所以，爱情第一个重要组成部分是爱。

光有爱是不够的，还要有性。性是你跟对方亲近之后，内心肿胀，你想要多走一步，想两个身体合二为一，想要：1+1= 无限 = 永远。这就是性。

但是性的作用不能被无限放大，因为爱情之外还有生活。有些人的生活需要爱情，但有些人的生活不需要。爱情不是生活的全部，甚至不是生活的必需，否则哪有那么多尼姑、和尚、教士……哪有那么多没有爱的婚姻？

生活≠婚姻，婚姻≠爱情，爱情≠性，但是所有的爱情如果你想持续，一定要有好的性关系。

劳伦斯在《查泰莱夫人的情人》里告诉世人，性是有力量的，但是不足也非常明显。在现代生活中，我承认性是被严重忽略的，甚至我们在很大程度上浪费着自己的身体。

人类现代化之路上的痛苦

《查泰莱夫人的情人》被禁了三十多年，除性描写的问题，还触及了现代化之路的各种问题。

劳伦斯设定了三个主要人物：女一是个中产阶级女性；男一是个下层无产者；男二是准男爵，是上流社会成功人士。当时在英国，读书的主要群体是中产阶级，而中产阶级喜欢的、接受的社会正常规则，是一个中产阶级应该往上流社会爬。他们可以接受上流社会的男性勾引中产阶级女性，以中产阶级女性嫁到上流社会为荣。但是他们不能接受中产阶级女性往下和下等阶层的男子去偷情。就是你可以往上胡搞，但不能向下胡搞。所以有一种说法，《查泰莱夫人的情人》这本书并不是因为情色描写，而是因为它向下偷情的"堕落"激怒了很多人。

偷情不是不可以，但不可向下偷。查泰莱夫人已经完成了阶层跃升，嫁给了一个贵族，之后仅仅因为性不满足，就阶层"堕落"。这被当时的社会所持续不容了三四十年。

英国有它美好的地方，也有它腐朽不堪的地方，它就是有这样的传统和文化。所以简·爱才会喊出"我虽然穷，也不漂亮，但我也有爱的权利"。这句话反过来也体现了英国的风俗，就是你穷，你不漂亮，你就没有爱的权利。你要讲门当户对，你要讲钱，你要追求阶层跃升的话，你就要靠漂亮、靠心机，这也是简·奥斯汀作品的一个主题：如何把自己嫁上去，如果在阶层跃升的过程中，还能隐隐约约地感受到爱情，那是最完美不过的事情。

饮食比男女重要

"食色,性也",如果一定要挑出最重要的人性之爱,多数人还是要选美食,特别是当年岁变大之后,饮食比男女重要很多。

袁枚的《随园食单》是讲享乐的书。古往今来,励志的书多,讲苦难的书多,讲打打杀杀的书一大堆,讲养生的书一大堆,但是讲享乐的书寥若晨星。

这还是本讲述退休生活的书。袁枚三十多岁弃官不做,去过自己的日子了。他一退五十年,是士大夫中退休生活过得最精彩的一个。

风流妙人袁枚

袁枚是我见过的做得最好的士大夫,不仅提前退休,退休生活愉快,而且创造出了另外一片天。

袁枚不是没有挣扎,而是很早就在挣扎。袁枚23岁金榜题名,高中进士,但33岁的时候,父亲去世了,于是主动辞官。他的理由很清楚:

我不会拍马屁；做官，没空读书；不想过日复一日一眼能望到头的生活。不想这么花时间，不想委屈我的心灵，就这两个原因。

33岁辞职之后，袁枚有一阵混不下去了，为经济所迫，又回去重新做官。做了小小一阵，他说再穷也不做官了，彻底回到家乡南京。

很多人，包括我自己，对于大平台、大的做事机会，充满了眷恋。有安全感、使命感，有时候不用动脑子，被前后左右、上上下下裹挟着就可以往前跑。那种日子对于脑子来说是简单的、幸福的，是容易满足的。退出大平台，退出主流，其实对人的内心和能力要求很高。

袁枚的退休生活管理可以说是"千古一人"，会管理、会生活、会生财、会享受，即使没有做到拿起成事，但是基本做到了放下。即使没有放下成佛，他至少成了一个鲜活的、自在的人。

好吃、好财、好色、好书

袁枚有四大爱好：第一就是好吃，第二个是好财。他不能不好财，因为他好吃，但不像李渔粗茶淡饭就行了。袁枚不行，他每顿饭都不能辜负。好吃的基础是好财，好财的动力是好吃。

他还有另外两个爱好：一个是好色，一个是好书。所以，袁枚的"四大好"是好吃、好财、好色、好书。

袁枚号称自己得了一种怪病，见到美色挪不动腿，所以娶了十几房太太。袁枚甚至公开宣称："男女相悦，大欲所存，天地之心本来如此。""人非圣人，安有见色而不动心者？""人品高下，岂在好色与不好色？"

袁枚喜欢苏小小，曾经刻过一枚私章"钱塘苏小是乡亲"，意思是苏小小是我们家乡人。有个官员说：你太轻薄了。袁枚跟他说：你想多了，百年之后，有人会知道苏小小，但是没有人知道你是谁，哪怕你是某个知府。这就是"好色"的袁枚。

袁枚"第四好"是好书。满园都有山，满山都有书。为了读书，可以忘掉美人。袁枚有首诗叫《寒夜》：

> 寒夜读书忘却眠，锦衾香尽炉无烟。
> 美人含怒夺灯去，问郎知是几更天。

美食不敌美人，美人不敌好书卷。

饮食之道也是学问之道

《随园食单》约两万字，成书于袁枚76岁时。其文字老辣，见识深刻，一看作者就是个"练家子"：既是吃东西的高手，也是一个写文章的高手。结构非常强。每篇都非常短，一则几十字到二三百字。

这里就简单解读第一单《须知单》中的几句，讲的是餐饮最重要的事情——食材。

> 学问之道，先知而后行，饮食亦然。作《须知单》。

先知道做学问的道理，然后去奉行它，饮食也是一样。高屋建瓴，没有废话，不拐弯抹角。

> 凡物各有先天，如人各有资禀。人性下愚，虽孔、孟教之，无益也。物性不良，虽易牙（指代名厨）烹之，亦无味也。

开篇明义地讲，东西先天有不同，就像人的天赋不同。天赋不好，哪怕孔子、孟子来教他，也没啥用；食材天生不好，哪怕名厨来烹饪它，也没什么味道。

> 大抵一席佳肴，司厨之功居其六，买办之功居其四。

一桌好菜，厨师的功劳只占六分，采购的功劳占四分。能把好的原材料按时、按量、按质买到厨房来,就居功至伟。

最"好吃"的还是人

人之大欲,"食色"二字,说到吃,我们到底吃的是什么?跟谁吃?怎么吃?

最好吃的食物,还是要跟最喜欢的人一块儿去吃。和烦的人一块儿吃最好的东西,哪怕这个人整顿饭没跟你说话,你还是不开心,那这顿饭不如不吃。佛家讲"八苦",其中"一苦"就是"怨憎会"。你看着不舒服的、特别想踹他的人,不得不见面吃饭,那就闷头喝酒吧,把自己灌晕了,有些气儿也就好消了。

另外一个情况是没啥好吃的。一碟毛豆、一小碗花生米、一点鱼干,外边是稀稀拉拉不大的雨,雨外边是平静的海,海外边是平静的云天,我旁边有个你,你旁边有个我,你我心里有不平静的心情。在一个有雨、有海的夜晚,没头没尾地分一瓶酒,哪怕没吃的,都很美好。

我不确定,吟得一首好诗,烧得一手好饭,哪个对女生更有致命的吸引力。但是,在一个风雨交加的寒夜,他给你做了一碗面,面是手擀的,卧了俩鸡蛋,加点葱花,还加了点蘑菇,加了一点香油,你能抵抗住这种诱惑吗?

吃的是时间,是记忆

通过吃,我们能激发出一些记忆,生动地想起以前吃类似东西时的所看、所感、所想,就觉得人生特别丰富,时间似乎永远不动,不是"逝者如斯夫",孔子说得不对,时间根本就没有走过,我们就像冻在时间里的一个标本。

我第一次到泰国,当地人给我上盘蘸水,透明的醋里放有红红的辣椒,挤一些青柠檬。拿春卷蘸着吃的第一口,我就想起我爸。我爸从印度尼西亚回国,娶了我妈,生了我们几个,在我很小的时候他就做类似的蘸水。那时候北京没有柠檬,他就拿米醋来代替,没有小红辣椒,他就用朝天椒、黄辣椒、青辣椒代替,味道好香。

别人老说"妈妈的味道",让我想,我就想起"爸爸的味道"。因为我妈很少做饭,她的心思都在家长里短、挣钱、自己怎么厉害上,不在饭菜上。而我爸有一颗永远在饭菜上的心,看什么都在想这个东西能不能吃。

这个时候,我就想起好久没去看他了。

每个人都是隐藏的厨师

还有一点,我们"吃"的是自己。"食色"是人类最底层的本能,我们每一个人都可以成为过得去的厨师、过得去的情人,只要我们花心思。

老天把我们生下来,是让我们具备一定生存能力的。"不会做"往往是借口,是不愿意做。做得好坏、能不能做熟是本事问题,做不做是态度问题。

我先是吃我爸做的饭,再是吃食堂,再往后是吃飞机餐、应酬饭。偶尔有些空闲,也是让秘书给我买份盒饭,我从来就没进过厨房。

到了伦敦,我不叫外卖,不去餐厅,也能把自己弄饱了,甚至有时候还会做一些变化和原创。比如在香槟杯里扔一颗草莓;比如我创了一种饮料叫"相偎",是三份香槟加一份威士忌调成的;比如一整颗黑松露扔到泥煤味不太重的威士忌里慢慢喝,喝完半瓶威士忌之后,松露已经被威士忌浸泡一两个小时了,一吃,人间美味啊。

有故事不如有生活

亨利·米勒也是影响我写作最多的人,是我的文学英雄。亨利·米勒对我来说是一个独特的存在。当我写作出现瓶颈的时候,我读得最多的是亨利·米勒。他能让我放松,打开我自己。

他元气最足的一本书就是《北回归线》。

亨利·米勒的小说非常另类,没有故事、没开头、没结尾,你可以从任何一页开始读起,在任何一页停止。他把回忆、事件、各种情绪就像石头一样扔进你心海,激起一圈圈涟漪。这类写法非常少见,之所以能撑住,在很大程度上靠亨利·米勒看问题独特,敢于跟所有的传统观念对立,这确实让很多人不舒服,但他的坦诚有价值。

在人间流浪,但又厌恶人间

亨利·米勒先在纽约打各种杂工,后来或许觉得纽约没文化,到了巴黎,用吃软饭的方式在巴黎混了蛮久。《北回归线》几乎就是他

真实生活的记录。这让我想起曾经看过的一本小说的开头:

我在亚运村以北的小村里租了一个房,每天读书、思考、嫖娼。

亨利·米勒笔下的巴黎生活大致也如此。巴黎之后,亨利·米勒又回到了美国,没有回到他的故乡纽约,而是来到加利福尼亚海岸的大瑟尔,靠别人救济,弄了一个风景很好的小破房,然后就这么待下来了。他一待又是挺多年,最后死在洛杉矶北边一点,活了八十几岁。

他的所有小说,都可以看成他某种形式的自传。从《北回归线》到《南回归线》再到《黑色的春天》,他都是写的自己。

他把自己当成媒介,老天通过"我"想表达什么,那就表达什么;"我"这辈子看到什么、想到什么,就表达什么。这么多年下来,他一直着重当下,着重自我。

轰动欧美的禁书

《北回归线》是亨利·米勒的第一部小说。1934年,他接近40岁的时候,《北回归线》在巴黎问世。但近三十年之后,1961年才在他的祖国美国获准发行。

《北回归线》自传性很强,以作者回忆录的形式记录了生活在巴黎的年轻艺术家的成长经历。一个人在巴黎,从一个床单滚到另一个床单,从一个公寓滚到另一个公寓的故事。但它的主题是打破和毁灭,"向上帝、人类、命运、时间、爱情、美等一切事物的裤裆里踹上一脚",听到他们一声号叫。打破才能建立,打破才能看见真相。

小说用一些超现实主义和自然主义的夸张、变形来揭示人性,探究年轻人如何在特定的环境中一步一步从底层文艺青年成为艺术家。

我们谈爱太多，谈性太少

从内容上，我们就能看出《北回归线》充满了争议和矛盾。

从女性读者的角度看，对亨利·米勒最大的诟病可能是他毫不掩饰地物化女性。在小说里，女性都没有特别的面目，或许有不同的名字，但本质上没有什么不同，都是伟大的肉体。

从另外一个角度看，亨利·米勒也毫不介意女性物化男性。男性也没有什么个性、特点。他非常偏颇、绝对地强调了人生中重要的东西——性。性是人天生的能力、权利和责任。性无处不在，却又容易被人低估、扭曲和忽略。

亨利·米勒的小说没什么情节，没什么人物性格塑造，但他有群像，有丰富浓郁的气质、气氛，靠一股纯阳之气，故事还能立住。

亨利·米勒对人世间所谓正常的三观、规则、伦理、道德、一切看上去神圣的东西，都是反叛、不屑、厌恶的态度。他就像一个在人世间流浪的生活简单、思想复杂的人，厌恶一切，破坏一切，站在世界的对立面，而不是站在自然的对立面。可能他是热爱这个世界的，但又觉得这个世界的很多规则、规矩都是不对的，是需要认真考量的。

不一定要有故事，但一定要有生活

《北回归线》里没有具体人物，但有群像，就是底层文艺青年。因为有文艺，世界才更美好。

在年轻的时候，在我也是底层文艺青年的时候，我觉得世界充满了美好。我可以因为一句话、一个段落、一个篇章写得好，而感受到简单的快乐；可以跑到大街上找个副食店，买瓶啤酒，坐在马路牙子上，面对着夕阳，或者面对着月光喝一口，再喝一口，然后拍一下马路牙子说，其实我写得还是不错的。

底层文艺青年有美好的生活，理想比天还大，世界比梦还远，总能一步步朝向理想，总能一步步跟着梦想去看看世界。

北岛在散文《波兰来客》里说：

那时我们有梦，关于文学，关于爱情，关于穿越世界的旅行。

底层文艺青年到后来或许混出来了，或许没混出来，有一点是共同的：我们都老了，世界可能也变了；或者世界没变，只是我们变了。

如今我们深夜饮酒，杯子碰到一起，都是梦破碎的声音。

我们不必要有故事，但是一定要有生活。这种生活，性可能是其中很重要的部分。或许我们没有在巴黎，我们在北京，在广州，在深圳，在上海，在东莞，在某一个街道的角落，在某一个公寓的床上，我们有性，有快乐，有无奈。这就是我们。

混乱而美好的盛宴

《北回归线》的故事主要发生在巴黎，但对巴黎没有任何具体的描写，亨利·米勒不在乎这些。亨利·米勒在乎的只有两件事：一、滚床单；二、自己关于这个世界的想法。

亨利·米勒创造了混乱中带着一种美好的巴黎气氛、巴黎的盛宴，从一个肉身到另一个肉身，从一个女人到另一个女人，从一个床单到另一个床单，从一个脏乱差的房子到另一个脏乱差的房子。人就像动物一样生存着，人就像"人＋动物＋神"一样思考着。

每一扇门、每一个肉体、每一个灵魂，似乎都是地狱，但似乎也都是天堂，就是这种状态和气氛。这或许就是巴黎，是一个人成长必经的环节,是人类某种一定会长期存在的状态。

把流氓都扔在了文字里

亨利·米勒在日常生活中应该是一个有绅士风度、文雅的人,但在文字里就不是。他把他的流氓,绝大多数扔在了文字里。

在我看来,亨利·米勒既是"文化的暴徒",也是饱学之士。他只是深深地感受到文化的基础里有非常愚蠢的地方。

亨利·米勒写作以唠叨为特点,不厌其烦地写幻觉和梦想、现实与幻觉、梦想与虚构,难解难分,给读者一种非理性的直觉感。

理性、结构、规矩,我们看得太多,但是非理性、直观、直觉,我们看得太少。

人们现在明白,天堂的理想如何独占人类的意识,从根部被击倒的所有精神支柱如何仍屹立。除这片沼泽之外一定还有一个世界,那儿的一切都是一团糟,很难设想这个人类朝思暮想的天堂是怎样的。那儿无疑是一个青蛙的天堂,瘴气、泡沫、睡莲和不流动的水,它就坐在一片没有人打扰的睡莲叶子上呱呱叫一整天。我设想天堂大概就是这样的。

亨利·米勒的唠叨都充满了神奇和魅力。没有了人类与动物、现实与理想、大地和天堂的区别,没有了未来,没有了现实。未来的悲观和现实的绝望并无差别。

亨利·米勒的文字既"丧"又乐观,你会受到很多正能量的冲击。

和好玩的人消磨时光

《黄金时代》是好小说的样本,展露了王小波的两个特点。第一个,真实。王小波在《黄金时代》以及他的多数文章里,是个真实的人、真实的作家,敢于真实地写他眼中看到的世界,非常了不起。第二个,有趣。王小波有独特、有趣的气质。没趣的人不见得不是一个好作家,但有趣的人无论怎么写、写什么,都会是挺好的作家。

王小波的三个阶段

《黄金时代》是王小波的成名作。我问过银河老师,王小波创作《黄金时代》的时候是什么状态。银河说,王小波在《黄金时代》上用功近十年,反反复复写了几十稿,到了1984年才基本定稿。过程中差不多想起啥就写啥,而且经常会推翻重来,把段落调来调去。

我问《黄金时代》的起点是什么,银河老师说是王小波对某个场景特别着迷,上面天,下边地,周围有各种草木禽兽。在这样的天地间,王二和陈清扬几十次交欢，这个场景让王小波特别着迷。

王小波的文学创作大致分成三个阶段：第一阶段，《绿毛水怪》《地久天长》以及《黄金时代》《似水流年》《革命时期的爱情》。这些作品贴近现实，但是已经露出了追求现代小说写法的苗头。

第二阶段，《青铜时代》。多数是用古代的故事讲现代的事情，让古今中外的时空产生一种魔幻的组合。在这个阶段，王小波尝试了更多形式的表达。

到了第三阶段，《白银时代》《黑铁时代》。此时王小波的能量快耗完了，越表达离当下越远。很遗憾王小波1997年心脏病发作，45岁英年早逝。

王小波：我是一个一流半作家

我采访银河老师一些关于王小波的问题，总结如下，可以帮我们了解王小波。

王小波偶尔有些抑郁，偶尔喜怒无常，但是心理非常正常。

王小波评价自己：我是一个一流半作家。他偶尔也会问银河老师：我这辈子不成功怎么办？

王小波的阅读速度是一般人的6~8倍，是个速读的天才。他读的书很杂，读了几千本的书，哲学、文学、历史什么都有。

王小波喜欢的作家有马克·吐温、卡尔维诺、法国新小说派作家、杜拉斯等。他喜欢外国小说家远远多于中国小说家。

王小波不喜欢非写作的一切专业，一直想全职写作，所以在1992年彻底辞职，畅快地写了五年。

最后我问：王小波的写作有什么大的遗憾？

银河老师说：最大的遗憾就是没有一部长篇小说。

生活在边缘的"流氓"

我们结合着原文来看《黄金时代》，就可以明白，一篇好小说应该是什么样子。好文章的结构，开头、中段和结尾就像凤头、猪肚、豹尾。

凤头：小说的第一句要有足够的张力

我二十一岁时，正在云南插队。陈清扬当时二十六岁，就在我插队的地方当医生。我在山下十四队，她在山上十五队。有一天她从山上下来，和我讨论她不是破鞋的问题。

这个句子，写得好啊！一个男生，21岁，正是荷尔蒙分泌最旺盛的时候，在彩云之南美好的一块土地上。陈清扬当时26岁，比这个男生大5岁，也正是好年纪。城市的年轻人带着满腔热血，到了边陲农村去插队。有一天她从山上下来了，像云彩一样下来了，和我讨论她不是破鞋的问题。一种张力扑面而来，这就是好小说的开头。

猪肚：顺畅、优美、内容充实

凤头之后是猪肚，我是这么理解的：

一、要有兽性。因为人性的一部分就是兽性，人也是某种禽兽。

二、要有足够的容量，要大。不是豹子、凤凰的肚子，猪肚有足够的容量。

三、要丰富，哪怕有些看似不洁，但本一不二的东西。有容乃大不仅是体积大，还要容纳各种各样的东西。

陈清扬找我证明她不是破鞋，起因是我找她打针。

....

陈清扬在我的草房里时，裸臂赤腿穿一件白大褂，和她在山上那间医务室里装束一样。所不同的是披散的长发用个手绢束住，脚上也多了一双拖鞋。看了她的样子，我就开始琢磨：她那件白大褂底下是穿了点什么呢，还是什么都没穿？

王小波的语言顺畅，谈不上优美，但是干净清澈。句子里隐藏着幽默的视角，并不是故意要笑，而是想哭的时候笑。生活如此惨，却不只有泪水，还有抑制不住的激素在暗流涌动。

陈清扬裸臂赤腿，穿一件白大褂，长发用手绢束住，脚上穿一双拖鞋。你闭眼想想那是什么样的场景？何况陈清扬还很有逻辑智慧。

至于大家为什么要说你是破鞋，照我看是这样：大家都认为，结了婚的女人不偷汉，就该面色黝黑，乳房下垂。而你脸不黑而且白，乳房不下垂而且高耸，所以你是破鞋。假如你不想当破鞋，就要把脸弄黑，把乳房弄下垂，以后别人就不说你是破鞋。当然这样很吃亏，假如你不想吃亏，就该去偷个汉来。这样你自己也认为自己是个破鞋。别人没有义务先弄明白你是否偷汉再决定是否管你叫破鞋。你倒有义务叫别人无法叫你破鞋。

王小波在逻辑上没毛病。大众看一个事物，有大众判断的标准，你如果不想让大众这么判断，要么遵从大众的心理预期，要么你就遵从大众的判断去做大众认为你该做的事。

开宗明义，沿着破鞋这条线讲到了打耳光。后来陈清扬耳光也打了，王二也打了陈清扬的屁股。

破鞋这个视角，独特而巧妙。为了跟破鞋形成逻辑上的对照，王小波用了个类比，"春天里，队长说我打瞎了他家母狗的左眼，使它老是偏过头来看人，好像在跳芭蕾舞，从此后他总给我小鞋穿"，对比得又巧妙又好玩,这就是小说家的气质。

豹尾:意料之外,理所应当

当猪肚巨大的时候,结尾就好难。

孤独寂寞的两个人从开始聊天,到像私奔一样去了荒野,再到回去交代问题,两个人就此失联。两个人后来又在城市里相见,陈清扬又去见了一次王二,他们结了账走出宾馆,走到街上回忆过去。

陈清扬说她真实的罪孽,是指在清平山上。那时她被架在我的肩上,穿着紧裹住双腿的筒裙,头发低垂下去,直到我的腰际。天上白云匆匆,深山里只有我们两个人。我刚在她屁股上打了两下,打得非常之重,火烧火燎的感觉正在飘散。打过之后我就不管别的事,继续往山上攀登。

陈清扬说,那一刻她感到浑身无力,就瘫软下来,挂在我肩上。那一刻她觉得如春藤绕树,小鸟依人,她再也不想理会别的事,而且在那一瞬间把一切都遗忘。在那一瞬间她爱上了我,而且这件事永远不能改变。

这个豹尾太漂亮了,就一句:

陈清扬告诉我这件事以后,火车就开走了。以后我再也没见过她。

《黄金时代》里的性描写简单、坦诚、不脏。书中几次提及陈清扬对王二的心动瞬间,他们对彼此当然是有爱的,但是这个爱是复杂的、包含欲望的。在小说中,王二数次宣称自己是流氓。我倒觉得这个"流氓"是生活在边缘的、与众不同的,也是有相当个人主义色彩的。

二 做个真狠人才有真自由

《论语》

《资治通鉴》

《曾文正公嘉言钞》

《老人与海》

《沉思录》

《自私的基因》

《天龙八部》

《万历十五年》

平视这个世界，既不是仰视，也不是俯视。
多读些经典，看到历经时间的价值，求真实，祛除魅惑，甩掉魑魅魍魉，不糊涂，才能多成事。

用三流的天赋修成一流的智慧

《论语》是最好的汉语,是人类核心智慧的重要组成部分,是成事修行者汲取力量、闻道解惑的最好书籍之一。半部《论语》安天下,一部《论语》安你心。

孔子:想要为社会做贡献的长寿老人

孔子是春秋时期的人,活了七十几岁,在那个时候算长寿的,人生七十古来稀。他一生孜孜不倦地学习、修身、养性,希望社会变得更美好,人们都有道德仁义。

他对自己、对门徒,都是同一个希望,希望得志行天下,发挥能量让世界变得更美好。他充满入世的激情,但遗憾的是,世界没有给他入世的机会。

从狭义上讲,他的徒弟、徒弟的徒弟,直到孔子死后都没有做出惊天动地的事。立功谈不上,立德、立言却做到了。

从广义上讲，任何一个官员都是孔子的学生，孔子通过后世的学生做了很多事功。

由于孔子的身世离现在太远，并没有太多的历史记载，我就不做任何阐释了，直接讲《论语》。

《论语》不长，不复杂，从汉代开始就是入门的课本。孔子为什么不在生前构建出一个思想体系？他甚至只述而不作，只编书、讲书。

《论语》是中国第一本金句集，几乎都是他弟子摘录的孔子的言行录，记录孔子上课、日常生活中说的话、做的事。

儒学的基本发展脉络

孔子之后据说有孔门八派，但具体并不清晰，除了孟子和荀子这两派。荀子之后，有李斯、韩非子，法家在某种程度上也是儒家演化出去的。之后，按"四书五经"来分，有些派讲"四书五经"中的一本，有些派讲另外一本，各门共存，和平共处，不是宗教教派那种有我没你、我对你错的争法。

宋代理学是对儒学的改造，"二程"（程颢、程颐兄弟）和朱熹做了非常系统工作。在朱熹手上，儒学形成体系，理学成了治国的标准，修身齐家治国平天下。当时也有一个背景，就是面对佛教庞大的理论体系，儒学感到某种压力。在这种压力下，"二程"和朱熹挺身而出，针对并参考了佛教理论体系，形成了儒学体系。

儒学的发展到了明朝就是王阳明的心学。王阳明直接参考了禅宗，可以说心学是儒学中的禅宗。举个例子，禅宗讲即生即佛，王阳明就说即生即圣，就是我觉得我已经是圣人了，那我就是圣人了，就像禅宗说我觉得我顿悟了，那我就悟了。

学、想、做结合才有真知灼见

《论语》一共二十篇,"学而"第一。你知道《论语》是按什么排顺序的吗?没顺序。你知道,这些篇名是怎么起的吗?没什么道理,就是取了最开始两个字。因为第一个金句"学而时习之",所以就叫"学而篇"。

子曰:"学而时习之,不亦说乎?有朋自远方来,不亦乐乎?人不知而不愠,不亦君子乎?"

培养智慧的方式方法有四种:第一,读书;第二,行动;第三,学徒,跟着师父练;第四,做事。读书、行路、学徒、做事这四种,其中第一是读书。

"学而时习之,不亦说乎",人能够经常去学习,把学到的东西用到自己的生活、工作当中,是很快乐的事。

"有朋自远方来,不亦乐乎",人是群居的动物,如果有好看、好玩,既好看又好玩的人从很远的地方来找你,还给你带好酒、好吃的,或者一起分享你的好酒,当然快乐了,想想都美。

"人不知而不愠,不亦君子乎",别人不知道我有多牛、有多大的学问、有多少的能量、我干过什么……但是我不生气,并没有不高兴。我坚信我是有学问的,坚信是金子总会发光的,用福建方言说就是"是金子总会花光的"。

孔子想告诉你:别人不知道你,是很正常的,你不要生气,他早晚有一天会知道;不着急,不害怕,不要脸,不亦君子乎?

子曰:"学而不思则罔,思而不学则殆。"

要学，要有东西进到你的心智、头脑、肉身。如果只是进，不思考，相当于不消化，你就迷茫了。另外一个极端，你整天静坐、沉思、面壁，就危险了，有可能会走火入魔。

你要保持学和思之间、人与我之间、外部的信息输入和内部的信息消化之间的平衡。学和思两手都要抓，六经注我，我注六经。要一直在书本中、环境中、老师身上、做事中学，边学边想边做然后继续学，这样才是真知灼见。

子曰："温故而知新，可以为师矣。"

如果你温习过去的东西，能够获得新的知识和智慧，你就可以当老师了。

"人之患在好为人师"，但是，如果让周围人特别是后进的晚辈少走一些弯路，少犯些错误，少掉进粪坑，我觉得是一种善，是该做的事。

那怎么能知道我是不是当老师的料？我觉得像罗永浩，像我妈，都是有讲话天赋的人，越讲越兴奋。虽然我不确定我说话是不是好玩，别人愿不愿意听，但是看了孔子这句，顿生信心。重新读经典，每本旧书都给我新的知识、体会、见识。

子曰："《诗》三百，一言以蔽之，曰'思无邪'。"

《诗经》共305首，用一句话来总结：思无邪，没有邪念，是纯洁的、干净的、美好的。即使"有女怀春，吉士诱之"，"蒹葭苍苍，白露为霜"，无论说什么，也都是"无邪"，因为都是人真挚思想情感的诗意表达。人心是正常的，人性在阳光之下、阳光之外，都是一种客观的存在。

所以应该像孔子一样有一定的包容性，能够欣赏七情六欲，能俗能雅，雅俗本一不二。

诗歌无禁区，写的时候放开写，读的时候放开读，想的时候放开想。

用三流的天赋修成一流的智慧

曾子曰："吾日三省吾身：为人谋而不忠乎？与朋友交而不信乎？传不习乎？"

"吾日三省吾身"，可以是多次反省自己，也可以是反省几件事儿。我一直有个习惯，每天花 5~10 分钟想想明天、这周、下周要做的事，然后稍做准备。我想这也是三省吾身的一部分。

如果是反省自己的三件事，那三件事是什么呢？

第一件事是"为人谋而不忠乎"，就是你给别人出主意、提供信息，是不是有一颗忠心，是对人家好的，说的是实话，是发自内心的。跟别人交往，不能总想着自己，总想着骗人，占便宜。既然为别人谋，就要尽心尽力，尽职尽责。

第二件事是"与朋友交而不信乎"，和朋友交往，你有没有诚信？吃饭有没有迟到？答应还钱还上了吗？答应帮人办事办了吗？不轻易许诺别人，既然许诺了，就一定要做到。

第三件事是"传不习乎"，老师辛辛苦苦教你点东西，你有没有好好练习？

如果你一直这么做，可能虽然你只有三流的天赋，却可以做出一流的成绩，获得一流的智慧。

子曰："弟子入则孝，出则弟，谨而信，泛爱众，而亲仁。行有余力，则以学文。"

弟子们在家要讲孝道，出门应老老实实干活，言行要谨慎诚信。

多交一些朋友，不要见人就撑人，见谁都爱谁，跟其中有德行的人要多多接触。父母开心了，大众也满意了，如果还有力气没使完，还不想睡觉，那就学学文艺，做个文艺男，做个文艺女。

对于"孝"有一大堆解释，我说说我的"歪理"。我同意曾国藩的"养亲以得欢心为本"。让他们开心最重要，别老跟他们争，掰扯那些理。他们的欲望也不见得都要满足，该顺着的时候顺着，该打哈哈的打哈哈。他们就是老人，得欢心为本，他们开心最重要。他们是不是对，你是不是对，并不那么重要。

子闻之曰："成事不说，遂事不谏，既往不咎。"

"成事不说"，事已经成了，就不要再说了。有很多缺陷的时候可以复一次盘，一定要讲的时候再说，但多数情况下不要说。

谏就是说，提不同意见。"遂事不谏"，已经开始做的、开始推进的事，不要提反对意见，提就要在做事之前提。

"既往不咎"，已经过去的事，不要太过内疚，也不必追究得太厉害了。意思是，要用一个变动的、积极的、面向未来的态度来看待管理。

子在川上曰：逝者如斯夫！

孔子因为这一句成了诗人。逝者如斯夫，过去的是流水，是光阴，是岁月，是心情，是那些美好和不美好的东西，是那些值得怀恋和不值得怀恋的东西。一切都留不住，一切还有可能再来。

古之学者为己，今之学者为人。

古代求学的人是为了自己高兴，为了自己长智慧。现在做学问的人是为了别人，为了教别人，为了写书、立作、立言。两者的出发点不一样。

我喜欢古人的出发点，读书第一位是为了自己开心。

岁寒，然后知松柏之后凋也。

天气冷，才知道松树和柏树是最后凋零的。人要经过一些事才知道什么是真的友谊，什么是真的感情，什么靠得住。没有岁寒，只有嘴上说，见不到行动，没有用。

朝闻道，夕死可矣。

早上我听到了一个美妙的道理，晚上死了也不遗憾。明天如果还活着，那就赚了。所以我对川端康成、海明威是理解的。他们觉得该走了，然后就走了。

不学诗，无以言。

这个"诗"指《诗经》，现在可以把范围扩大，包括所有的好诗。什么叫好诗？能让你感觉内心肿胀的诗就是好诗。也就是说，多读诗、多背诗，你就知道如何说漂亮话了，知道如何把话说得深情款款，动人动心。情诗在手，爱情我有。

吸取高质量智慧，享有高质量的人生

为什么先贤没有高度总结归纳所谓的规律？比如《论语》《沉思录》没有使劲归纳，说你记住多少条规律，就能活好一生。我想先贤一定是理解了人世间的复杂性，理解了普通人不会因为知道人世间有多少条规律就可以把自己的日子过好。

司马光主编的《资治通鉴》是编年体的中国通史。时间像流水一样，很多事发生在时间这条河流里，由人生事。司马光不考虑人，只谈事，这样让后来的人更容易了解事情内含的规律。

不要重复过去的错误

《资治通鉴》共294卷，一言以蔽之：狗改不了吃屎，人实在是不长记性。你能深刻地体会到轮回，就是在这万般苦之间转来转去，就是跳不出来。

过去的事情历历在目，为什么人类就是不吸取教训？个体的人也一样。原来你爱上一个"人渣",过了十年,你还可能爱上另外一个人渣;十年前是个"渣男",十年之后同样的"渣男"老了10岁,这就是人类的整体和人类的个体。

如果你能通读《资治通鉴》,掌握其中60%的人类智慧,你就已经超过了大多数人,可能一辈子都比别人走得更顺、更祥和、更幸福。

所以,读《资治通鉴》可以少犯傻,摆脱"轮回",掌握人类智慧。如果能用追逐自身美貌、身材的决心和动力,去追逐一点智慧的进步,这个世界会更美好一点。

拥有高质量智慧,才会有高质量的人生

司马光活了68岁,1019年生人,1086年去世。司马光跟一般写书的腐儒不一样,他老成持重,是个骨子里能干、有胆有识的人。

司马光小时候,一帮小孩在玩,有个小孩淘气,掉到了一口大缸里,眼看就要被淹死了。其他小孩都想各种方式,比如去叫大人,比如试图推翻这口缸,比如拿个水杯,把水从缸内往外舀。司马光知道按其他小朋友的方式,大缸里的小朋友可能就淹死了。他找了一块大石头,"咣当"就把缸砸了。从此,司马光声名远扬,别人一见他,就说这就是砸缸的司马光。

这种危急时候表现出的智慧,不是读书能赋予你的,需要天赋。司马光有这种"带头大哥"的天赋,读了很多书,还当宰相做了很多事,主编了《资治通鉴》。

《资治通鉴》原文300多万字,加上胡三省的注释,接近600万字,充满了高质量智慧和案例教学。中国历史和西方历史不一样的地方就是,我们重视人和事的例子。《资治通鉴》从头到尾贯彻了案例法的运用,

用事来告诉你怎么做事，用案例来教育你什么是常识。

一些道理反反复复说，大多数人就是不听。过去的圣人、大师以及之后的商学院，都用的是案例法教学。

修炼个体智慧的四种方式

修炼个体智慧有四种方式，前两种方式是读书和行路，后两种方式是我加的，学徒和做事。

学徒，你最好找到几个对你真正有帮助的师父，让他们手把手地在现实生活的场景里教你如何做人做事，管理自己和其他。

第四种方式是具体做事，"觉知此事要躬行"。有些事不做，有些苦难或欢喜不经历，你永远就像隔靴搔痒一样，达不到开悟。多数人没有顿悟的能力，需要渐修。

拜师和学徒需要机缘，自己做事，需要更多的机缘。行路相对容易，但如果只是机场、酒店、景点这样的万里路没用；读书有用，但也有很多人读了书还是傻。所以，这四种修行个人智慧的方式，运用起来没那么一帆风顺。

减少苦难，比增加幸福更重要

有人说我挣了很多钱，可能数都数不过来。如果你挣得的钱没有给周围人或更多人带来美好，没有降低未来的苦难，可能只会平添烦恼，增加风险。我认为，减少苦难还是比增加幸福更重要一些。

所谓"四大了不起"，即"为天地立心，为生民立命，为往圣继绝学，为万世开太平"。"为天地立心，为生民立命"，对我们现在来讲似乎有点晚了，因为人世间的多数能用话说明白的道理，在过去两千多年，特别是在孔子的那个年代，已经基本说清楚了，说明白了，后世很难不重复，很难再创新。但是"为往圣继绝学，为万世开太平"这两件事，即使在现代还是能做的。司马光在一千来年前尝试做，做到了，我想我们现在还可以再尝试，还有可能再做到。

从《资治通鉴》里学管理

如果你真想做大企业家，想做大官，想带大团队，你不得不读《资治通鉴》。《资治通鉴》是帮你完成"世事洞明皆学问，人情练达即文章"的最好的一部书。如果你是中等资质之人，你学通《资治通鉴》，很有可能将来是个大企业家，甚至可能是个大官。对于一些只是想养活自己，轻轻松松过日子，只想有点风骨，别老跪着去挣钱的这种人，请跟着冯唐学《资治通鉴》，站着把钱赚。

希望大家最后都能自己成事，帮助周围人成事，让世界变得更美好一点。

做个真狠人，才能有职场自由

做事的人不能软塌塌的，对自己狠才是真狠，长期对自己真狠，才能成为一个真的狠人，才能在事业上获得真的自由。

如何把事做成？如何修炼成真的狠人？读《曾文正公嘉言钞》。

曾文正公就是曾国藩，晚清著名政治家、战略家、理学家、文学家、书法家。"文正"是他的谥号。谥号是中国古代君臣死后，后人给他们带有评价性质的称号。"文正"的意思是"谥之极美，无以复加"，这个人已经做到人的极致了。有"文正"称号的人都非常牛，比如宋朝的范仲淹、司马光，明朝的方孝孺，清朝的刘统勋和曾国藩。

《曾文正公嘉言钞》，顾名思义，就是曾国藩金句的集子。从曾国藩的文章中辑出这二百多条金句的，就是历史上鼎鼎大名的人物梁启超。

成事的基础是吃苦耐劳

一个人成事的基础，不是高情商、高智商，而是吃苦耐劳。

> 吾屡教家人崇俭习劳,盖艰苦则筋骨渐强,娇养则精力愈弱也。

这是曾国藩家庭教育的箴言。他经常教导家里人要吃苦耐劳。如果一个人经常干苦活、动心忍性,筋骨会变得强壮。如果娇养自己或被人娇养,体力、精神会越来越弱。

我展开解读就是三点:

第一点,自己的事情自己做。把自己的身心管理好,才能带团队,多做一些事情。我一个老哥做了四十年投资,他说他的原则就是:一个人做不了的生意,他就不做了。带团队、做事情,起点其实是一个人自己能把事情做成。

第二点,坚持锻炼,保持健康体重,少生病,时刻保持能干活的状态。这是成事人的另一个基本要求。我带过大大小小的团队,有些年轻成员生病的概率、严重程度要远远高于我,我就跟大家讲,职业管理人并不是只要会做PPT、数学模型、懂资产负债表就行,保持身心状态良好也是不可或缺的职业素养。

第三点,纠正一个可能有的误区——现在流行女孩子要"贵养",我认为纯属胡扯,女孩子要像男孩子一样"崇俭习劳"。原因有三个:第一个,男女在工作机会和上升空间上不平等,女孩子再"贵养",进入社会如何竞争?第二个,是常识,谁更容易被钱诱惑,是习惯用别人的钱大花特花的女生,还是习惯自己挣钱自己花、量入为出的女生?答案是显而易见的,一定是前者容易被钱诱惑。第三个,哪个男人不渣,不靠自己还能靠谁?

成事与内卷的本质区别

我们在职场里会看到有些霸道总裁,但是,他们是不是真能成事的人？可能是，也可能是PUA别人、让他人内卷的假狠人。那如何判断和区分？

强毅之气决不可无，然强毅与刚愎有别。古语云："自胜之谓强。"曰强制，曰强恕，曰强为善，皆自胜之义也。

做事一定要有强毅之气，做事的人不能软塌塌的。就怕别人觉得你是一个挺软的人，实际上也真的软，有些事就做不成了。

但强毅与刚愎自用不一样，能战胜自己的欲望、战胜自己的人性弱点，这叫"强"。自己能够勉强自己，宽容别人，做好事，做积德的事，这些强调的都是一个"自"，就是自己能够战胜自己。

其实成事和内卷、真狠人和假狠人，无非三方面的大差别。

其一，看他的狠是对自己，还是对他人。真的狠人对自己狠和严的程度，要永远多于对其他人的。他要求你的，他都能做到。如果他的凶猛、强悍，是对他人的，你就要留个心眼儿。

其二，从事情来判断。真的狠人，他的凶猛和决绝是对事的。在短时间内事大于人，先把仗打赢，再判断是谁的功、谁的过。而假的狠人，不是对事，而是对自己爽不爽。这件事只要他爽，就认定别人必须按照他的想法去做。其实，这是把自己搁在了事之前。

其三，真的狠人和假的狠人追求不一样。真的狠人都是说，他有多自律、严谨，多少年如一日，一直如临深渊、如履薄冰。可假的狠人，你会听见他说，他牛，他有多牛，他就比你牛。

如何做个真狠人

敬字、恒字二端，是彻始彻终工夫。鄙人生平欠此二字，至今老而无成，深自悔憾。

"敬"和"恒"是两个最重要的修炼方法，但曾国藩评价自己，说今生欠这两个字，所以老而无成，自己非常后悔。

　　其实这句话讲的是读书："吾辈读书唯敬字、恒字二端。"但是"敬""恒"二字，不只适用于读书，也适用于做事。总说"三不朽"——立言、立功、立德，而"敬"和"恒"，是隐在立言、立功背后的立德。你有了立德做基础，再去立言、立功就有了根据地。

　　"敬"是敬天悯人，尊重常识和积累，尊重事，不走捷径。"临事静对猛虎，事了闲看落花"，就是说，你遇上事应沉着冷静，如临深渊，如履薄冰，事完了就该看看花。"恒"是在对事上，坚持投入时间和精力，几年甚至几十年如一日，不求速效，不着急。

　　曾国藩对自己一生的功业颇有自我认识，说自己读书没有太多成就。他奔波于战场、官场，没有那么多时间去仔仔细细做学问、做文章。但在曾国藩的家书、奏折、闲散文章，包括日记等文字里，我能清楚地看到他对东方管理智慧有非常好的总结。

　　如果立志不朽，就要拿出一辈子的时间。读书、写作、做人、做事，都是一辈子的事，而"敬""恒"，就是抓手。

随波逐流还是特立独行

　　我们在生活和工作中，一直有一个选择需要我们做——是随波逐流，还是特立独行？我个人的意见是，成事的人不甘流俗。

　　曾国藩说"人材高下,视其志趣"——这个人到底是不是一个人才，不看智商，不看情商，不看我们市面上流行的角度，而看他的志向。

　　"卑者安流俗庸陋之规，而日趋污下"，志趣比较低下的人才，永远是安于世俗、油腻、潜规则的。一旦接受了这一套，人就会慢慢往下出溜。

志趣高的人才是什么样的？"高者慕往哲盛隆之轨，而日即高明"，高级人才会向往过去的哲人、圣人，那些高尚的、美好的、更有意义的轨迹。他沿着这个轨迹去走，虽然很痛苦，但是每天都会比昨天好一点，比昨天高明一点。

看人才，你到底是看智商还是情商，如果都不看，那看什么？我非常认同曾国藩的说法——"视其志趣"，就是看这个人是一个俗人，还是一个脱俗的人。如果是俗人，他会越来越差，哪怕他智商、情商都特别高。智商、情商特别高的俗人，往往会变成更大的隐患。如果他志趣很高，不愿意流俗，即使智商、情商都比较低，每天也能进步一点。

这句话出自曾国藩写给晚辈的教育信。作为一个德高望重的长者，他教育晚辈，并没有给出明确的答案，只是说，到底是做一个油腻的人，还是做一个不油腻、走自己路的人，你自己去选。

做管理，把时间用在正确的地方

领导整天到底在干什么？把这件事想清楚了，即使你不是领导，也至少知道了领导在想什么，以及他们是不是在做正确的事情。

找人、找钱、定方向

曾国藩说："为政之道，得人、治事二者并重。"做官之道，就两件事——得人、治事，其实就是找人、干活。

"得人不外四事，曰广收、慎用、勤教、严绳。"得人要注意四点：广泛招人、谨慎使用、辛勤教导、严格管理。曾国藩的言论跟现代人力资源管理的理论和实践非常相符。现代人才管理有四方面：选、用、育、留，即选人、用人、培育人、留人。当然这个"留人"，也包括开除人。

"治事不外四端，曰经分、纶合、详思、约守。"作为一个战略专家，我可以很负责地讲，这其实跟现代的战略管理也非常契合。"治事"就是做项目。"经分"就是一定要分析到最细节、最扎实、最落地的地方，分析到地摊、街面、街头，分析到你具体的客户。"纶合"是通盘斟酌，可以沉到深深的海底，也要能拔到高高的山上，要想大局是什么。"详思、约守"就是规划周全，执行坚决。执行战略的人，要非常清楚自己在什么时间干什么事情，这样大家一起做一个相对复杂的事情时，才能保证在相对合适的时间里达到预期的效果。

执行坚决，看上去像是一句废话，其实不是。病人没被医生治好，最大的原因是什么？是病人不遵医嘱。我做了这么多年战略，最烦的就是别人不听话。

很多好的战略落不了地，原因就是执行不坚决。一个没想透、没想好的战略，如果坚决执行，会误事，会死人；一个想透了、想好了的战略，如果不坚决执行，也会死人，也会误事。

一个管理者每天该干什么？我的总结跟曾国藩说的类似，但更好记，三方面：找人、找钱、定方向。曾国藩讲的得人、治事，就是我说的找人、定方向。他没说找钱，因为他是个官员，找钱这事归朝廷负责。但作为一个管理者，找钱有时候比找人更重要，比定方向更重要。因为没钱就没法找人，定了方向也没法执行。

所以，管理者找人、找钱、定方向，之后适度玩耍，保持身心健康。

在关键时刻识人、用人

找人，有两个重要的衍生问题：一是找什么样的人，二是怎么找到这些人。

曾国藩说:"专从危难之际,默察朴拙之人,则几矣。"选择在危难的时候,默默观察哪些人能做到朴实厚道,这正是识别人才的好方法。

"老实和尚不老实",这是我常说的古龙小说里的一句话。貌似忠厚老实的人,其实内心鸡贼得很。生活中这样的人不在少数。

没有谁会在脑门上写一个大大的"渣"字。在确定一个人的基本素质,确信其靠谱程度之后,如何辨识他的心性修为?要等到重要节点,关键时刻。

我常说"宁用朴拙君子,不用聪明小人",因为危难之际,朴拙之人最靠得住;聪明人会多想,会油腻,会撒谎,会逃跑,会给自己找借口,也就是靠不住。剩下的朴拙之人,有可能站在你旁边,一直陪你度过最艰难的时刻。

为什么要找关键时刻而不是平常?因为我们都是普通人。平常大家都可以做谦谦君子,都可以把事情做得漂亮,既然市场好,你分一点我分一点,大家都有饭吃。只有到了关键时刻,才能看出来,哪些人是富贵不能淫、贫贱不能移、威武不能屈的朴拙君子。

最后,关键时刻看朴拙的人,判断标准是信任公式:

信任 =(可信度 × 可靠度 × 可亲度)÷ 自私度

看这个人是不是万事都从你的角度想,是不是在你倒霉的时候还能陪你抽根烟、喝杯酒,是不是能把自己的私利放在公司的利益、团队的利益甚至你的利益之后。

如果你能找到在关键时刻富贵不能淫、贫贱不能移、威武不能屈的朴拙君子,而且这些人愿意跟着你同甘共苦,恭喜你,请善待他们。

非天才的人如何自我成就

《老人与海》讲的不仅是真的海,还有很多别的海;不仅是那个老人(桑提亚哥),还有其他很多老人,包括将来的你我。

《老人与海》是海明威的代表作,荣获了1953年美国"普利策文学奖"和1954年的"诺贝尔文学奖"。

故事非常简单。整部小说金句中的金句,也总结了海明威提倡的英雄主义:一个人从来不会被打败,你可以毁灭他,但是你不能打败他。硬汉!

小说其实只有两个人物:一个是老人桑提亚哥,另一个是小孩马诺林。小说通过孩子的眼光展示老人的孤独无助,从孩子的视角开始了这部小说。到最后,小孩又回到了老人身边,跟老人讲:你身上还有很多我没有学会的东西,我要继续跟你学。这也表示孩子继承了老人的精神,孩子就是老人的希望,代表人类乐观的未来。

译读英文版《老人与海》

He was an old man who fished alone in a skiff in the Gulf Stream and he had gone eighty-four days now without taking a fish.

这是《老人与海》的第一句,直接译成中文就是:他是在湾流的一条小船里孤独地打鱼的老者,他已经八十四天没有打到一条鱼了。

小说的第一句往往会提示这本小说的主题、矛盾、困扰、气氛、张力,往往还会提示作家在这本小说里的主要风格。海明威在《老人与海》的第一句里体现了一条船、一个人、一个海湾、一条鱼(还没打到),突出了一种失败感。

在桑提亚哥第八十五天出海之前,小孩过来看他,给他弄了口吃的。老人和小孩之间的对话是:

"But remember how you went eighty-seven days without fish and then we caught big ones every day for three weeks."

小孩跟老人说:"你不要怕现在的运气不好,你还记得吗,你曾经有八十七天一条鱼也没有逮到,但后来我们每天都打到大鱼,连续三周。"

"I remember," the old man said, "I know you did not leave me because you doubted."

"我还记得,"老人说,"我知道你离开我不是因为你有怀疑。"

"It was papa made me leave. I am a boy and I must obey him."

"那是我爸让我走的,我还是个孩子,我得听我爸的。"

"I know," the old man said. "It is quite normal."

"我知道,"老人说,"这是很正常的。"

"He hasn't much faith."

"我爸没有多少信念。"

"No," the old man said. "But we have. Haven't we?"

"是，你爸爸没有多少信念，"老人说，"但是我们有，不是吗？"

简单的一段对话里藏着重要的信息：老人是非常有经验的。他之前吃过更大的苦，遇过更大的不幸，他潜意识里知道什么时候该坚持，什么时候该放弃，他有过往的经验给他的智慧。

孩子问老人：

"But are you strong enough now for a truly big fish?" （"如果真来了一条特别大的鱼，您干得动它吗？"）

这问得挺残酷的。所有人都年轻过，那时候似乎有使不完的力气，等到老了，力气一定会往下坡路走。

老人是这么回答的：

"I think so. And there are many tricks." （"我干得动。我有挺多的窍门儿。"）

这个窍门，不是油腻，不是捷径，不是诡计，不是阴谋，而是怎么更好地用自己的力气，怎么更好地判断方向，怎么控制自己。

一个人如果长期做事、训练、修行，虽然力气、精力不如以前，但是他会有其他随着岁月而增长的东西。比如见识、对情绪的控制能力，比如对成事作为一种修行的理解和掌握，比如一种战略笃定。所以年轻有年轻的优点、优势，老年有做事方面的优点、优势。

But, he thought, I keep them with precision. Only I have no luck any more. But who knows? Maybe today. Every day is a new day. It is better to be lucky. But I would rather be exact. Then when luck comes you are ready.

老人想：我还是把各种工具、鱼线很精确地放在它们该在的位置。我只是运气不好。但是谁知道呢？也可能是今天。每天都是新的一天，有运气当然好。但是我希望准确。运气来了，我就肯定准备好了。

我体会到很多真的职业人——无论哪个职业——都会把自己的修炼当成很重要的事，把需要做的准备，一步一步做得精确无误，然后等待奇迹的发生。我有时候跟年轻团队成员说："您总是想做大事，想发大财、出大名，但是能不能保证基本的身体别掉链子，您两星期得一次感冒，三星期得一次中耳炎，四星期得一次腮腺炎，那您这算什么专业人士？"

专业人士成事的第一个基本要素是别老生病；第二个基本要素是别老情绪化，别整天臊眉耷眼或愁眉苦脸或义愤填膺的。训练有素的专业人士是能够稳定、精确地管理自己的情绪的。

大鱼上钩了，海明威一步一步地描写大鱼上钩前后的细节。这也是好作家了不起的地方，能把细节往深了写。比如茅盾，洗澡他能写两千字，穿衣服能写三千字。其实这是所谓作家的基本功。

His line was strong and made for heavy fish and he held it against his back until it was so taut that beads of water were jumping from it.

他的鱼线是那么强韧，那是给大鱼用的，他用后背来持住它。线是那么紧，你可以看到水珠从线上跳下来。

"I wish I had the boy. To help me and to see this."

老人说："我真希望小孩能在啊。帮我并见证这一切。"

这是老人的慨叹。一方面鱼太大了，他希望年轻人能在，跟他一块儿干掉这条鱼。另一方面,他也孤独。哪怕再了不起的人,哪怕再顶尖的专业人士,都希望自己有帮手、有团队,不希望自己只是一个人。他也希望自己的人生体验、行业体验,特别是一些极致体验,能够通过人和人的交往传递下去。

No one should be alone in their old age, he thought.

任何人在老的时候都不应该孤独,老人是这么想的,但是无可避免。不管是在婚姻里,还是在婚姻外,越到老年,孤独感越强。你的习惯、想法、生活,很难跟别人分享,让别人理解。老人重复了很多次"我希望这个男孩跟我在一块儿",但是小孩不在。

You have only yourself and you had better work back to the last line now…

你只有你自己,你最好到最后一根线那块儿去工作,把它处理好。

尽管英雄注定孤独,他还是希望有人在旁边。但是往往这些人不在,那他自己就要顶上。

"Fish," he said softly, aloud, "I'll stay with you until I am dead."

"大鱼,"他很柔和地说,"我会一直陪你到我死。"

真正的英雄,对于他特别想干的事,只会有一条结束的法则:我在,事在,我在,这事就没完;只有我死了,才能停止。打鱼是这样的,写作也一样。

并非天才的人如何实现不朽

我喜欢的那些作家,多数都是天才型作家,包括亨利·米勒、D. H. 劳伦斯、凯鲁亚克。如果他们不存在,他们的代表作也不可能被别人写出。

非天才作家想实现不朽，可以学习的最好例子就是海明威。

《老人与海》有这几个关键点：

1. 英雄主义。什么是英雄主义？就是你不知道为什么要做一件事，但还是鬼使神差地自然而然地去做了。做成了，你觉得自己牛；失败了，你觉得虽败犹荣。这就是英雄主义。看《老人与海》更具体、更生动的细节，你会丰富自己对英雄主义的认识。

2. 极高的文本技巧。你挑不出毛病，换不了词，砍不了句子或段落。海明威虽然不是一个天才型作家，但他的"活儿"非常好。早年受过严格的记者的训练，句子简单、清澈、短小精悍，而且没有太多的词汇。海明威的英文告诉你，用一千个词就可以写出"诺贝尔文学奖"级别的英文小说。

3. 老年的小欢喜和大悲伤。我们不得不面对这样的事实：有生必有死；我们不得不面对一个真相：下坡路比上坡路更难走。早点考虑老年和死亡，我觉得对我们的后半生乃至一生过得平稳会有好处。看《老人与海》能给你一些提示。

4. 血战古人。海明威前面有赫尔曼·梅尔维尔（《白鲸》的作者），美国文学的巅峰人物之一；同时期的有福克纳、菲茨杰拉德，都比他有名，比他更成功。他如何血战前人，实现不朽？《老人与海》他写得非常努力。我去过他写作的房子，离哈瓦那九到十公里的一座阁楼。我在他的打字机前面站了一会儿，能体会到他的孤独、他的努力和他的悲壮。

5. "抓条大鱼"的梦想贯穿了男人的一生。大鱼可以比喻很多东西，一所好学校，一个校花，一份特别好的工作，一个很高的职位，一个能使出力气的机会，一个能为之努力的理想。抓条大鱼，贯穿了很多自认为得意的男人的一生。

6. 失败。《老人与海》从头到尾贯穿着失败，开始是八十四天没打到鱼，从某种角度来说最后也是以失败结束。如何面对失败？《老人与海》给出了老人的答案，也是海明威的答案。

7. 终极状态。《老人与海》弥漫着一种个人主义的气氛，一个人的努力，一个人的抗争，一个人的孤独，一个人的成果，一个人的失败。到最后，一个老人，一条船，一个大骨架。哪怕是最大的英雄，面对的终极都是一种孤寂。"孤舟蓑笠翁，独钓寒江雪。"

8. 自杀。在《老人与海》的阅读中，我隐隐地在终极的空寂之中体会到一种自杀的提示。在你朝你最大的目标尽了最大的努力和坚持之后，无论是胜利还是失败，特别是胜利之后，你还能做什么？

9. 生活简单。老人三天在海上，除了吃打上来的鱼，喝少量的水，没有酒，也没有香烟，没有任何的享受。这种日子，我觉得，唉，也不错！生活其实可以非常简单，简单的生活并不影响幸福感。对所有人来说，并不是锦衣玉食才是好生活。简单生活，去打一条大鱼，得志行天下，是有诱惑力的一段好时光。

"食色，性也"，但食色之外，人，特别是男人，还有其他的事情。只有一条大鱼，没有女人，没有情色，没有美食，没有美酒，也可以是一部惊天动地的好小说。

笃定有意义地活一生

我们都生活在残酷无情的宇宙间,如何在宇宙间不被风吹散、不被风吹走,如何能笃定地、有意义地、充分地活这一生?《沉思录》能帮我们不易被风吹散。

作者马可·奥勒留,这名字难记,但是谐音是"噢,老留",我就简称他为老留吧。

老留是皇帝中的哲学家。如果宋徽宗赵佶是皇帝中"最大的艺术家",那老留就是皇帝中"最大的哲学家"。他是斯多葛学派的哲学家,能帮我们了解西方知识分子的心理。他这本《沉思录》中也有做皇帝的内心挣扎、快乐、高兴、不满和期望,所以读之也能了解帝王的心理。

以一世英主而身兼苦修哲学家

奥勒留最厉害的地方,是以一世英主而身兼苦修哲学家。

他是古罗马帝国时期五个贤能的皇帝之一。121 年生人,180 年去世，活了不到60岁。当时，古罗马帝国处于风雨飘摇、四处战争的状态。

老留很贤能，虽然他不是很强壮，但相当能打仗，文治也不错。

老留受的是私塾教育，主要接受的是斯多葛学派的训练。他自幼过着思想复杂、简单朴素的生活。他习惯于吃苦耐劳，锻炼筋骨。虽然体质一直不强，但勇气过人，猎杀禽兽都非常勇敢。对一些骄奢淫逸的事避之犹恐不及，比如说赛车、竞技、斗兽等，他都不喜欢参与。

他很小的时候就开始参与政治。他19岁身为执政官，24岁结婚，之后保民官的职位和其他国家荣誉相继而来。40岁的时候，他的养父亦是姑父安敦尼努·庇乌死了，于是他继承帝位。

老留即位之后，四方战争纷纷而起。162年，也就是他41岁的时候，战云起自东方，然后又起于北方，他就一直在打仗。他59岁逝世于多瑙河边的文多波纳（Vindobona，今维也纳）。

作为军人，老留是干练的，战功赫赫的。作为政治家，老留是务实的。他虽然热心于哲学，但并未抱有任何改变世界的雄图。可能那个时候罗马已经很虚弱，也可能是他内心修炼的结果。

用三点读懂"世界之书"

这本《沉思录》一共12篇，讲的就是一个人如何过这一生，如何看待宇宙、看待自己，如何摆正自己和宇宙的关系。摆正了自己和宇宙的关系，也就摆正了自己跟他人的关系。

我用三点归纳奥勒留的哲学思想：

第一点，宇宙是有理性的。理性是一套具体但又不能轻易言说也说不完的道理。

第二点，人是平等的、独立的，又是相互关联的。任何人在宇宙中，在他活着的时候，都有一定的作用。

第三点，任何个体要在他活着的时候，通过理性控制自己的肉身来实现它的功能。

宇宙理性，人人平等，充分发挥一个人该发挥的作用，就这三点。

展开讲，所谓理性有四个：一是智慧，所谓辨识善恶；二是公道，来摆平个人和集体、个人和他人之间的关系；三是勇敢，借以终止苦痛；四是节制，不要为物欲所役。

跟其他哲学家、宗教不太相同的是，老留不相信轮回、来生。老留不曾试图总结和建立一整套哲学体系，《沉思录》是语录体，没有开头，没有结尾。所以在读《沉思录》的过程中，我们也不用追寻一套完整的哲学。

解读《沉思录》

待人之道：处世和蔼宽容

1. 待人要有一视同仁的风骨。

从我的祖父维鲁斯我学习了和蔼待人之道，以及如何控制自己的情感。

很多人对于比他们强的人是充满耐心、和蔼可亲的，但是碰到比他们弱的人，脸色就不好看了，能够忍耐的东西就很少。从我的角度来看，这是没有风骨的表现。

控制自己的情感非常重要。哪怕你累了、烦了，但既然你做了这个事，就要和蔼可亲地去完成自己的职责。我的老师妇产科大夫郎景和跟我说，他行医60年，没有跟患者发过脾气。这让我非常感动。

2. 如何对待没文化、不讲理的人？

随时小心照顾到朋友们的利益；对于没有知识的人和不讲理的人能够容忍。

第一，照顾别人。个体的人生存在宇宙间，目的并不是把个人利益最大化，而是完成宇宙交给个人的职责。你的职责不是把你的或你家族的利益最大化，而是完成你今生的任务。每个人都有任务，或大或小，本一不二。

第二，没有知识的人和不讲理的人也是宇宙的一部分，你能改变他们吗？不一定，你只能包容他们。

3. 世间的美德不多，你要努力做到。

他从不表现出愠怒或其他的情绪，而是完全超出情绪的影响之外，永远是和蔼可亲；对人赞美而不誉扬过分，饱学而不炫弄。

其实美德也不多，就这么几条。老留说不生气、和蔼可亲、控制自己的情绪，坚持一辈子非常难。

对别人赞美，但是不要过分。多说好话是让别人喜欢你的捷径，但是好话不能说得太过。饱学而不炫弄。知识真的能让你骄傲吗？你辛苦学的东西，天天挂在嘴边，别人有可能不认可，还有可能因此讨厌你；别人可能问更多的问题，你们的知识结构不一样，你怎么讲？从这个角度来看，我辛辛苦苦获得的真知灼见，你又没给我钱，我凭什么跟你分享？所以饱学不要卖弄。

4. 要学会尽量不挑别人的毛病。

从文法家亚历山大我学习了避免挑剔别人的错。

挑别人的错是很多人的毛病，我有时候也那样。后来我想：其一，有些其实算不上毛病，为什么就一定是错？其二，别人已经把意思表达清楚了，何必要纠正他？是想从他身上学点东西，还是想显示自己有多牛？挑出几个无伤大雅的错误，对进步也没有多大帮助。

在日常生活、工作中避免挑剔别人，听你要听的东西，知道了就好。

有时候读者问我："冯老师，你喜欢什么样的女生？"我发现一开始我喜欢爱笑的女生，再后来我就喜欢不挑我毛病的女生——这么大岁数，改也改不了了。

成事之道：从解决问题开始

1. 自己动手，持续成事才是快乐的源泉。

我的教师训导我：不要在竞车场中参加拥护蓝背心一派或绿背心一派，也不要在比武场中参加拥护那轻盾武士或重盾武士；不要避免劳苦，要减少欲望，凡事要自己动手做，少管别人的闲事，不可听信流言。

生活上少花钱，尽量简单，减少欲望；不要怕苦，不要怕累，要多干活，不要退休。我不认为整天闲待着是快乐的源泉；相反，干活、成事才是快乐的源泉。这跟欲望没有关系，喜苦、耐劳是快乐的源泉。

凡事自己动手，少管别人的闲事。听上去简单，但非常难做到。想让我妈不管别人的闲事，不管四邻的闲事，不管亲戚的闲事，不管国家大事，那几乎是不可能的。让她只管管自己的生活，那是非常难的；让她只管管自己，那也是非常难的。我曾经跟我妈说："你自己的事都不能自己动手来完成，你管别人那么多闲事干吗？"我妈陷入了深深的思考，然后说："如果我不管别人的闲事，我的生活就没了意义。"

2. 一个好的管理者应该有的样子。

他使得人人都相信他是心口如一，他无论做什么事都非出自恶意。他遇事不慌，临事不惧，从容不迫但亦不拖延，从不手足失措，从不沮丧，从不强作笑容，更从不发脾气或是猜疑。

……在他面前没有人会觉得自己被他藐视，甚至会觉得自己比他还强；在适当范围内他和人谈笑风生。

有一类人是天生的领导者。他定个战略,身先士卒往前冲。有个别人,自己很强,又能把一些很强的人聚在他周围一起工作,但不会让这些人对他产生竞争心。

我希望我能做到上面这点,但是我的竞争心太强了,遇上本事也就那么回事但认为自己有大本事的人,我就压不住想摁他们的冲动。

3. 再好的战略没有坚决地执行,也是瞎扯。

从我的父亲,我学习到一团和气;主意打定之前仔细考虑,主意打定之后坚定不移;对于一般人所谓的尊荣并不妄求,但爱实事求是地工作;为了公共的利益,虚心听取别人的意见,毫不迟疑地给每个人应得的报酬;靠经验,他知道什么时候该坚持,什么时候该放松,他压抑了一切的青春的欲望。

谋定而后动,谋定之前要殚精竭虑地想,收集资料后反复讨论战略应该怎么定;但一旦定了,就要坚定不移地执行。再好的战略没有坚决地去执行,也是瞎扯。这就是战略素养。

有些领导的确干活、想事都不错,但就是不给钱、位置、奖赏、夸奖。人家把本事学到了,就可以跟别人干或自己干了。

青春时最容易放纵自己,最难压抑自己。如果一个人能在青春的时候压抑自己,这个人如果不是很惨,那可能是圣人。

智慧之道:从做理性之人开始

奥勒留《沉思录》的一个核心词是"理性"。跟随宇宙理性去生活,不要去管别人。宇宙理性给你的任务,你去完成。

在宇宙理性的指引下,克服感官诱惑,你才能够在宇宙间不易被风吹散。这个风有可能是别人的意见、外界的风潮,也有可能是你内心翻滚的欲望。

但是，如果没有什么能胜过你内在的神明，那神明能制伏一切各种欲望，能检讨一切的思考，能如苏格拉底所说不受感官的诱惑，能敬畏神祇，能博爱众人；如果你发现任何其他事物皆比这个为渺小，皆比这个价值低，千万不要放弃这个转而他求；因为一旦你有所旁骛，误入歧途，你便永久不能再专心一意地侍奉你那固有的好东西。一切的身外之物，诸如众人的赞美、权势、财富、纵乐，若任其与理性和政治利益相抗衡，那是不对的。这一切东西，纵然在短期间好像颇能令我们适意，会忽然间占得上风把我们掳走。

如果你不经常思考我是谁、我在哪儿、我在干什么、为什么，你就可能被宇宙间的风一吹而走。你要干的事情不见得要很大，只要你认定了就好。

要尊重你那形成意见的能力。

形成意见、正见非常重要，只有主见强大，内心才能强大。

人实在是太渺小了。像老留这样贤能的君主，有无限的权力，还发出人生实在渺小的感叹，何况你我！所以不要过分放大自己和自己的欲望、理想。用好你这块材料，这就是渺小的个体最该理解的命运，最该去做的事情。

以我非常喜欢的一句话收尾：

你是一个担负着躯体的小小的灵魂。

如果要完成我们的责任，我们要时刻警惕自己的肉体。它就像一辆车一样，能带我们去要去的地方，但是它也充满了欲望，有把我们带到沟里的可能。

与自私的基因和平共处

基因是我们广义的人性的物质基础。窄义的人性，残存的兽性，虚无缥缈的神性都和基因相关，从某种程度上说，都是基因编码出来的。人是个行走的肉体计算机，基因是人体计算机的编程语言，你不能不深入了解基因。

人的理智与情感，在很大程度上都是有基因基础的，甚至一些个人品质、品行，比如专注、忠诚、勤奋等，也包括自私，可能都有基因基础。

《自私的基因》提出一个观点：自私是正常的，自私是被老天编码的。因此，由于自私产生的各种被人诟病的行为，无所谓，因为人就是这样。

但是作为万物之长、万物之灵的人，只能随这种基因油腻吗？通过阅读《自私的基因》，我们能产生智慧的觉醒。

基因天条：让存在概率最大化

理查德·道金斯于 1976 年出版的《自私的基因》，英文原名叫 *The Selfish Gene*，主要讲演化。

这个观点和"基于物种和生物体"的进化论观点有些不同，主要是倚仗基因学的进步，用基因学解释生物体之间的各种利他行为。两个生物体在基因上的关系越紧密，就越可能表现得无私。

理查德，一个有贵族血统的学霸，认真念书，仔细思考。他提出人活动背后有一个终极目的——让他的基因存在下去的概率最大化。

不只是人的基因，其他动物、植物的基因都是这样，基因的传递复制是第一目的。

理查德·道金斯是个铁杆的无神论者，他是进化论坚定的支持者和信徒。理查德认为，没有所谓的终极造物者，终极推动就是时间。巨大尺度的时间不停地试错、演化。基因一直无善无恶，无始无终，以基因复制概率最大化为第一驱动。

穷人和富人的平衡

如果沿着这个思路，是不是世界就是弱肉强食、优胜劣汰的呢？事实很残酷，但也不一定。

极端自私的基因可能传递不下去，因为它作为个体，力量太渺小了，它极端自私，也就没有人帮它，于是就消失在茫茫的世界里了。

自私的基因，通过利他、不自私跟别人合作，从自私到合作共赢，最终的目的是自私。常识和智慧告诉基因，不得不做利他的、有褒义道德特征的行为、原则、做法等。

所以聪明人为了达到自私的目的，有意识、无意识地做了利他的不自私的行为。

社会学有一个重要的平衡，富人和穷人的平衡。富人有钱了之后，更容易有更多的钱。穷人因为没钱，进一步获得钱的可能性反而更小，困难更大。如果放任自流，纯从自私和常识的角度看，富人就会越来越富，穷人就会越来越穷。

这种趋势一直会存在，但是在过去三四百年的进程中我们发现，如果放任为富不仁，让他们沿着自私的基因走下去，阶级矛盾会越来越深，积累到一定程度，就会社会动荡，造成总体的不利。

多次这样的循环往复之后，富人们意识到，如果想要社会和谐，即使是为了自己好，也要给穷人足够的保障福利以及上升通道。

即使出于自私，人也不得不有一颗公心。没有公心，反而不能让人的自私得逞。富人最高的出发点是为了保有自己的财富和地位，但他也要给出一定量的财富，去维护穷人的基本利益，这是社会的基本道义。

这是经过了千百年的战争，在今天一些福利国家才形成的共识。多么痛的领悟。

与自私基因和平共处的智慧

当我们意识到人都是带着自私的基因，这个基因就是想繁殖，爱情、理想、神圣都是表象，从而感到这个世界的荒凉和冷酷时，怎么办？只能依靠智慧。

第一，看到人性桎梏，继续积极向上地生活。为了自私，我们希望别人和我们一起过得好一点，世界能变得更美好一点。

第二，看到自私基因强大的一面。你我皆凡人，不要苛责自己。不苛责自己，就不会产生内疚心理，就能为你省下能量去做一些公益的事情。

第三，基因不能起到决定一切的作用。你生下来就带着基因组，但那只是你的命，并不是你的一切。一命二运三风水，四积阴德五读书，六名七相八敬神，九交贵人十养生，这是所谓的"成功十要素"。命只是其中第一个要素。你做到上面两点，就是在管理自己的基因——觉生定，定生慧，也就是和它和平共处，能够欣赏、享受人的本性，激发自己的神性。

做事时成事，不做事时成佛

人性很复杂，最坏的人也可能有善良的一面，最好的人也可能有邪恶的一面。如果你极度苛刻，没有男人不是"人渣"。如果你极度苛刻，没有女生没有一点点小的心思。

读《天龙八部》，你可以看到"众生态"："贾宝玉式"的段誉、侠之大者萧峰、率性而为的虚竹、好色的马夫人、扫地僧、天山童姥、"四大恶人"等。你能知道种种人性。

人性没有绝对的善恶

"天龙八部"是指佛经中的八类护法天神，就是帮着佛与找麻烦的神神鬼鬼去斗争的护法。"八部"第一是"天众"，第二是"龙众"，第三是"夜叉"，第四是"乾闼婆"，第五是"阿修罗"，第六是"迦楼罗"，第七是"紧那罗"，第八是"摩睺罗伽"，以天和龙为首，所以也统称"天龙八部"。

这八种天神和小说人物没有一一对应关系。我猜金庸最开始在构思的时候可能试图能够呼应起来，但写着写着，忘了或者决定脱开束缚，结果是"天龙八部"的佛教内涵只构成某种"皮肤"，"骨子"里还是悲欢离合、"侠之大者"的武侠小说。

从金庸的设想和小说的实践来看，人就像"天龙八部"，没有绝对的善、绝对的恶、绝对的好、绝对的坏。天神鬼怪是多种多样的，人也是多种多样的，不是每个人都是亲娘养的美少年、美少女，所以世界好丰富。

段誉：矛盾性格源于两个父亲

段誉有两个父亲：一个是一直以为是他正牌父亲，但实际上是他养父的段正淳。大理王段正淳风流倜傥，到处留情，欠下一身风流债，生了好多私生女。小说里众多漂亮女人都跟他纠缠不清，他也能做到所谓的"专一"，就是一时只爱一个人，对每个人都付出了真心。在那一瞬间、在那一晚，你可以把我的一切，包括我的命、我的魂都拿去，这就是段正淳。

段誉另外一个父亲是亲生父亲——"四大恶人"之首段延庆。段延庆因为没当成皇帝、身世坎坷而心理扭曲，变成了典型的坏人。段誉是段延庆的私生子，有意思的是段誉最后当上了大理皇帝，老子做不成，儿子来做，前生后世很有意思。

段誉一方面继承了他养父的特点，热爱女生远超于热爱世间其他；另一方面又有生父的血在身体里，生父做事邪恶、阴险，但是性格坚韧、刚强。所以，段誉又温柔又刚强，偶尔打起来也是个汉子。

段誉有点像武侠小说里的贾宝玉，他有贾宝玉的温柔，但又比贾宝玉多了阳刚之气。

虚竹：奇遇 + 好运 = 开挂的爽文男主

　　虚竹具有佛学色彩,也更具备武侠小说常用的人设——身世离奇。虚竹最开始默默无闻,就是没有任何特色的少年。实际上他有着高贵、能干的父亲、母亲,但他在很小的时候,父母就出现了巨大的变故。是不是很熟悉？很多通俗小说都是这么写的,想想哈利·波特。

　　一个受欺负的、默默无闻的像你我一样的少年,但是背景不同寻常,可能还有祖辈留给他们的一笔巨额资产,有本武功秘籍就在某个山洞之处等着他们,这种设定看着就刺激。金庸没能免俗,金庸是通俗小说大家,也不会免俗,他就照着这种世俗的写法创造了虚竹。

　　虚竹很小就被萧远山从他母亲那儿抢过来,后来成了少林寺一个普普通通的小和尚。虽然他父亲就是少林寺的方丈玄慈大师,但是他一直不知道,后来有了各种曲折的故事。因为一个偶然的机会,小和尚虚竹离开了少林寺,有一串奇遇。奇遇也是推进武侠小说往前走的重要力量。

　　虚竹靠着他懵懵懂懂的"萌",得到了一系列的奇遇和好运,成就了他的盖世武功,成为书中三个主角之一。

慕容复：没那个命，却有那个病

　　慕容复是《天龙八部》里的悲剧人物,是按照虚竹和段誉的对立面来塑造的。

　　段誉热爱妇女,慕容复一点都不热爱妇女,他认为儿女私情实在不重要。虚竹顺势而为，慕容复就充满了心机，一定要光复大燕，以为自己是大燕国的直系后裔，根正苗红，"天选之人"，该做这件事。

我这五十年也的确见过一些人，根正苗红，周围都是帮他的人；履历不错，一路名校、名企；能说会道，似乎什么东西都能说上两句，偶尔一块儿做事也还算有头有尾，有张有弛，有理想、有目标、有行动、有方法。

可是奇怪了，有些人看上去光鲜，似乎特别能成事，但结果啥事也办不成。与其跟这种人做大事，还不如做一些力所能及的小事。如果你没有机会跟像段誉、萧峰这样的大英雄去做事，千万要认清楚慕容复这类人，他们不是好的领袖。

江湖上称"北乔峰，南慕容"，但这俩人的差别比南北的差别还大。

一、命。如果皇冠砸到慕容复脑壳上，他不会是特别差的皇帝；但是皇冠没有砸在他头上，也没有神奇的命运来眷顾他。

二、做事的江湖道义。做事是为了什么？别人为什么要跟着你？你能给别人什么？慕容复没想清楚，只是想着自己想要的。哪怕一开始江山、美人都在你手上，最后还是两手空空。

三、本事。基因没给慕容复那个判断能力和智慧。他表面上是谁谁的儿子，被前呼后拥，但是午夜梦回，大雨滂沱而下，他扪心自问：自己真的有超出平常人之处吗？没有。

一个人尽全力想让自己闪烁，想站到舞台中心，最后必定是一场空，还可能丢掉本来可以得到的亲情、爱情、友情。慕容复看不清命、能力，不知道分享、分利，只想着自己巨大的欲望。最后他疯了，反而解脱了。疯了之后，还有阿碧陪着他，对他柔情无限。在疯疯癫癫中，他似乎有了江山，也有了美人，还有七八个跟着他的"群臣"，哪怕只是一帮小屁孩。所以，人还是要看清命运、看淡名利，想清楚欲望，然后一个一个地放下。

总之，慕容复这样的人不能跟，慕容复这样的人你也不要做。

世界的真相是无常

我不认为金庸在《天龙八部》中呈现的佛学修养有多高，但基本还是正的。

通俗小说需要"因果报应，皆成冤孽"这个基调，需要把人物脸谱化，需要把情节套路化。金庸在这方面是"大师中的大师"。

佛教讲的是"诸行无常、诸法无我、诸漏皆苦、涅槃寂静"（佛家"四法印"）。我觉得这四句要超出因果关系论，更像这个世界的真相。

"诸行无常"说的是看似你能从 A 推到 B，有因有果，但是绝大多数的"因"，不是你我这样的凡夫俗子能轻易去改变、去推动的。

"诸法无我"，世界不是围着我们任何一个人转的。

"诸漏皆苦"，任何深的感情、纠缠、得到、失去都是苦的，本一不二，不要认为世俗定义的幸福和快乐就真的是幸福和快乐。

"涅槃寂静"，就是宇宙终极没有意义，人生到终极可能也没有意义。从一出生到死去，中间到底有什么意义？我整天说文字打败时间，那也是一个妄念。最后看烟花消逝，还是"白茫茫一片大地真干净"。

"莫笑少年江湖梦，谁不年少梦江湖。"在有力气、有青春、有机会的时候，我们都有很多梦想，男生想干大事，女生想得大爱。这些都是常见的人性。常见的人性背后，我们还要意识到这些还是没有终极意义，要看到"涅槃寂静"。

人生八苦，灭道做不到

金庸在《天龙八部》里讲"苦集灭道"。佛教讲了很多种苦，充分概括了"生苦""老苦""病苦""死苦""爱别离苦"（比如霸王别姬，太苦了）、"怨憎会苦"（你想抽他的人，天天见，烦不烦）、"求不得苦""五阴炽盛苦"（又叫"五蕴炽盛苦"，就是感官过度敏感）。

这"八苦"在《天龙八部》中都有表现，比如虚竹本身是守清规戒律的小和尚，开始无欲无求，可当遇见"梦姑"，失去了童男之身后，欲望之心不断膨胀，也有"爱别离苦"。

苦是贪嗔痴召集过来的，消掉它们就要"灭道"。"灭"是通过一定的方式达到"涅槃"，"贪欲永尽无余，瞋恚愚痴永尽无余，一切烦恼永尽无余"。

《天龙八部》里有个扫地、烧火、干粗活的老僧，点化萧远山和慕容博之间的矛盾。他是这么说的：

要知佛法在求渡世，武功在求杀生，两者背道而驰，相互克制。只有佛法越高，慈悲之念越盛，武功绝技方能练得越多，但修为上到了如此境界的高僧，却又不屑去多学诸般厉害的杀人法门了。

扫地僧就提出了武功和佛法之间的矛盾。武功是世俗的成就，佛法是教人脱离苦海的方式。两者有矛盾，也能结合。但是我不同意结合。

改变不了世界，就做韦小宝

金庸创造了一类侠客，搞笑的"逗侠"，像段誉、韦小宝，人性有光明，有黑暗，有血有肉，有烦恼，有可爱之处，也有可恨之处。

这类人物非常典型，又非常有个人魅力，他们是有智慧的，所以他们干事的时候成事，不干事的时候成佛，金庸老先生通过他们打败时间。

《天龙八部》里的三个主人公：萧峰有傻的地方，从我喜爱的庄子的角度看，大英雄不当也罢；段誉有聪明可爱的一面，也有顽固不化的一面，就像贾宝玉并不是我的偶像一样，段誉也不是我偶像；虚竹对于多数人来说很难效仿。

我在阅读武侠小说这件事上是个俗人，我更喜欢单一主人公，有更强的代入感，所以更喜欢《鹿鼎记》。读着读着，我就化身为鱼，纵横四海；我就化身为韦小宝，跟某个女的聊一聊，遇上某个英雄把他糊弄了，遇上某个官戏弄他一阵等。

韦小宝真实、可爱，是在油腻社会容易混出来还能活得有滋有味的、不丧尽天良的、不傻的人物。

韦小宝如果理想大一点，机会好一点，能混成刘邦、朱元璋、赵匡胤。如果他混得差，心地没那么善良，他就是西门庆。但是，他不会混得特别差，不会做出对不起周围人的事。他做的事可大可小，能审时度势地把事办成，能在世界上像花草一样摇曳。

如果我们不能被庄子、释迦牟尼叫醒，一定要在油腻的世界上混，那就应该多多学习韦小宝。

硬干是死路一条

历史是由人类活动构成的,除了帝王将相、英雄人物,还包括无数的老百姓,他们总体的言论、行为等活动,包括社会的器物审美、各种制度,一切的一切构成了历史。普通人也需要了解人是什么。文学不能告诉你一切,而历史是特别有益的补充,更能反映出人性,特别是集体人性。

普通人扎进历史的湖泊,会发现一些常见的规律。以史为鉴,知道今天,知道你应该怎么办,更好地为明天做准备。

在我看过的历史书里,有太多历史书夸皇帝,夸明代有多强大。而黄仁宇的《万历十五年》在回答中国朝代兴衰这件事上非常独特,它并不是为了"夸",而是为了点清"万历十五年"看似繁荣稳定昌盛背后潜伏的问题。

黄仁宇的《万历十五年》具备两个特点:

一、正好弥补了中国传统历史的不足,不是单纯地摆事实、讲道理。它在深挖历史背后的原因,深挖历史人物背后的驱动力。

二、除了用力阐释为什么，其视角还非常具体而清晰，其写法是综合历史、文学创出来的一种新写法：只选取一年，写了六个主要人物——万历皇帝、张居正、申时行、海瑞、戚继光、李贽。

在讲这六个人物之前，我需要讲讲背景：明代以文官集团为核心的管理制度。明代管理并不是围绕皇帝来进行的，而是围绕着文官集团来进行的。设想你自己就是明朝的开国皇帝朱元璋，你想设计一套最完美的帝国管理制度，你会先考虑两个问题：你面临着什么样的环境？你主要想达到什么目的？

先说说环境。在1949年之前，中国人口的平均寿命是38岁。我妈就跟我说过，中国人就是这样子，家里有根葱，绝不往外冲，能吃饱穿暖，都不会想谋反的事情。人们总说想梦回宋朝、梦回大唐，我不想回到哪个朝代，我只想活在现在。因为多数的朝代、多数人过的日子都很惨，大家不要有任何奢望。其实大家在博物馆里、电视上看到的只是它们最美的一面，事实上多数人过的是在温饱贫困线上下浮动的日子。

由此可知，这个帝国管理制度设计的第一目的是什么——在维持多数人温饱的基础上，帝国持续的时间越长越好。总结概括：低水平，长期维持。

朱元璋就是这么设计的。他首先重文轻武，用一堆制度来限制军队的权力。比如军队的后勤保障是文官调配，军队的领导由当地的文官一把手来管理。文官是主要的管理中枢和管理骨干，武官处于次要地位。

为什么？希望实现帝国的超稳态。有历朝历代的经验教训：一旦给武官过多的权力，他们带着兵能控制一方百姓，又能控制后勤，那他们自己就可以当皇帝了。

你说文官也可能当皇帝。对，朱元璋也想到了，那他怎么限制文官活动的呢？

对于文官集团，他首先不设一把手，不设丞相。他把原来的丞相制度都废了，最早期的三个丞相都被他杀了。所谓的首辅，相当于二把手常务副总来行使一把手的职能，他相当于皇帝的第一文秘。

还有什么力量有可能颠覆政权？外戚。所以皇帝找的老婆不是望族、官宦等非富即贵的人家，找的都是没有背景的平民良家女子。另外，他还非常严格地规定，一旦这个女子变成皇妃、皇后，她的亲属可以好吃好喝好待遇，但是不能做官，不能有权。

这些都在很大程度上保证了帝国管理制度设计的第一目的——低水平，长期维持。

文官集团是如何管理的？靠道德，而不是靠法律。

把"四书五经"当成主要的管理思想、主要的道德观念，来规范所有人的行为和思想。君君臣臣父父子子，做臣子的要听君主的，做儿子的要听老子的，做老婆的要听丈夫的。对不对？它肯定不全对。有没有效？在长时间的历史上是有效的。

文官集团做的全部事情，就是维护这套道德体系，采用的是在道德观确定的基础上放权的管理方式。

三十余年不早朝，成就了一个好皇帝

1572年，10岁的万历皇帝登基，他是明朝在位时间最长的皇帝。

万历皇帝是不是一个昏君？答案是否定的。万历皇帝可能是中国历史上最懒、最宅的皇帝。但是他在位期间赢了三次大仗，叫"万历三大征"，财政收入比前朝翻了一倍都不止，饿死的人也不多。你不能说这是差的朝代。

一个皇帝不干事,有可能比他干很多事更好。

皇帝选择不做事,就做一个虚君,名义上的、象征性的领导、偶像、权威,介于神和人之间的这么一个纽带。你会发现,文官集团还能很有效地在自我平衡、自我运转,没有出大事。

万历是怎么一步步变成超级懒皇帝的?

我觉得理解万历这个人,就是三步:人—非人—非非人。第一步,万历也是一个人。第二步,万历在各种限制条件下成了非人,成了一个皇帝。第三步,万历做了抗争,变得又有点像人了。

万历小时候非常好学,每天三项功课:经书、书法、历史。"四书五经",讲的是善;练毛笔字,学的是美;学习历史,求的是真。

张居正和其他大学士亲自当他的老师。据说万历的书法很好,但是后来张居正给他停了,说他的书法已经取得很大的成就,不宜再花费过多的精力,因为书法总是末枝小节,自古以来的圣君明主以德行治理天下,艺术的精湛对苍生并无补益。

所以在1578年,在他登基六年之后,他的日课中就没有练字这一项了。一个小孩,10岁就开始学"四书五经"、学历史,也没有童话书、动画片,就书法这么个爱好,白纸黑字,还被"咔嚓"了。

万历皇帝变成了非人,皇帝的担子越来越重,文官集团给他的压力越来越大,越来越把他神化。他不能展现出人的那一面,比如说七情六欲。这种矛盾根深蒂固。他性格偏软,无论是他妈,还是张居正,都是从小看着他长大的人,对他有足够的精神压迫能力。

最后矛盾是怎么激化的?皇帝发现,自己没有个人意志,周围人都把他当成小孩,把他当成不能跟文官集团的集体智慧相抗衡的一种存在,只是个皇帝而已。

后来他发现了解脱的办法。他在皇城里认识了一个姓郑的女子，他爱上了她，册封她为皇妃。他爱上郑氏的原因，黄仁宇虽然没有说得太清楚，但是我能体会到。郑氏是把皇帝当成聊天的对象，他俩有心灵上的交流。万历皇帝在姓郑的女子身上，感觉到自己还是个人。

郑氏后来生了一个孩子。到底该把郑氏的孩子立为太子，还是把更年长的朱常洛立为太子？在继承人的问题上，万历皇帝和文官集团产生了巨大的矛盾。

万历皇帝没有强悍的性格，他是这么想的：我也没胆儿跟你们文官集团往死了打，那我就消极罢工，不上早朝了，不搭理你们了，你们爱怎么着怎么着。我虽然没本事跟你们明着死磕，但是我可以明着说"身体不舒服，我请个病假"，"腿脚不舒服，没法儿去天坛祭天了，没法儿去地坛祭地了"。

文官集团非常生气，但也没办法。结果是万历皇帝在之后的三十余年几乎没有出过紫禁城。唯一的例外，是去看了看自己的陵墓什么样。

张居正：如果我不办，没人能办

张居正有能力、有见识，也有时机，从而做了万历的老师。他爸爸死了，他都冒天下之大不韪，手里把着权不走。文官集团上上下下都有他的门生、故旧。即便如此，他对以文官集团为核心的帝国管理制度，还是心存困扰。

困扰是这样的：他隐隐约约感到，中央对于很多地方的实际情况无法了解，只知道一没闹事，二税收还好。至于老百姓有多少富余，钱、精力、资源被用来做什么，中央不知道，只能依赖地方官员的汇报。

文官的收入很低。文官中可能有个别人一辈子都是圣人，但有不少人只在个别时候可能是圣人,而在某些时间他们会用手上的权来谋取私利,比如挖个河、打个仗、换个官,都会有新的负担添加在人民身上。

地方税收自己运转得越来越熟练,中央越来越难收上钱。在没有外患的时候,下边的日子过得还不错,但是中央没钱。地方上的钱、物、人是失控的,变得民也不见得富,官也不见得清,国也不见得强,怎么办?这是张居正面临的问题,是他想破局的地方。

张居正想过:我一直掌握着最高的权力,如果我不办,没人能办;如果我现在不办,那什么时候办?

看黄仁宇描述的,他想改变,认为自己能改变,但结果是真没改变什么。

张居正想从数字化管理的源头去改变,也就是明确税基以及统一税种。张居正最著名的改革方案,是"一条鞭法",它实际上说的就是把各种苛捐杂税都转化成银子,按照土地的亩数去分派,由中央统定统收、统筹统发。简简单单地可以这么说。

但是做到了吗?他在局部、在一小段时间里做到了。但是从整体上看,他连第一步都没有完成——数字化土地:准确地丈量税基,丈量土地。全国各处到底有多少能够当成收税基础的土地,他都没有搞清楚。这件事遭到了文官集团从上到下的强力反击和抵抗。

张居正的命不算太差,他还算善终。但因为他积累了这么多的负面能量,就被清算了。1583年夏季以前,张居正看着长大、手把手教导过的万历皇帝,剥夺了他三个儿子的官职,撤销了他生前的太师头衔。1584年,张居正死后两年被第二次抄家。

申时行：硬干是死路一条，那就不作怪

在万历十五年（1587年），申时行担任首辅已经四年了。

王世贞在《嘉靖以来内阁首辅传》里说申时行"蕴藉不立崖异"，就是说他心里什么都明白，不近悬崖，不树异帜。这句评价在恭维之中寓有轻视的意味。这样的老好人，从不轻易与人结仇，甚至作为首辅，他以调和百官和皇帝的关系为己任。

申时行有几个特点。

一、识时务。他很清楚自己身处的世界是什么样的。他虽然是二把手了，位极人臣，但是他知道以文官集团为核心的管理制度有多厉害，有多难改变。皇帝和文官集团对抗，最后一宅三十余年；张居正，天时地利人和，和文官管理系统对抗，最后死后被抄家两次，三个孩子都被免官。

张居正做不到的，你申时行为什么认为自己能做到？申时行发自内心地觉得自己做不到。

申时行看到，在他前任八个首辅之中，只有两个可以说是善始善终的，一个是李春芳，一个是张四维。其他六个或遭软禁，或受刑事处分，或死后被追究。表面看，所有的处理意见都出自皇帝，但实际上所有的处理，都是产生于文官集团的矛盾。

二、不作怪。申时行审时度势，知道硬干是死路一条，那就"不作怪"，别跟文官集团进行全面、深刻的对抗。

关于立皇太子，皇帝不让步，退回到皇城里。文官集团没有更好的办法，但还是要找一个承担后果的人，作为首辅的申时行被迫辞职。

申时行做了一个守成的人，没干太多好事，没做什么改变，但也没做什么坏事，是一个合格的继任者。

海瑞：能成为故事，但改变不了历史

文官集团不是铁板一块，它可以分成三类。

第一类，为了功名利禄贪赃枉法。这类人数不多，比例不高，却是害群之马。

第二类，秉着大家怎么做，我也怎么做——我读书、做官、买田、买地，过自己的好日子，我不是特别干净，也不是特别不干净，系统里90%的人怎么做，我也怎么做。这类人占多数。

第三类，像海瑞这样的人，有道德标准，而且真按道德标准去做——我既然做官了，我就拿这份微薄的俸禄，就抑制个人私欲，我就做道德上无可挑剔的人。以海瑞为代表的道德楷模，在文官集团里是存在的，虽然非常少，但并不意味着别人没有感觉到他的道德力量，不意味着没有人支持、赞美他们。

1587年，万历十五年，似乎是不重要的一年。但是，1644年清朝推翻明朝，所有问题的根源，在1587年都已经展现出某种迹象。海瑞这类人往往是"风起于青萍之末"的"青萍"，能比较早地看到问题的端倪，而且敢于说出来。

武死战，文死谏。海瑞往上撑过皇帝，到地方撑过各级地方官员。自己当了地方官，撑过当地的地主，撑过当地的制度。但是结果可以想象，张居正和皇帝都改变不了的制度，一个海瑞，哪怕有一百个海瑞，也改变不了。海瑞会成为故事，但是成不了改变历史的动力。

戚继光：掌握了成事技巧的武官

在官僚制度下，成事有两类情况：一类是有所迫，一类是有所贪。

曾国藩说过，天下事，有所利有所贪者成其半，有所激有所逼者成其半。

这样的成事故事比曾国藩还早，不在清朝，而在明朝。

在明朝的体制机制下，还愿意做事，而且能成事的一个人，是戚继光。他有清醒的现实感，知道武将做不了太多的事情，但是他说：带领一帮人保一方水土，让我们免遭外患，这是我应该做的善事。应该做的事，他就努力去完成，但完成就需要三个必要因素。

一、有一个很支持他的、能在地方上说了算的人。他一直在寻找这个人，这个人就是张居正。

二、要有一支听他指挥的军队。他没有向其他人要兵，招人的时候也没有招城市居民，招的都是农村的，听话干活的，哪怕不聪明，哪怕要教很多遍才能会。他基本上只用老实可靠的人。

三、训练。他强调训练，通过严格的纪律和训练，把三流、四流的人变成有一级战斗力的士兵。

管理正是如此，向上管理，向下管理，再把自己管好。把简单的道理变成重复产生效果的执行动作，不停加强，直到事成。

戚继光是掌握了封建王朝大背景下成事技巧的人，不碰自己碰不动的体制机制，找到局部能听自己的一组老实人。给这组老实人足够的训练和指导，带着他们去成事、成大事、持续成大事。

李贽：成败参半的自由知识分子

《万历十五年》里的最后一个人物李贽，是一个想活出自己的知识分子。他努力尝试了，成一半，败一半。

成的一半是，他在知府任上退休，之后的几十年是按他个人理想化的方式安安生生地过的。

败的一半是，尽管他写了很多书，尽管他看到了文官集团严重的三观问题、和生产力脱节的问题、跟时代不符的问题、效率低下的问题，尽管他看到了孔孟之道在朱熹系统化、格式化后所形成一套三观跟现代生活不适应的地方，但是他没能创造出新的东西来打破。

他的主要著作是《焚书》《续焚书》，我尝试着看过几次，没有看下去。我的第一印象和黄仁宇的是相似的，他没有提炼出主要的问题，没有看到问题背后的核心根源，也没有提出解决问题的根本办法。很可惜，一个立志成为个体化的人，经过自己的努力成为相对自由、有发言权的知识分子，但并没有产生太多的真知灼见。

三

生而为人，欲望满身

《傲慢与偏见》

《围城》

《雪国》

《罗密欧与朱丽叶》

《包法利夫人》

《人间失格》

《边城》

《倾城之恋》

在无尽的欲望之海里，正确地对待欲望，用中庸的方式把欲望和志向分开，并巧妙融合，构建自己的乐园，才是通向幸福之路的正解。

能有个幸福的婚姻，纯属偶然

《傲慢与偏见》是一本能帮助很多女性走入婚姻的小说，也是最早的玛丽苏小说，是霸道总裁小说的鼻祖。其主题是如何走入婚姻，以及走入婚姻的各种权衡取舍。

你有主见，你就有可能拥有美满的一生——请读《傲慢与偏见》。

在《傲慢与偏见》中，简·奥斯汀展开故事用的方式是误会。一句话概括《傲慢与偏见》：伊丽莎白·贝纳特和达西先生从认识、误会、表白、拒绝、误会解开，到求婚成功的故事。

伊丽莎白的妈妈是目的性很强的人，就是想把她这几个女儿更好地嫁出去，从某个角度看非常像我妈，就是挣钱。你要问她为什么要挣这么多钱，她只会跟你说："喜欢是没用的，喜欢是暂时的。只有钱、学业、前途才是永恒的，才是久远的，才是拿得住的，才是可以依靠的。"看上去伊丽莎白的母亲非常庸俗、无聊，钻到钱眼儿里，钻到婚姻算计中去，但是她的女儿们总体上嫁得都不错，被安排得蛮安稳。

反之，伊丽莎白的爸爸贝纳特先生非常开明地说："如果你不嫁克林斯先生，你母亲不理你了；但如果你嫁的话，我便不理你了。"油腻的克林斯先生跟伊丽莎白求婚，贝纳特先生认为他女儿很好，不能把一朵鲜花插在牛粪上。这个爸爸是一个女生能够想象的最好的爸爸。但是话说回来，这个爸爸没有在当时的社会做出足够的努力，给女儿足够的经济保障。当然你可以说人应该自己支撑自己，但是在200多年前，女生去工作被认为是下等的，乡绅阶层及以上阶层的女生是不工作的。

伊丽莎白和奥斯汀有很多相似之处，她们一样都爱看书，有主见，追求人人平等。我就是我，不一样的烟火，我就是简·奥斯汀。

达西先生看上去是完美的老公人选，但是现实中他有可能爱上伊丽莎白这样的女生吗？有可能，但是概率没有你想象的那么大。伊丽莎白有个性、爱读书、有主见、追求平等、有自己的想法，加上家里并不那么富有，实际上有可能要为这些背景付出"代价"。达西有可能看不上她，会看上其他人。不过，她已经做了自己的选择，坚持和追求也没有任何错，她就是不一样的烟火。

年龄偏大的夏洛特选择向现实低头，嫁给了油腻、无趣的克林斯先生。他们的婚姻会幸福吗？这在现实中也代表了部分女生的选择，她们会有更好的选择吗？

如果达西先生不喜欢追求人人平等的女生，这时候伊丽莎白愿意向现实低头吗？这是个人的选择问题。

人一生很难同时踏入两条河流。在你踏入两条河流之前，先要暂停，想一想这两条河流各是什么？所谓的好处和坏处各是什么？一旦选择其中一条河流就要忘记另外一条，就当另外一条根本就不存在，往前走就好了。

对于夏洛特来说，她面对的两条河流：一条是跟油腻无趣的克林斯；一条是走向自己，孤独一辈子。最后她选择了跟油腻无趣的克林斯，无可厚非。

对于伊丽莎白，她是奥斯汀附体，也可能面临两种选择。

简·奥斯汀在她的现实生活中选择了孤独一辈子，这个选择也不见得不好。

并不是说婚姻注定会破裂，而是说婚姻要幸福的确不容易。就像简·奥斯汀说的，能有个幸福的婚姻，纯属偶然。

任何事都比没有感情的婚姻要好

《傲慢与偏见》简单、直接、毫不回避地展示了工业革命时期，英国中上等阶层是如何生活的。

这本书讲两个未婚的富家男子来到乡村，各自找到自己的结婚对象，然后结婚了。简·奥斯汀认真表达了她对婚姻、感情、爱、男女、金钱等这些人生关键问题的理解。她的判断和三观，至今依旧不傻，不过时。

简·奥斯汀只活了41岁，一辈子写了六部长篇小说。

她出生和生活的年代，正是英国走上坡路、拿到世界霸权的年代。她爸爸是个牧师，妈妈是个带着嫁妆有些钱财的中产阶级。

简·奥斯汀小时候多病，容易多愁善感。一多愁善感，就容易敏感地观察社会。她能看到周边的事情、人，把点点滴滴记在心里。如果你有天赋，又有这种郁结，有巨大的肿胀感和表达欲，那你写出来，很有可能就是你成为作家的第一步。

作家不能太富，像简·奥斯汀这样上了学，出生在一个乡绅中产阶级偏上的家庭，能够到一点上流社会，但是又没有那么多钱过上流生活。作家也不能太穷，要像简·奥斯汀这样，上了学，有足够的时间去念书，还有足够的钱去买书。

她有过初恋。20岁的时候，她和隔壁家的侄子就看对眼了。侄子叫托马斯，刚大学毕业。他们很有可能是在简·奥斯汀最喜欢的活动之一——舞会上认识的，在一起度过了相当长的时间。但是托马斯家不同意，因为他们知道两家都没钱。托马斯需要依靠爱尔兰伯祖父的经济支援来完成教育，开启他做律师的生涯。后来他再拜访奥斯汀所在的乡村汉普郡时，都被小心地安排以避开简·奥斯汀一家。简·奥斯汀再没有见过他，也再没有那样放肆地跳舞，和他坐在一起。好悲伤！

她收到的唯一一次求婚，是在1802年12月，当时她已经27岁，不能算小了。她和姐姐拜访了老友，这个老友有一个弟弟，叫哈里斯·比格－魏泽，刚刚从牛津毕业回到家中。他向奥斯汀求了婚，当时奥斯汀是接受的。这个哈里斯，根据别人的描述，可谓毫无魅力，有点笨，长得有点胖，相貌平庸还结巴，但是说话的时候态度却咄咄逼人，不知什么是得体。但奥斯汀从小就认识他，而且这门婚事还会给她和她的家人带来很多实际好处。因为这个哈里斯是他家族广阔地产的继承人，而且其姐妹都已经成人出嫁了。

简·奥斯汀一开始答应了，但是她随后就觉得自己做了一个错误的决定，第二天就收回了对求婚的首肯。

十几年之后，简·奥斯汀在写给侄女范妮的一封信中，是这么写的：

对于求婚的问题，我愿意回答。我写了那么多文字，都围绕如何走入婚姻。但是我现在给你这封回信，是这么想的：除非你真喜欢他，否则不要走进婚姻，不要接受他的求婚。任何事情都比没有感情的婚姻要好，任何事情都比没有感情的婚姻可以被忍受。

简·奥斯汀虽然想走入婚姻，也写了很多关于婚姻的作品，但是她并没有真正地亲身投入婚姻，她还是相信爱的力量。即使婚姻是个买卖，但是如果没有爱、没有喜欢、没有感情，这一定不是一个好买卖。

我认可简·奥斯汀的选择，哪怕孤寡，哪怕出家，也不要为了嫁人而嫁人，不要为了钱财、名利，为了所谓的安全感而嫁人。如果你那么做，在未来的十年、二十年，直到生命的尽头，总有一天是会后悔的。

女生要有自己的主见和追求

简·奥斯汀21岁写的《傲慢与偏见》，写一段就给家人看一段。家给她提供了一个宽松自由、无拘无束的读书、写作环境。

维吉尼亚·伍尔夫说过，在所有伟大的作家中，简·奥斯汀的伟大之处是最难以捕捉到的。

简·奥斯汀向亲属表示过，她能做的只是写乡村生活，写乡野的几户人家。在一小块象牙上，用一支细细的画笔，轻描慢绘。简·奥斯汀坚持自己的写法、题材，按我的行话说，她有非常少见的战略笃定性——守得住自己，不迷失，但求苟全于世界，不求闻达于诸侯。厉害，认得清自己。

第一点，她是现实小说的开创者。关注当下，用当下的语言表述当下。不怕小，不怕窄，就怕不够深、不够细致，这是划时代的。

第二点，塑造人物的能力极强。作家往往会走两个极端：一个极端就是所谓的上帝视角——所有的人物只是我的棋子，我想怎么摆布他们，就去怎么摆布；另外一个极端——我就是情绪化，就是写我自己，什么都是我自己。这样的写法很多、很常见，并不完全错。

奥斯汀开创了全新的写法——半全知视角。一旦人物被设计出来，就有了自己的逻辑、恐惧和驱动，有自己说话和行为的方式。就像女娲造人之后，人活了，就有自己的方式、方法，不再受造物者控制了。

第三点，简·奥斯汀非常会写金句。如果简·奥斯汀活到现在，她一定是顶尖的编剧。对话写得非常生动、有逻辑，有根、有枝、有叶。简·奥斯汀的金句有一个特点，就是并不诗意，但是有力量。这种力量来自她对人性的细致观察和简单总结。

简·奥斯汀的观念在她那个年代是有革命性的：人是平等的。哪怕你一年不劳而获2万镑（2万镑已经是顶尖了），但是人和人是平等的。什么是精英，要根据人的能力、智慧，而不是根据家庭背景和收入来定。当时的女生地位相对附属，要仰仗父母兄弟、未来的老公来生活。而在简·奥斯汀笔下，小女生也有自己的主见和追求，这是具有划时代意义的。

解读《傲慢与偏见》金句

It is a truth universally acknowledged, that a single man in possession of a good fortune, must be in want of a wife.

有钱单身汉，都需要一个太太，这是条公理。

有钱单身汉，到哪里都是一个焦点，他需要有个太太；他不需要，别人也不相信他不需要。特别是一些中年妇女，一定要帮他找太太，否则就是天理不容，否则就是养虎为患，否则就是让别人占了便宜。

Vanity and pride are different things, though the words are often used synonymously.

虚荣和骄傲是两个概念，但是经常被当成同义词混用。

有些人把骄傲当虚荣，有些人把虚荣当骄傲，多数人是把虚荣误以为是骄傲。人总在意别人如何看自己，很少知道一个现实：其实别人真的不看你。

A person may be proud without being vain. Pride relates more to our opinion of ourselves, vanity to what we would have others think of us.

一个人可以骄傲，但并不虚荣。骄傲多指我们对自己的看法，虚荣多指我们想要别人对我们抱有什么看法。

所以我不是虚荣，我多多少少有一点骄傲。一个人可以稍稍骄傲，但最好不要虚荣。

We all know him to be a proud, unpleasant sort of man, but this would be nothing if you really liked him.

我们都知道他自傲、自恋、讨厌，但是如果你真喜欢他，你觉得还好啦！

虽然很多人觉得我油腻，觉得我自恋，这两个标签估计我这辈子都甩不掉了，但是如果你喜欢我，这个也就不太重要了。

Happiness in marriage is entirely a matter of chance.

能有个幸福的婚姻，纯属偶然。

两个人背景、三观、身体结构、生活习惯如此不同，还要一块儿干那么多事儿，还能开心，这的确是一个极小概率的事件，我甚至认为大家不要有奢望。

遗憾也许是老天善良的安排

钱钟书写老"海归"的这篇小说至今时髦,只是读者通常没有以前那种旧学和西学的底子,领会他那些精致的笑话有些障碍。老天如果有眼,把他和张爱玲弄成一对,看谁刻薄过谁。

《围城》是一个平淡无奇的故事,一个"海归"(主人公方鸿渐)学了文科,从江南某地去国外念了一个平淡无奇的大学,平淡无奇地回国,平淡无奇地在抗日战争前和期间生活。

人物不是天才、浑蛋,也不是英雄,就是一个留学生,回来当个老师。没有什么强烈的故事性,就是一个平淡无奇的方鸿渐,一个经济适用男。

结构也平淡无奇,就是跟着方鸿渐这些人起起伏伏地写下来,随波逐流,生活把我冲到哪儿,我就去哪儿。

一本似乎平淡无奇的小说,为什么成了现代中文长销不衰的长篇小说之一?

一、反差很大。整个大背景是抗日战争,但是小说没有正面描写战争大背景下的悲欢离合,没有写多惨、多苦、多惨绝人寰,不做大叙事、大题材，只谈在大环境下小小的个体的人的悲欢离合。这种写法非常现代，反而能够战胜时间，能够提供对现代人有帮助的角度。比如讲大学环境，像小小的乌托邦。在这种跟社会有一定距离的环境下，人性如何表现。一些小坏、小善、小狰狞、小苦难，反而跟人性最真实的一面联系得更紧。

民国时候类似的书有《留东外史》《留西外史》《孽海花》，但都不如《围城》写得自然。《围城》不生硬、不恶俗，有比较高级的幽默和英式的戏谑。

二、这本书还好在彻头彻尾的炫技。好的作家应该有节制，但是从另外一方面讲，如果你是技巧类的作家，愿意炫技，你就炫一阵。钱钟书炫技的部分，我看得很兴奋，他很刻薄，这特别棒。

结构平淡无奇，用词用句没有太多新奇的地方，但就是这样能够做自己，发挥自己的尖酸刻薄，这让我特别感动。老老实实、扎扎实实、真实地去写，不要怕家长里短，忘记那些大事，直接写小事，越自然越好，越舒服越好。写小事不过时，写细节永远不过时。

《围城》一方面继承了《官场现形记》《儒林外史》这类讽刺小说的传统，一针一针地往下扎。它是少有的、轻松不端着的、真实的讽刺小说。让方鸿渐发挥自己的小聪明，处处闪烁，发挥对所见所闻的敏感、尖酸、刻薄，充分发挥出来就是一篇震古烁今的小说。

另外一方面是流浪汉小说的特征，随着主人公一通游荡、一通变化，可以说没头没尾，也可以说有头有尾，流浪到哪儿就算完了。

爱情遗憾也许是老天善良的安排

我们来解读《围城》里的几个主要人物。

方鸿渐不是坏人，但也没有什么用途，是一个无用之人。其实这种人在日常生活中挺常见：家境不好不坏，小富不贵；人长得挺帅；学问很一般；没有理想，但是有小心思、小聪明，没啥大智慧，随遇而安，疏于学业，事业上没有进取之心；生活上荒唐，偶尔骗人，但是有限度；挺老实，不切实际；看谁都不一定满意，但是自己做啥不见得能成；博闻浅识，知道的东西太多，但是没有任何自己特别专业的东西。就是这么一个人。

　　方鸿渐的朋友赵辛楣评价他"并不讨厌，可全无用处"。赵辛楣看人的角度非常简单，就是这个人有没有用。能帮他的就叫有用，方鸿渐帮不到他，就是"全无用处"。

　　很多女生看到方鸿渐这样的人，觉得挺好，不会有什么不安全感，没有什么太难受的，开开心心过一段时光有什么不好呢？这可能是方鸿渐在小说里女人缘很好的原因：没用、没威胁、无害、有趣。

　　方鸿渐一直在找一些精神寄托，因为他不够强大。但是这些精神寄托都成为他的"围城"，所以"围城"是为他所建，他又成了"围城"的一部分。他爱的害了他，爱他的被他害了。

　　苏文纨，天生的政治动物。她老爸是高官，从小受到正规的教育和教养。但是问题来了——老天没给她什么真东西，美貌、性情、智慧、明快决断都没有。她只能在后天把自己有的东西尽量发挥。本来她希望不主动就能拥有一切，但后来发现她真想要的东西，如果不主动，是绝没有一丝可能砸在她身上的。

　　苏文纨为什么不讨人喜欢？因为她自视太高，把自己看得太好，但实际情况并不像别人认为的那样好。这样的反差造成了她：一、失望；二、无趣。虽然她显得既自私又虚伪，却是书里唯一一个勇敢追爱的女性。如果苏文纨不能勇敢追爱，有可能就把自己剩给自己了。

孙柔嘉是小门小户出身、有小心思的小女生。你从小的角度去理解她就对了，但小不见得不动人。

赵辛楣虽然油腻猥琐，但还没有到不可交的程度，没有到人渣的程度，可以做朋友。赵辛楣结交人、做事、婚姻，都是想能够对自己有用，能够让自己在社会阶层上再多爬半格。赵辛楣的优点是真诚。他犯小坏的时候，知道自己在犯坏；他在谋求实用的时候，知道自己在谋求实用。这种人坏得坦诚，反而让人觉得稍稍有点可爱。

赵辛楣能看出孙柔嘉的心计，为什么看不懂苏文纨的？非常简单，苏文纨的家境比孙柔嘉的好很多，赵辛楣对孙柔嘉是从上往下看，对苏文纨是从下往上看。因为苏文纨对赵辛楣有用，所以赵辛楣看苏文纨的时候，他容易心乱，因为有所图、有所求，所以本来能看明白的，却看不明白。孙柔嘉对赵辛楣没啥用，所以赵辛楣能够冷静平和地看孙柔嘉的心思、动机、恐惧、希望。赵辛楣看孙柔嘉的时候，没利可图，所以他没昏。总结来说，利令智昏。

真正的好东西不怕泥沙俱下

在我印象中，钱钟书和杨绛是现代中文至今为止最能写的一对。

英文有一个词"stylist"——文体学家。我个人意见，钱钟书比杨绛元气足，是更好的小说家。杨绛比钱钟书更懂得收敛和控制，是更好的文体家。文学家在某种程度上不怕泥沙俱下，在某种程度上反而怕他不磅礴，怕他太拘谨、太收着、太内敛、太干巴。

沿着杨绛的视角议论一下钱钟书与《围城》。

自从一九八〇年《围城》重印以来，我经常看到钟书对来信和登门的读者表示歉意：或是诚诚恳恳地奉劝别研究什么《围城》，或客客气气地推说"无可奉告",或者竟是既欠礼貌又不讲情理的拒绝。

下边是金句:

钱钟书是无锡人,一九三三年毕业于清华大学,在上海光华大学教了两年英语,一九三五年考取英庚款到英国牛津留学,一九三七年得副博士学位,然后到法国,入巴黎大学进修。他本想读学位,后来打消了原意。

特别佩服杨绛在说这种话的时候,没有任何夸大和伪装。

她这一块躲开的事实是钱钟书是当时清华成绩最好的学生,都没有之一。他考英国的庚子款留学生,又是成绩最好的学生。这段话如果按现在的写法,会把钱钟书弄成一个"前无古人,后无来者"的学霸。其实钱钟书的确是少数学霸之一。老老实实说副博士,没有说博士,老实对于聪明人是多么难得。

《围城》是沦陷在上海的时期写的。

很多好的小说都是在这种环境下创造出来的。比如《十日谈》,来了瘟疫,大家躲出去避难,十个男女,一天一个人讲一个好玩的故事,这样就产生了《十日谈》。这跟好红酒搁在橡木桶里、酒窖里多待一阵类似。

杨绛还描述了他们俩一块儿过小日子,非常江南,非常温馨:

恰好我们的女佣因家乡生活好转要回去。我不勉强她,也不另觅女佣,只把她的工作自己兼任了。劈柴生火烧饭洗衣等等我是外行,经常给煤烟染成花脸,或熏得满眼是泪,或给滚油烫出泡来,或切破手指。可是我急切要看钟书写《围城》……

就是杨绛愿意支持他,做生活这些琐事和细节,成就了伟大的《围城》。《围城》是 1944 年动笔,1946 年完成的。

钟书从他熟悉的时代、熟悉的地方、熟悉的社会阶层取材。

我想说的是，就按自己熟悉的东西去写当下的生活，不要装，不要端着，不要认为自己的想象力超越了其他人。

我看过挺多人写所谓的商战小说，在商业环境下如何尔虞我诈，如何挣数不清的钱。我做商业这么久，可以负责地说，这样的人在商场是混不下去的，只能是油腻地在锅边转悠，吃些剩饭残羹，做一时一事，然后很快出事。

方鸿渐取材于两个亲戚：一个志大才疏，常满腹牢骚；一个狂妄自大，爱自吹自唱。

如果主要人物的原型取材于主流的人物，你会发现挖他的动机、逸事很难，甚至没有。写边缘人往往能更好地反映社会、现实、世界。

我们结婚的黄道吉日是一年里最热的日子。我们的结婚照上，新人、伴娘、提花篮的女孩子、提纱的男孩子，一个个都像刚被警察拿获的扒手。

读到这句的时候，我乐了。这些好玩的地方正是小说和文字应该抓住的东西。

唐晓芙显然是作者偏爱的人物，不愿意把她嫁给方鸿渐。其实，作者如果让他们成为眷属，由眷属再吵架闹翻，那么，结婚如身陷围城的意义就阐发得更透彻了。

钱钟书在《围城》里不足的地方是挖得不够深，场景设计得不够丰富、完整。"围城"是很好的比喻，但是这些痛苦和欢乐的底层原因、驱动力到底是什么？

我们有时候深深地被某些人和事迷惑，一种可能是我们得到了，另一种可能是我们错过了。

年轻的时候错过，没得到，是那样不甘心。但是隔一段时间来看，老天的安排可能是最好的安排。两个人没有相互觉得特别合适却在一起,而后出现了各种花残、月缺、雪消、令人啼笑皆非的麻烦,变得人不是人,鬼不是鬼。存一点美好,也是老天的一种善良。

孙柔嘉虽然跟着方鸿渐同到湖南又同回上海,我却从未见过。相识的女人中间(包括我自己),没一个和她相貌相似。但和她稍多接触,就发现她原来是我们这个圈子里最寻常可见的。她受过高等教育,没什么特长,可也不笨;不是美人,可也不丑;没什么兴趣,却有自己的主张。

杨绛对生活的观察以及表达水平很高。的确是有这些人,你看不出任何毛病,该有的教育、学识、常识、打扮、家境都有,但又实在看不出有哪些突出的地方。偏巧这些人又有一个巨大的自我,看不上这,看不上那,注定了一辈子不是那么舒服。

钱钟书自己在《围城》的序言里,是这么写的:

在这本书里,我想写现代中国某一部分社会、某一类人物。写这类人,我没忘记他们是人类,只是人类,具有无毛两足动物的基本根性。

着重人,着重他熟悉的当下,写细节、写小事情、写人性,其他的不在作家的考虑范围。大历史、大背景都在细节之下,都是背景和舞台,是天地空气,但不是写作的重点。这是我最喜欢的写作态度。

爱上文艺男往往是徒劳的

川端康成的一生,如果用三个核心词来概括,就是:"死",他经历了各种死亡;"恋",他一辈子是喜欢人的,包括女人,也包括男人;"文章",川端康成是日本第一个"诺贝尔文学奖"获得者。

"死"——参加葬礼的名人

川端康成是1899年生人。1901年,他2岁的时候,父亲因肺结核去世;第二年,他母亲因为肺结核去世;1906年9月,祖母阿钟去世;1909年7月,姐姐芳子患热病,因为热病引发的心脏麻痹而死亡;1914年5月,祖父去世。至此,川端康成15岁,孤苦伶仃,举目无亲。川端康成写自己的一篇重要杂文叫《参加葬礼的名人》,是指川端康成自己因为参加了太多的葬礼,一脸苦相,也可能调动其他参加葬礼的人的情绪,带着一种葬礼的气场,所以川端康成自己被称为"参加葬礼的名人"。

"恋"——川端康成和他的四个千代

川端康成这一辈子，也是恋爱的一辈子，他写作的内容跟恋爱密不可分。

1916年，他在17岁的时候，与同宿舍的舍友发生恋情，还是很超前的。之后，他又开始异性恋。最神奇的地方是，他先后跟四个叫千代的姑娘恋爱。就好像中国有叫王燕、李燕、张燕之类的，一个男的一辈子和四个叫燕儿的姑娘恋爱，也是挺神奇的，即使燕儿是最普遍的名字。

第一个千代，叫山本千代。千代的父亲山本松曾借给川端的祖父一笔钱。川端15岁的时候，祖父去世。山本两次找到川端，堵到学校门口：要钱。这个不义之举，遭到了乡亲们的一致唾弃。出于内疚，山本临终之前告诉他闺女千代，要还给川端康成50块钱作为谢罪。千代履行了父亲的遗言，邀请川端到家做客，说你就把这儿当成自己家吧。川端很受感动，内心产生了层层涟漪。他的处女作《千代》，写的就是自己对山本千代的思慕。

1918年10月末，川端康成拿着山本千代给的这50块钱，没告诉任何人，说走就走，说去伊豆就去伊豆。同学们以为他自杀了，还报了警。结果川端在旅行中遇上了一队巡回艺人，其中一个拎大鼓的舞女让他怦然心动。两人一路相伴，有说有笑，情愫暗生。这个舞女的名字叫什么？千代。后来川端康成写了他的成名作《伊豆的舞女》，非常精准地描写了青少年之间朦朦胧胧的感情，没有互相吐诉的真挚的爱。他将第二个千代化名为薰子，这样描写道："有闪动的、亮晶晶的眼珠，双眼皮的线条优美得无以复加。"

第三个千代是在酒馆遇上的。川端康成和同学一起看上了一个清秀美丽的女招待，而这女孩也叫千代。但是两个人还没展开攻势，就听说这女孩已经有未婚夫。

第四个千代是咖啡馆的女招待，叫伊藤初代。初代在方言中也可以读成千代，大家常常称她伊藤千代，川端也跟着叫。当然，他已经觉得自己是"深度重度骨灰级千代患者"。

川端大一放假就去第四个千代的家乡，向千代求婚。第四个千代说："我没什么可说的，如果你要我，我太幸福了。"

但是，王子和公主没有幸福地生活在一起，要是那样，川端康成可能就成不了一代文豪了。川端很快收到第四个千代的信："我虽然同你已结下了海誓山盟，但我发生了非常的情况。这个情况我绝对不能告诉你，请你就当这个世界上从来没有我这个人吧。我一生不能忘记你和我的那一段生活，但现在你同我的关系等于零。"川端未能让她回心转意，也不知道到底发生了什么。

最后，川端康成和一个叫松林秀子的人结婚了。无论是《雪国》《千只鹤》还是《古都》，甚至到晚年的《睡美人》，其中一些女性形象，多多少少都有这些千代的影子。

"文章"——天以百凶，成就一作家

川端康成体弱多病，早年经历亲人的死亡、各种各样的恋爱。从某种意义上讲，形成文豪的几个后天重要条件，川端康成都具备了。

川端康成的文章，大致能分成三个阶段。

第一个阶段："纯情之恋"。纯纯的对女性的向往，代表作《伊豆的舞女》，并前后被翻拍了六部电影。我因为这部书慕名去了一趟伊豆，没遇上舞女，就泡了一个温泉。

第二阶段:"无奈之恋"。对于中年,不同的作家有不同的归纳。我对中年的总结是一个词——确定。四十不惑,五十知天命——知道能干什么,不能干什么,已经没有什么悬念,也没有期待,没有梦了,没有远方,只有眼前的苟且。川端康成把中年归纳成"无奈"——你改变不了什么。《雪国》就是无奈之恋的代表作。

第三阶段:到了晚年,"变态之恋"。"变态",在我的词典里不是一个贬义词。《搏击俱乐部》的导演大卫·芬奇说过这么一句话:"我觉得人都是很变态的,这就是我导演生涯的根基。"多数人的确有变态的一面,但变态不是他的主流,变态是很多艺术家赖以成为艺术大师的根基。"变态",其实是人的个性。只有共性没有个性的人,是很难成为伟大的艺术家的。

川端康成"变态之恋"的代表作是《睡美人》。有一个逸事,写《百年孤独》的马尔克斯,第一次到日本跟大江健三郎会面就问:"大江健三郎先生,日本有没有老年人的那种服务?"大江健三郎说:"没听说。"马尔克斯说:"不对,你们有的,川端康成写的《睡美人》里就提过。"大江健三郎说:"这在很大程度上是川端康成自己的一些想象,是他自己的一些变态设定。"

马尔克斯后来写了《苦妓回忆录》,我看了两遍,能从中感受到《睡美人》的影响。

爱上文艺中年男往往是徒劳的

《雪国》算小长篇,故事、人物都非常简单:东京一名叫岛村的文艺已婚中年男,三次前往雪国的温泉旅馆,和当地一名叫驹子的艺伎,以及一个萍水相逢的叫叶子的少女之间发生的感情纠葛。

男一号，岛村。岛村是在东京大城市生活的人，无所事事，游手好闲，没什么正经工作，偶尔通过照片和文字资料研究西方舞蹈，号称"舞蹈艺术研究家"。川端康成笔下的男子，往往都有一份可有可无的工作，钱不多不少，家里小富，基本安定。岛村已婚，偶尔觉得无聊就去雪国度假，遇上了女一号——驹子。

驹子的经历就比较传奇了。她去过东京，当过艺伎，被人赎身。后来帮她赎身的恩客死了，驹子又回到老家，和教她艺伎功夫的老师生活在一起。老师有一个儿子，他这个儿子得了肺结核，一直生病。驹子念及老师的恩情，就答应嫁给老师的儿子，也订了婚。因为老师儿子需要钱治病，驹子重出江湖，再当艺伎，去陪酒。

男二号，就是老师病恹恹的儿子行男。女二号，是一个叫叶子的当地女子，是行男的情人。行男拿着未婚妻驹子做艺伎挣的钱去东京治疗疾病，在治疗过程中，一来二去跟叶子发生了感情，叶子也倾全力来照顾他。

小说从岛村第二次去雪国写起，追忆第一次，接下来描写了第三次。细细碎碎、点点滴滴地讲岛村和驹子的往来。岛村在第一次和驹子见面之后，两人产生了感情。驹子知道岛村不能娶她，但希望岛村每年来一次，岛村也就答应了。驹子在岛村来的时候继续上班，晚上喝多了再回来看岛村。每次岛村回去，驹子都去火车站送他。岛村作为有妻子、有儿女的中年文艺男，坐吃遗产，无所事事，来到雪国的温泉旅馆纯粹是为了泡澡、寻欢。遇上了艺伎驹子，被她的清纯、纯朴所吸引，甚至觉得驹子每个毛孔、每个脚趾弯处都是干净的。之后，他又两度来到雪国跟驹子相会。

岛村第二次来雪国，进入得很神奇，火车穿越隧道进入雪国，感觉就像进入了陶渊明写的桃花源。岛村在火车上遇上了一对人儿——

行男和叶子，两人就坐在岛村的对面。岛村通过车窗欣赏黄昏的美景，却看到了映在火车车窗上美丽的叶子的镜像。这个镜像让岛村一见钟情。

于是，岛村和驹子、叶子构成了一种微妙的情感关系。小说以叶子被火围困，近乎自杀般去世而无疾而终。有一个陶渊明桃花源般的开始，有一个莫名其妙的不终而终的结束，有点像杜牧写的那句诗"落花犹似坠楼人"。

简单的人物关系、简单的情节，却一点不影响它超级好看。

夜空下一片白茫茫

穿过县界长长的隧道，便是雪国。夜空下一片白茫茫。火车在信号所前停了下来。

穿过隧道进入另外一个地方，人在不同的时候也会有类似的场景。比如一场雨下来，比如进入梦乡，比如隔了好久再见一个熟悉的人，都会感觉世界不一样了。

岛村感到百无聊赖，发呆地凝望着不停活动的左手食指。因为只有这个手指，才能使他清楚地感到就要去会见的那个女人。奇怪的是，越是急于把她清楚地回忆起来，印象就越模糊。

"女人"指驹子。左手食指和记忆有什么关系？记忆是神奇的，有时候越想记得一些事，越是记不清楚；有时候似乎忘了，但在一瞬间，一杯酒之后，一场雨之后，或者在一场梦里，会忽然想起来。人除了视觉，还有很多信息来源被我们忽略，比如嗅觉、触觉。

小说的最后，属于没有结局。行男已经死了，岛村、驹子、叶子三个人还纠缠在一起。叶子在一场大火中拒绝逃走，从二楼跳了下来，几乎是另外一种形式的自杀。

啊，银河！岛村也仰头叹了一声，仿佛自己的身体悠然飘上了银河当中。银河的亮光显得很近，像是要把岛村托起来似的。当年漫游各地的芭蕉，在波涛汹涌的海上所看见的银河，也许就像这样一条明亮的大河吧。茫茫的银河悬在眼前，仿佛要以它那赤裸裸的身体拥抱夜色苍茫的大地。真是美得令人惊叹。岛村觉得自己那小小的身影，反而从地面上映入了银河。缀满银河的星辰，耀光点点，清晰可见，连一朵朵光亮的云彩，看起来也像粒粒银沙子，明澈极了。而且，银河那无底的深邃，把岛村的视线吸引过去了。

…………

驹子发出疯狂的叫喊，岛村企图靠近她，不料被一群汉子连推带揉地撞到一边去。这些汉子是想从驹子手里接过叶子抱走。待岛村站稳了脚跟，抬头望去，银河好像哗啦一声，向他的心坎儿上倾泻了下来。

从岛村看到远处着火，到看银河，银河像拥抱地球一样，拥抱这些人。在银河中，两个人奔向火场，看到自杀的场景，就这样结束了。

如果你来书写《雪国》的结局，你会怎么设计？

我会有冲动安排驹子离开雪国。岛村来了三次雪国，那驹子也去东京。

《雪国》用死亡来结束的结尾，可能是最美的结尾，但不见得是人性最真的结尾。如果驹子去东京看岛村，一年一次或许还好，要是就住在东京呢？我喜欢把人性揭开，可能会不太美地写下去。

美是唯一的纪念

川端康成诺贝尔奖的获奖感言我非常喜欢。散文的写法，非常散，感觉就像下了一场雨,不知道怎么开始下,也不知道怎么就雨停了;又像树梢刮过一阵风,不知道从哪儿来,也不知道到哪儿去;又像把一堆花插在一个瓶子里,也没有什么规律,就是一些有内在联系的好看。

他用的题目是《我在美丽的日本》。第一段他引用了一句诗:

春花秋月杜鹃夏,冬雪皑皑寒意加。

春天、秋天、夏天、冬天、风、花、雪、月。这是日本曹洞宗的始祖道元禅师写的。

第二段,川端又引用了两句诗:

冬月拨云相伴随,更怜风雪浸月身。

有冬天,有月,有云,有一个孤独的、寒冷的旅行人,泡在风里、雪里、月里。这是明惠上人的一首和歌。

川端康成在阐述日本之美时,举了两个和尚的例子。一个是和尚良宽,他也是我非常喜欢的一个和尚。良宽曾说他最讨厌三种东西:科班诗人写出的诗,科班书法家写出的书法,科班厨子做出的饭。

川端康成引用了良宽的"绝命诗":

秋叶春花野杜鹃,安留他物在人间。

秋天有美丽的叶子,春天有美好的花,野外有杜鹃,除了这些自然寻常的美好,没有什么东西可以留在人间的。

自己没有什么可留作纪念,也不想留下什么。然而,自己死后大自然仍是美的,也许这种美的大自然,就成了自己留在人世间的唯一的纪念吧。

川端提起另外一个和尚一休。一休曾经两次企图自杀。川端说,他是个老禅师,写汉体诗,还写了很多令人胆战心惊的爱情诗,甚至露骨地描写闺房艳事;吃鱼、喝酒、近女色,超越了所有的清规戒律,但他还是想自杀。川端说他收藏了两幅一休的手迹,一幅题了"入佛界易,进魔界难"。修佛容易,修魔难。川端举了例子,但是又没有下任何结论。

结尾川端是这么写的:

有的评论家说我的作品是虚无的,不过这不等于西方所说的虚无主义。我觉得这在"心灵"上,根本是不相同的。道元的四季歌命题为《本来面目》,一方面歌颂四季的美,另一方面强烈地反映了禅宗的哲理。

川端就是在这篇文章里,像种花一样种了日式美学的种子,但是并没有把日式美学说破。

婚姻是生活的日常，爱情不是

威廉·莎士比亚（William Shakespeare），一个非书香门第的孩子，一个人、一支笔闯荡伦敦。作为一个"伦敦漂"，他写了二三十部戏剧，留下了千古名，到现在他的名字和戏剧都还活在人们的心里、眼里、嘴里。

《罗密欧与朱丽叶》虽非他的四大悲剧，也非他的四大喜剧，却可以说是他写的一个最令人印象深刻的故事。我为什么要读它？

第一，了解什么是充满激情的爱情。不管是"老房子"着火，还是新房子着火，"火"是什么？"问世间情是何物"。

第二，了解戏剧这种古老的艺术形式。戏剧和相声、歌唱、音乐的起源都类似，都在街边、村头、小树林旁边，给过人们很多美好的傍晚和美好的期待。

第三，了解如何写好一个故事。《罗密欧与朱丽叶》就是个经典的好故事。

《罗密欧与朱丽叶》是莎士比亚最受欢迎的一部戏剧。从 16 世纪上演以来，《罗密欧与朱丽叶》经久不衰，被改编成各种艺术形式，电影都拍了好几部，甚至莱昂纳多·迪卡普里奥都演了一个现代街头小混混枪战版《罗密欧与朱丽叶》。

其实，在5世纪，以弗所人色诺芬写过希腊传奇小说《以弗所传奇》，里面就有罗密欧与朱丽叶故事的源头。这部小说第一次写了以服用安眠魔药的方法来逃避一桩不情愿的婚姻。古人挺可爱的，一旦遇上解决不了但非要解决的事，就会想到吃点药、下点药，就是"你有病吗？我有药啊"这种方式。

在《罗密欧与朱丽叶》之前，还有人写过类似的故事，都利用了阴错阳差，但故事的角度、方式、节奏和细节，都不一样。

一个伟大的作家不要怕用一个老的故事，甚至用一些老的名字也无所谓。这也是炫技的一种方式。

莎士比亚第一个厉害的地方，就是编故事的能力太强，把老套的故事变成经典。他把全部剧情浓缩在五天之内。从见面到殉情，不过三天；一见钟情，一睡更钟情，再睡不可能，因为两个人都死了。这一紧凑，五天之内，三天三夜，有生有死，有爱有恨，都经过了浓缩。我举个反例，如果罗密欧和朱丽叶在一起，一个16岁的小混混、一个14岁的小美女，过个三年会怎样？是可能干傻事的。如果把三年拖成三十年，人性一定会让他们干傻事。

莎士比亚第二个厉害的地方，就是他增强了戏剧的诗性。别看莎士比亚像一个商人，但他也是个写诗的，他写过100多首十四行诗。比如他们相见在蒙面舞会上，罗密欧偷听到朱丽叶讲他。比如罗密欧在黎明与朱丽叶诀别：我就要被放逐了，我就要走了，我只有一晚上可以见你。

情节也具有浓烈的诗性。比如帕里斯去墓地凭吊，被罗密欧杀死，与开头罗密欧杀提伯尔特呼应。比如,朱丽叶的奶妈和劳伦斯神父,一个负责中间传话,一个管理教堂。如果没有这两个人物,故事就进行不下去,诗意就会少很多。这两个人物象征着世俗和智慧。

莎士比亚第三个厉害的地方,就是他知道爱。莎士比亚的立意更高,三观更正。他在整部戏中崇尚自由、人权、爱情。爱情是什么?爱情是革命,爱情是反叛,爱情是有破坏性的东西。但是莎士比亚知道,爱情是我们心中挥之不去的一个伟大理想,甚至是让世界产生颠覆性创造的力量。

莎士比亚第四个厉害的地方,就是他多用了"无巧不成书"的东西,在意料之外,但又在情理之中。这些"无巧不成书"推动着故事情节如行云流水般发展下去,刚稍稍缓和,立刻又产生了巨大的张力,逼得你在听戏、看作品的过程中,根本来不及想其他的事情。这样的神来之笔,比比皆是。

这些就是莎士比亚的高明之处。

婚姻是生活的日常,但是爱情不是

《罗密欧与朱丽叶》被称为"世界上最伟大、最典型的爱情悲剧",但这要看从谁的眼光来看。

从多数世人的眼光来看,《罗密欧与朱丽叶》讲述了一个关于爱情的故事;从一些老人的角度来看,它讲了一个关于奸情的故事;从一些极端过来人的角度来看,比如不相信爱情的我老妈,那《罗密欧与朱丽叶》就是"脑残的故事"。我妈说喜欢是暂时的,学业、前途、钱才是永远的。什么是爱?没有无缘无故的爱。

我相信,爱情是激素。作为前妇科大夫,我越来越觉得人是激素的动物。勤奋好学或是贪财好色,都可能有激素的基础。

古典爱情往往是一见倾心型,而《罗密欧与朱丽叶》了不起的地方在于一见倾心,一爱到死。这部戏是爱情的赞歌,是"破坏"的赞歌,是"不理智"的赞歌,同时是"激素"的赞歌。

《罗密欧与朱丽叶》探讨的是爱情的力量和激素的作用,两个主人公的行动是这样的:

第一次舞会相识,一见钟情。

第二次夜会露台,互吐衷肠,许下诺言。

第三次教堂相见,私自结婚。

第四次新婚闺房,悲喜两重。喜的是两人在一块儿了,悲的是立刻就要分别。

第五次都没有相见,墓穴殉情。在墓穴旁边,朱丽叶"死"了;罗密欧活生生地来,然后死了;朱丽叶慢慢地活过来,看着死了的罗密欧,又真的死了。

生死相随,这就是整个故事。其实在这个主线之外,无论是"阴错"还是"阳差",无论是家庭宿仇还是道德规范,在我看来并不是特别重要。

一种看法认为,罗密欧与朱丽叶的悲剧是家族宿仇和年青一代个体的悲剧。其实我觉得不是。年轻人之间的矛盾如果没有激化到杀人,这两个年轻人的爱情很有可能会被长辈认可,甚至达成上一代的和解。

我觉得这部戏的重点是探讨爱情:爱情的力量,激素的破坏性。我们应该如何看待和处理爱情、激素,是值得思考的问题。

爱情并不是必需品。婚姻是生活的日常、是安排,但是爱情不是。爱情是很奇怪的一种东西,是每个人心里有,但是多数人拿不到的一种东西。

德国诗人海涅是这么说的:

朱丽叶第一次爱，她全身心地充满活力地爱着。她14岁，天上人间没有任何一本书告诉她什么是爱。太阳、月亮、星斗，把这个告诉了她。她的爱是健康的、真切的。姑娘身上充满了健康和真切，这是多么动人。

朱丽叶是灵肉合一的，从语言到精神到肉体，都给了爱情。

爱情被浓缩进最离奇的冲突中

莎士比亚选择了一个好角度，两个主人公一个14岁，一个16岁，还是半大孩子，一直生活在"象牙塔"里，所以有这样的激情无拘无束地展现爱情。要不然，人间也开不出来这样的花朵。

古代多数的诗人、文人会把爱情降低。一是教化使然。如果你鼓励每个年轻人都去追求爱情，爱情虚无缥缈，不见得每个人都能找到，但社会却可能动荡。二是爱情实际上是一时的，是不理智的，是冲动的，是不智慧的。无论是东方还是西方，多数文人会把爱情相对淡化。

直到15世纪末期16世纪早期，大家开始意识到：我好像还是个人，我身体中有兽性，也有神性；我还顶着个脑袋，脑袋不是为了显高而存在，吃饱了就会想一些复杂的事情，想起了跟生活相关又能"离地半尺"的一些事情，包括爱情。

所以，在《罗密欧与朱丽叶》的整部戏剧中，莎士比亚把爱情这个主题词浓缩在最短的时间、最离奇的冲突、最浓的诗意里。"那边窗子里亮出的是什么光？那是东方，那是朱丽叶，朱丽叶就是太阳"，就是这么一种感觉。

到了现代人这里，《罗密欧与朱丽叶》就会被各种解读。

1. 罗密欧的"三重荒谬"。

现代人会认为，罗密欧身上存在"三重荒谬"。第一重荒谬，他就是被激素驱动的"小禽兽",未来的"大人渣"。他本来对罗瑟琳爱而不得,产生了单相思,茶饭不思、寝食难安、见神烦神、见狗烦狗。忽然他遇上了朱丽叶,立刻就不想了。这是什么人?你的爱情就没有一点忠贞吗?

罗密欧的第二重荒谬就是一见钟情,把一切忘在脑后。之前的爱情、社会关系、爱恨情仇都忘了,心里只有这个人。朱丽叶也是同样荒谬。朱丽叶看到戴着面具的罗密欧,就深深地爱上了他,因为罗密欧的甜言蜜语、"诗情画意"。情诗在手,爱情我有。

罗密欧的第三重荒谬,爱等于死。爱出事了,惹出火了,不顾一切后有报应了,于是为情而死。如果我是朵花,那爱情就是那只"掐花的手",爱情的"狂暴"将花掐掉了。

2. 朱丽叶的"三重矛盾"。

对于一个故事,塑造人物非常重要,让这些人物有足够的矛盾、荒谬,但又符合某种现实,从而使他们"立起来",非常重要。

在罗密欧的"三重荒谬"之下,朱丽叶则有着"三重矛盾"。朱丽叶的第一重矛盾是听从父权,还是听从内心的"小野兽",狂野地跟着爱情走;第二重矛盾是跟亲情——表兄提伯尔特走,还是跟着爱情——罗密欧走;第三重矛盾是现实和理想的矛盾:现实是罗密欧杀了人被放逐,而朱丽叶的父亲给她找了一门非常好的婚事。14岁的美少女朱丽叶当然在重重矛盾中选择了爱情,选择跟着激素一往无前,勇敢、决断、毫不犹豫。

莎士比亚的流量密码

《罗密欧与朱丽叶》里有两个重要配角:一个叫茂丘西奥,另一个是朱丽叶的奶妈。两个人都是段子手,都是开色情玩笑的天才,但这些天才归根结底还是莎士比亚。莎士比亚知道老百姓爱听什么。在街头,你站出来表演一两个小时的戏,没有一点色情,怎么撑得下去?这就是人类。

莎士比亚还明白,如果要歌颂爱情,歌颂小男女这样的人间美好,势必会跟现实生活产生矛盾,脱离常识。那他是怎么解决这个问题的呢?他明智地想到了药,《罗密欧与朱丽叶》这部戏出现了两种药:一种是安眠药,另一种是毒药。

色情和药是驱动文学的两大动力。

以挣钱为目的,未必不能成就千古名

莎士比亚其实只活了52岁,而且50岁前就"名成身退",创作盛时不到二十年。最后几年,他就回家过富人的退休小日子。

莎翁从来没有想过不朽,他就把自己当成在伦敦的"伦敦漂",从来没想过靠文字能够迎来不朽的名声,但是他做到了。

莎士比亚没有留下任何日记,同时代也没有人给他写过传记,人们对于他的生平所知甚少,而他留下的具体的古董、文物,少之又少。但是知道他爸姓莎士比亚,和一个叫玛丽·阿登的姑娘结婚,生了八个孩子,莎士比亚排行第三,在伦敦之外乡下的埃文河畔的斯特拉特福出生长大。

莎士比亚的父亲几乎没受过教育,他妈也不太能读书,但字写得不错。他爸爸一直积极乐观,而且能让莎士比亚吃饱饭。而莎士比亚,则凭借一己之力维护家族的荣誉。

莎士比亚是1564年生的,1582年11月,18岁的莎士比亚和大他

8岁的安妮在镇上结婚,有了三个孩子。

莎士比亚不是一个读书人,他家也不是一个读书世家,他想去演戏,结果就来到了伦敦。从乡下人变成"伦敦漂",他的目的非常简单——挣钱过好日子。他发现剧团是个挺好的地儿:用一支笔写下人间的故事,再找几个俊男美女去演,然后就能收钱。他自己也饰演过一些角色,其中最著名的是《哈姆雷特》中的"幽灵"。

我觉得莎士比亚非常接地气,从某种程度上来讲,他不是个文人。不是说他文字不好,而是说他没有文人的酸气。他没有想自己要多伟大,要用什么样的方法来创造什么,而是想让十多个演员演他的戏,就能万人空巷,就能让大家哈哈笑和哇哇哭。这是他的本事,他的追求。

但有些文人天天想着能不能写出一个作品枕着进棺材,求个一官半职。这种思路,莎士比亚从来没有。

在莎士比亚逝世400年之后,他的戏剧还在上演。他是不是天才,你认不认可,都不重要。活在人们心里,活在戏剧舞台之上,这才是最重要的东西。

其实我想其中最重要的一点是他会写故事,还有就是他重视人。他的戏剧贯穿始终的是人,是人的困扰、人的困境、人的困惑、人的无可奈何、人的"不得不"。这些东西只要人类的基因编码没有大的改变,就会一直在。

到现在你还可能会看到隔壁楼"罗密欧",旁边村"朱丽叶",因为人性不变。这是一部作品之所以能够千古流传的"秘密中的秘密"。

生而为人，欲望满身

《包法利夫人》是欲望之悲喜剧，讲一个女生在欲望面前的快乐和悲伤、希望和幻灭。现代社会带给我们很多好东西，产品、服务、衣食住行，随之而来的是我们更多的欲望。如何管理这些欲望，是每个现代人不得不面对的问题。

用我老妈的话说："我有欲望，因为我活着。"我文艺地给她总结了一下："生而为人，欲望满身。"

在漫长的人类历史长河里，多数人、多数时候只求两件事：温饱第一，后代第二。活着，让自己的基因再传递下去，就是这么简单的要求，但大多数人还是死于饥饿、战争、瘟疫和自然灾害。

人类真正开始过好日子是在工业革命之后，温饱问题渐渐得到解决，人类平均寿命得到大大的延长。

在温饱是大问题的时候，其他的事都是小事。解决了食色大欲之后，更多的欲望产生了。现代商业挖空心思所做的就是激起你的欲望，然后用产品和服务满足它们，以此挣钱。

人从某种角度来说很贱——没有选择时，内心是平静的，生活是简单的；选择多了，就有了动力、欲望以及焦虑。

享受肉欲和物质有错吗

爱玛，就是后来的包法利夫人，是个可爱的、敢爱敢恨的现代女性。

她小时候被贵养，上了很好的学校，受到很好的教育，对上流社会充满了向往。虚荣是人性中重要的一面。从好的方面说，虚荣让人进步、努力；从坏的方面说，虚荣真是何必呢？

爱坞嫁了一个老实的老公，衣食无忧，但是她不能抑制自己的欲望，开始打扮自己，见谁都是美美的，特别是见自己的情郎。但是问题来了，钱不够花了。

如果从世俗的角度看，包法利夫人的命不好，反而她的几个情人命好，因为情人都是"人渣"。福楼拜似乎想告诉大家，现代社会如果想命好，那就做"人渣"。如果想调情，老公首先要不解风情。如果老公解风情，他有可能更惨。那人只能往"渣"的路上走吗？如果人被欲望打败了，那又会怎么样呢？

到最后，作者说他很痛苦，他哭了，因为他把包法利夫人写死了。

会花钱的天才不多，会挣钱的天才更少。欲望被社会所激发，但是社会没有给你和欲望相匹配的钱，怎么办？爱玛觉得她就要最好的，就要享受肉欲和物质的美好。她不见得有错，但是我对欲望有不同看法。

树立"不二观"，欲望可以有，但是迎着欲望当头一棒，看清欲望的本质。欲望是虚幻的，所谓好的物质都是现代社会创造出来的，让你觉得好而已，其实没有太大区别。好比你隔了三十年再看看班花，发现她和非班花其实是一样的。豪车和自行车在某些时候可能也没什么差别。花销大的东西，不见得能带来实际的身心灵的快乐。

现代主义：欲望之美

被世俗、道德甚至法律所不容的对欲望的追求，让一代代人以身扑火。飞蛾扑火时，当然很美丽。如果一点欲望都没有，那还是人吗？

请你体验一下《包法利夫人》的欲望之美。伟大的文学都是矛盾的，如果只有真善美的一面，那就是类型片了。正因为有矛盾、张力，才有难受、拧巴，才有人们长期阅读的兴趣和必要。这也是严肃文学和通俗文学不一样的地方。严肃文学不负责让各个人舒服，只负责提出问题，揭开血淋淋的真实，让各位看到人性其实是这个样子的。

包法利夫人几次偷情，都偷得灿烂嘹亮。她丈夫心里可能接受了，就让她去；也可能从心智上就不能洞悉一切，索性就不去洞悉了。

因为包法利夫人身处婚姻，偷情变得更加诱惑。她简单坦诚，比如因为风度爱上一个男人，而所谓的风度无非是两抹漂亮的小胡子；比如为了性爱就奋不顾身，肉体觉醒之后，借钱养小鲜肉。什么清规戒律，什么道德法律，直接肉体性爱。

让传统的一切滚开，现代主义开始了。现代主义文学的鼻祖，一个是福楼拜，一个是写《恶之花》的波德莱尔，都是写欲望之美。欲望，是人性的底层逻辑，至少是底层逻辑之一。

多使用肉体，多去狂喜和伤心

《包法利夫人》源于一个真实案例。真实社会、真实的事，是好的选题。如果你要找历史上没被人写过的东西，或者被人写过、你认为可以写得更好的选题，太难了，因为死人比活人多，已经有那么多人写的东西，很难拼过古人。写身边的真实社会事件是写作捷径。

小说里，查理和爱玛按当地的风俗举行婚礼。但结婚之后，很快爱玛就发现她没有找到爱情，查理不会游泳，不会比剑，不会放枪，这些跟基本生活无关的事，查理都不会。

爱玛为了弥补情感上的空虚，向查理吟诵她记起来的一首情诗，一面吟，一面叹息。可是她发现自己如吟唱前一样平静，而查理也没有丝毫感动，于是爱玛就开始了她的偷情岁月。

为了偷情，她需要打扮，因此她需要借钱，最后债台高筑。当爱玛接到法院的传票，商人逼她还债时，那几个"人渣"情人没一个帮爱玛，都说自己没钱。

爱玛受尽凌辱，心情十分沉重，回到家吞食了砒霜，她的欲望就随着肉体一起烟消云散了。

如何管好自己的欲望

只要婚姻制度还是人类的通用制度，如果你想管好自身的欲望，一个办法就是在结婚之前多谈恋爱。先恋爱再结婚，不要先结婚再恋爱，不要没有谈够恋爱就结婚，这样能大大地降低婚后的不幸。

我从一个西医的角度解释，你虽然能支配你的肉身，但是你作为司机，不一定完全清楚你这辆车想要什么，喜欢和厌恶什么，容易被肉身反噬，因为你没有满足过它，它会一直试图反咬你。

各地有各地的风俗习惯和原则法规，我不能给出建议。但是，一个人在结婚之前会谈恋爱，就像行万里路，也是修行智慧的途径之一，甚至能够帮助某些人交到好师傅。

我从几个女友身上学到了很多,她们教会我的很多道理,我之后一二十年才想明白。

成功婚姻的秘诀,一方面要门当户对,另一方面还要有肉体的喜欢和精神的喜欢。门当户对和灵肉相辅才是最好的结合。

为什么还会有那么多不幸的婚姻?很简单,人就是这种东西。即使一个人明白、有觉悟,也不一定有定力和智慧。哪怕门当户对,哪怕走进婚姻之前已经灵肉结合,两个个体的人想长久相守,恩恩爱爱,也是极难、极小概率的事件。

在原生家庭环境、成长背景、教育背景和所处社会环境方面,两个人存在诸多本质的不同,再加自恋、自怜等诸多人类劣根性,如果两人能在干柴烈火之后,相安无事地相处一二十年,且心里没想过拿刀砍对方,那可真是人间奇迹。

跟包法利夫人相比,现在人恋爱时间变得更长,机会变得更多,试错机会也变得更多,这是好事。多使用肉身,多去狂喜和伤心。

在自以为想明白之前,多试试,不要太自信。你会在恋爱的尝试中慢慢认清自己到底是什么样的人,不要对自己撒谎,没有永远的谎言。

人间因为人情而值得

"人间失格"的意思就是不配在人间，不配做人，这是一种凉到骨子里的自我否定和悲哀。但我读了《人间失格》之后，没有持续地陷在人性的黑暗之中，而是觉得这是对人性光明的补充，就像雨的上面还有太阳，这就是人性，光明与黑暗，本一不二。

战争后的无用之人

太宰治带有很多标签，比如"无赖派的创始人""我不配做人"等。他是"作家中的作家"。他白描的角度、偶尔的神来之笔、文字，放到今天也绝不会被埋没。

太宰治考上的东京帝国大学，不是脑子不好可以轻易进去的大学。他在不长的小四十年间，写出了不少作品。他一共自杀了五次，自杀未遂四次，第五次成功了。

太宰治的描述方式是私人小说方式，像一个行走在社会边缘、生死边缘的精神病人的札记，与之类似的作品有陀思妥耶夫斯基的《地下室手记》。

太宰治的颓废≠"丧文化"

日本战后只有很短一段极其颓废的岁月，然后是经济腾飞，再到近期所谓的"丧文化"。

现在的"丧文化"是经济不再增长之后，没有机会了，吃喝够了，往上走不可能了，那就"丧"着，跟《昭和宣言》之后的"废物文化""无赖文学"有本质的区别。但是两者的相同之处是，都无法再积极向上，无法在阳光的环境里尽情绽放。

到了"丧"的时代，太宰治的作品才开始大流行。太宰治描述的废物无耻、"渣"、做小白脸、喝酒、嗑药、泡妞、自杀，带着严重的自毁倾向，带着"粉丝"自寻短见。在正常的、经济增长的、积极向上的环境里，读者会想这都是啥啊。但是你想想太宰治的时代，战败了，似乎末日来临了。

原本神一样的好孩子

《人间失格》不长，我挑几段感触多的段落来解读。

《人间失格》有前言、后记和札记，都是用第一人称"我"来写的。

受人责备或训斥，可能任何人心里都会觉得不是滋味，但我从人们生气的脸上，看出比狮子、鳄鱼、巨龙还要可怕的动物本性。平时他们似乎隐藏着本性，但一有机会，他们就会在暴怒之下，突然暴露出人类可怕的一面，就像温驯地在草原上歇息的牛，冷不防甩尾拍死停在腹部上的牛虻一样,这一幕总是令我吓得寒毛倒竖。想到这种本性或许也是人类求生的手段之一,我感到无比绝望。

这是小说的一个核心比喻,作者通过主角叶藏,体会到人是虚伪的,人一直在端着、装着,不好意思说自己的真实想法。这些动物的本性长期被压抑,被认为是不道德、不守规矩的。每个人都戴着面具,说着自己觉得合适的话。

人的恶、本性,并没有因此消失,就像吃草的牛趁牛虻不注意,会用尾巴在一瞬间拍死它,拍死比它弱小的东西。

叶藏"可耻"的一生是从无法接受人类的虚伪开始的。叶藏的父亲是议员,公务繁忙,偶尔回到乡村,忽然想起孩子们,于是把孩子们召集到客厅,问孩子们要什么礼物,也问了叶藏。

他问我要什么,一时间,我反而什么都不想要。……换句话说,我没有抉择的能力。我想,日后我的人生之所以尽是可耻的过往,可说主要都是这样的个性使然。

因为被压抑,不能说自己真喜欢什么,所以不快乐;因为不快乐久了,对一切似乎都接受了。

对于多数人来说,被压抑惯了也就这么过了。睁开眼天就亮了,闭上眼天就黑了,大家睡觉我就睡觉,大家睁眼我就睁眼。

叶藏,也就是太宰治的内心,无法接受这种人类的秩序,觉得虚伪可耻。觉得人类的秩序虚伪可耻,到最后反而成了叶藏一生"可耻"的开始。

"还是买书吧。"大哥一脸正经地说道。

"是吗?"

父亲一脸败兴的神色,连写都不写,便将记事本合上。

有些大人过度地替别人做主，有些小孩或者弱势群体过分地迎合，这个世界在多数情况下就是这样。看书是多么好的一件事儿。我从小躲开这世界的慌乱，躲开这世界的荒唐，最主要的方式还是读书。躲进书里去，智慧和阅历慢慢增长，看待外边的荒诞、荒唐，也就有了自己的主张，也就不那么害怕了。

叶藏还有强烈的讨喜之心，他虽感到世间的荒唐，但仍愿意去迎合。叶藏之后是这么做的：

这是何等严重的败笔，我竟然惹恼了父亲，他一定会对我展开可怕的报复，难道不能趁现在赶快想办法挽回吗？当天夜里，我在被窝里簌簌发抖，一直想着这些事，接着我悄悄起身前往客厅，打开父亲收放笔记本的抽屉，拿起记事本迅速翻页，找到他抄写礼物的地方，朝铅笔舔了一下，写上"舞狮"后，才上床睡觉。其实我一点都不想要什么舞狮，我宁可要书。但我察觉到父亲想买舞狮给我的念头，为了迎合父亲的心意，讨他开心，我特地深夜冒险潜入客厅。

这些矛盾很普遍和常见，叶藏的矛盾无非比常人更突出一点。有些人不会有太沉重的感觉，就顺从了；有些人彻底反抗——我就要什么，请你给我买；有些人无所谓——给我什么，我就要什么；有些人拼命讨好——那可太好了，那是我梦寐以求的东西。这几类人或许都能过得不错，但是叶藏的这种行为和心态，难免要消耗他的很多能量。

如果今生想过得更好，我想，作为强势一方，少安排别人，不要有那么大的掌控欲。在能给别人自由的时候，多给别人一点自由，这样就会少一些伤害。让草就那么绿，让花就那么开，天不会塌的，只会更丰富。

弱势的一方可以强悍一点。我是草，我就是绿的；我是花，我就是美的。你要摧残,你就来吧,我不同意你对颜色和美的定义。

这是我有生以来第一次离乡生活,但我却觉得人在他乡远比在故乡来得自在。这或许可解释成是因为我搞笑的本事已逐渐炉火纯青,要骗人已不像以前那般吃力。

人真是一个非常复杂的物种,总是在奢求得不到的。有时候,你喜欢故乡那种熟悉的环境,看千万遍的路、景物、人、脸;但有时候你又想在陌生的地方躲起来,"惟有王城最堪隐,万人如海一身藏"。藏在无数的人当中,你就是一个默默无闻的人。

叶藏很快在异乡出现了麻烦。他被一个叫竹一的学生识破,看出来他在表演。这种被别人看出真相的感觉,让叶藏充满了不安。

这样的叶藏,让人感到真实、复杂又动人。他想保守秘密,但是又不知道如何是好,他甚至想过对方死,但不是自己杀。因为他自己面对可怕的对手,反而想成为他的朋友。

后来他对竹一非常好,甚至创造了一次机会,让竹一来到他的住处。他发现竹一两耳都患有严重的耳漏,脓水都快流到耳郭外了。

叶藏为了讨好一个人,能做出给别人挖耳朵这么细心的事情,这个场景充满了"变态"的复杂意味。

女生是比男生高一个量级的物种

我从小便对女人做各种观察,不过,尽管同样身为人类,却感觉她们是和男人迥然不同的生物,而且神秘莫测。更奇妙的是,她们常照顾我。"被迷上"以及"有人喜欢"这两句话,一点都不适合我。也许用"受人照顾"这个说法来说明实际情况,还比较贴切。

男人相对好理解，就是要做大事；女人要复杂好几倍。人虽然是宇宙中的一粒尘埃，但是一个女人可能比宇宙的全部还要复杂。女生是比男生高一个量级的物种。

有些男性的确有这种特质，能够激发女性身上的母性。母性被激发之后，女性变得强大，能产生一种笼罩性的力量，无论是给予的女性还是接受的男性，都充满了幸福，就像宗教画里的母亲和孩子一样。

在太宰治的《人间失格》里，女性光辉若隐若现，比比皆是。

女性总会被一些弱弱的真、纠结的真所打动，脆弱、表现出弱点的男性在展现出闪烁的光芒、少见的才华时，女性对他们就会表现得异常包容。

要没了女性的母性，人类很多天赋可能就"雨打风吹去"，很多有才气的男性的"人渣"，也会被这个社会无情地淘汰。

我从小到大没有被女生狠心地对待过，倒是被很温柔地照顾过。可能我就属于看上去很弱，偶尔还能显示出一点天赋的人，虽然不见得她们读过我的书、我的诗。

我上医学院的时候，有次连着跟了两台手术，下了手术吃东西。我跟主刀教授坐在一块儿，主刀教授有教授餐，我就弄了俩包子。

我一个特别漂亮的师姐走过来，看到我只吃俩包子，马上脸就变了，说"你怎么就吃这个呢"，给我买了个小炒，我还记得是炒猪肝。整个过程，没看教授一眼，接着她也上手术去了。

我觉得教授的眼神不对，就跟教授说："要不您也吃两口？"教授说："我吃饱了，我也看明白了。"

人间因为这些人情而值得。像我跟太宰治这样受女生照顾的人，其实不该给别人添麻烦，他不该自杀多次，应该给女生多创造点好的东西，包括文字。

人间也是能长待一阵子的地方

太宰治在《人间失格》里描写的不道德和"渣"的行为，因为他出发点的真实和自然，甚至很俏皮，让他的恶和"渣"变得容易被理解了。

叶藏不"渣"吗？是"渣"的。脚踩多条船，毫无情义；跟别人殉情自杀，他甚至记不得别人的名字，别人死了，他没死；当别人深爱他的时候，他因为害怕给别人未来的幸福添麻烦，对自己没信心，毅然决然离开；等等。

叶藏被父亲所谓的朋友，送进了精神病院。

叶藏的悲剧来自他自己的敏感聪明，他小时候见过好的生活，他受不了好的生活伴之而来的家庭社会的约束，但又脱离不了好的生活，无法一个人养活自己，正常地过日子。这样的人，"又要"，"还要"，加在一起，基本就是死路一条。

结尾，他以前的情人把手札借给《前言》《后记》的作者之后，说了以下一段话，也是太宰治写在《人间失格》里的最后一段话。

"都是他父亲不好。"她若无其事地说道，"我认识的小叶，个性率真、为人机灵，只要他不喝酒的话……不，就算喝了酒，他也是个像神一样的好孩子。"

希望所有像神一样的好孩子都能够意识到自己在人间并不失格，人间其实也是他们能长待一阵子的地方。

人生都有一个悲剧的底子

在我个人观点里,现代汉语经历了文、言合一的过程,就是文字和说话合成一体。创造了现代汉语小说的,我觉得无非是以下几个人:鲁迅、张爱玲、沈从文,还有写《呼兰河传》的萧红。

沈从文的文字相当好,好在自然、不雕饰、正合适。如果你也写作,不需要太华丽,不需要太用劲,能用到沈从文这样就好。

"我对这个世界没有什么好说的"

沈从文,1902年生人,1988年去世,在世86年,原名不叫沈从文。说实在话,我觉得记这些东西实在是没必要,但考试爱考这些,比如老舍原名舒庆春,阿乙原名艾国柱。从文是笔名,意思是从事文艺工作的志向。

沈从文的父亲是汉族人,母亲来自少数民族。沈从文高小毕业后就进入湘西护国联军部队办理杂事。他1917年高小毕业,15岁之后没有正式读过书，至少他不是中文专业，曾经在北大旁听过。

1929年沈从文受胡适邀请，到上海的中国公学任教。第一次登台授课，他呆呆地站了十分钟，好不容易开了口，迅速把讲义在十分钟里讲完了。他不知道说什么，无奈地在黑板上写道：我第一次上课，见你们人多，怕了。下课之后学生们议论纷纷，并传到了校长胡适耳朵里。胡适笑着说："上课讲不出话来，学生没轰走他就是成功。"

1948年，沈从文46岁，受到郭沫若等左派文人的批判。1948年12月31日，他找了年末这天宣布封笔，终止文学创作，转入历史文物研究，主要研究中国古代服饰。1949年以后，沈从文再没有进行过小说创作，他的书在之后30年间仅出版过一次。

我能想象沈从文宣布封笔时的心情。虽然我不认为沈从文是很好的文物学家，但是我承认他是有智慧、有决断、有风骨的人。

沈从文是个情圣。1930年沈从文28岁的时候，爱张兆和爱得一发不可收拾。沈从文的情书一封接一封，绵延不绝地表达心中的清梦。

直到1931年6月的一封信，沈从文说多少人愿意匍匐在君王的脚下做奴隶，但他只愿做张兆和的奴隶。这竟然打动了张兆和。

两人新婚不久，沈从文母亲病危，他回故乡湖南凤凰去探望。他在船舱里给远在北平新婚不久的娇妻张兆和写信，说：我离开北平时还计划每天用半个日子写信，用半个日子写文章。谁知到了这小船上却只想为你写信，别的事全不能做。

这种心情我特别理解。我曾经有一年几乎每天一封信写给一个人，后来这个人把我的信都烧了。我写信的时候就想：这样下去我的医学怎么办呢？那未来老百姓就会缺少一个好医生。很天真、很幼稚，不过真的是这么想的。

我本来想学业一半、爱情一半，后来发现自己只想写信，别的都不想做。直到忽然有一天，我没有那么大的冲动再写信。老天可能用这种方式结束了我的写作，内心不再肿胀了。他给了我爱情一条死路，给了我生活一条生路；他给了我写作一条生路，给了我其他"非写作"一条死路。

1988年5月10日，沈从文因心脏病猝发在家中病逝，享年86岁。他的临终遗言是："我对这个世界没有什么好说的。"——想说的话，我已经在我的文字里说了，我现在没什么好说的。我喜欢这种态度。

深情也是人性的组成部分

《亚洲周刊》评选的"20世纪中文小说100强"，沈从文的《边城》排第二，鲁迅的《呐喊》排第一。当然，这是一刊之言，但也说明了它相当了不起。

《边城》是写"异乡"的好小说。这个"异乡"类似于桃花源，跟你我不是完全陌生，却能拨动心弦，让我们重新审视生活的空间。

《边城》中没有一个坏人，都是好人，但是没有一个人幸福。小说里流动着默默的深情，这种深情是人性重要的组成部分。

这部小说的写作时间前后不超过两年，出版于1934年，沈从文32岁。

这部小说的写作缘起是，沈从文和好朋友赵开明在泸溪县城一家绒线铺遇到了一个叫翠翠的美丽少女，赵开明发誓要娶她为妻。17年后，沈从文乘坐小船停靠在泸溪，他回忆着翠翠的美丽形象，朝绒线铺走去。绒线铺还在，他在门口意外地看到了一个跟翠翠长得十分相像的少女，熟悉的鼻子、眼睛、薄薄的小嘴，沈从文惊诧得说不出话来。原来这是翠翠的女儿小翠，当年的翠翠嫁给了追求她的赵开明。17年后，她已经死去了，留下了父女两个。沈从文没有再和赵开明打招呼。

沈从文就坐在他的院子里，在阳光下的枣树和槐树的阴影间写下了《边城》。

沈从文在《湘行散记》中写：我写《边城》故事时，弄渡船的外孙女，明慧温柔的品性，就从那绒线铺小女孩脱胎而来。

这就是这本书主要的故事和写作的背景。

现代版的桃花源

沈从文的《边城》给出了桃花源的现代样本。《桃花源记》里人们为避秦时乱，躲到桃花源。《边城》写的是一九二几年四川湖南边界的一座小城，小城名字叫"茶峒"。

这个茶峒边城，在两省交界处，交通不方便，要靠船运把货从上游运到下游，靠渡船把人和少量的货物运输到两岸。这个地方其实是苗族地区汉人的聚集区，清朝时候驻军屯兵，由一个驻军点发展成为小城镇。它范围有限，人数有限，茶峒和它的军民成为一个人类学、民俗学的样本，就是在一个相对局限的地方，在一个相对局限的人口中，聊聊他们之间的关系，聊聊底层人们之间的顾忌、恐惧、欲望。

故事的主角是一个情窦初开的女生，叫翠翠。她父母双亡，有一个外公，有条黄狗，他们在茶峒渡船。渡船在山城是不可或缺的，建座桥太难太贵，经常会被水冲垮。一条船能承担人流、物流的基本运输。

故事用一句话概括就是：两个情窦初开的兄弟，爱上了一个情窦初开的小姑娘。

有人味儿的人间

不剧透，我挑段落来解读、欣赏、理解。解读没有正确答案，你可以脱离我这个拐杖尽情体会。

沈从文写了一个题记：

对于农人与兵士，怀了不可言说的温爱，这点感情在我一切作品中，随处都可以看出。我从不隐讳这点感情。……就我所接触的世界一面，来叙述他们的爱憎与哀乐，即或这支笔如何笨拙，或尚不至于离题太远。因为他们是正直的、诚实的，生活有些方面极其伟大，有些方面又极其平凡，性情有些方面极其美丽，有些方面又极其琐碎，——我动手写他们时，为了使其更有人性，更近人情，自然便老老实实的写下去。但因此一来，这作品或者便不免成为一种无益之业了。

很多关于农村的作品之所以写得不好，是因为不真实，不深入。沈从文写得很好，他的出发点就是写自己最了解的东西。他最了解农人与兵士，他对他们有不可言说的温爱，"便老老实实的写下去"。

女孩子的母亲，老船夫的独生女，十五年前同一个茶峒军人，很秘密的背着那忠厚爸爸发生了暧昧关系。

刚刚描述小山城背景，一条溪水，一个渡船，一座白塔，一户孤零零的人家，老者、女孩、黄狗。然后直接把前因堆给你，告诉你发生了什么悲剧。这个悲剧中所有的人，女孩的爸爸、妈妈、老人、女孩自己都是好人，没有一个人做得绝对错，没有一个人不能被我们理解，但是合起来就是一个悲剧。《边城》悲剧的底子就在这段话里。当然，人生就是有一个悲剧的底子，背景一定是孤寂的，也就是所谓涅槃寂静。但在涅槃寂静的背景下，有鲜活的生命、短暂的欢喜、似曾相识的爱。

翠翠在风日里长养着，把皮肤变得黑黑的，触目为青山绿水，一对眸子清明如水晶。自然既长养她且教育她，为人天真活泼，处处俨然如一只小兽物。人又那么乖，如山头黄麂一样，从不想到残忍事情，从不发愁，从不动气。

翠翠的"兽性"干干净净、清清楚楚，跟人性又能在多数情况下和平相处。

写翠翠的笔墨很多，但没有直接写翠翠有多美；写血气方刚的兄弟俩的笔墨也不少，但也没有直接写两个汉子有多棒。但是你读完就觉得，血气方刚的两兄弟能跳出纸面来，翠翠能游到你的梦里去。

这就是人，这就是有人味儿的人间。

决绝的个人主义，需要懂战略

在我内心里，张爱玲是中文最好的女作家。

张爱玲的出现，有赖于天时地利人和，人和大于地利，地利大于天时。她极深刻地写了她的故乡上海，可以说是上海的灵魂人物。中国近现代史回避不了上海，如果你想了解上海，请去读张爱玲。

天才跌宕起伏的一生

张爱玲，1920年9月30日出生。1920年到1949年是一个相对混乱的时期，也是一个新鲜事物不断涌现，各种新旧、新新、旧旧事物相互攻击、融合、发展的时期。

张爱玲，祖籍河北唐山，生于中华民国上海公共租界。

她出生在破落名门，但瘦死的骆驼比马大，还是受过非常良好的教育，就读过香港大学和圣约翰大学，很早就显露出写作的天赋。

张爱玲完成了对自己的要求——成名要趁早。毕竟是读过诗书的天才，这是自然而然的事儿。少年成名，在战乱之中偏安一隅，能够用几部中短篇小说震动文坛，奠定自己一生的地位。有心计、有谋略、有作品、有声响，开局如此之完美。

之后1949年上海解放，1952年张爱玲以未完成学业为理由先去香港，然后赴美。在香港期间做了一阵编剧，去美国加利福尼亚大学伯克利分校做了一阵学者，翻译了清朝吴语小说《海上花列传》，还写了文学评论《红楼梦魇》。

张爱玲的一生见证了中国近现代史，漂泊于天津、上海、英属香港、美国各地，最后在美国定居，1960年取得了美国国籍。1956年，也就是在她取得美国国籍之前，和大自己近30岁的德裔美国人赖雅结婚。赖雅跟她结婚之后去世，张爱玲在美国一个人终老，没有孩子。

她遇上过个别人渣，后嫁给年龄差异大的人，最后孤独终老，不禁让人唏嘘。我细想，也不能算是悲剧，这世界上谁没遇上过几个人渣，哪个好女生没遇上过几个人渣。

从财务上来说，张爱玲晚年其实过得不错，书已经卖得很好。她一直住酒店，没买房，但没买房不是混得不好的标志。

决绝的个人主义

张爱玲的写作有独特的个人主义角度，比如《倾城之恋》：不以国为怀，我不逐鹿中原，我不管什么主义，我只管我自己的小日子，只管我自己的婚丧嫁娶、生老病死这些小事。

张爱玲的一生是决绝的个人主义，决绝的个人主义的写作，决绝的个人主义的生活。人很容易被周围人影响，容易被零星的噪声、欲望、人性的惯性所裹挟，想过决绝的个人主义生活，想一辈子做决绝的个人主义的写作，并不是一件容易的事。

张爱玲知道自己生活和写作上要什么，个人的行动、生活抉择、写作都依照清楚的决策去执行。按战略管理的行话说，就是战略制定严谨，战略取舍明确决绝，战略执行明确决绝。

一些人总觉得张爱玲生活得不幸福，以至于我也有这种印象。但据接近她的人说，张爱玲一人生活得开心着呢！我想原因可能是以己度人了，我们不了解决绝的、纯粹的个人主义。绝对的个人主义，其实也是一种活法。

张爱玲的作品证明了她这么做的意义，因为这些作品打败了时间。

解读《倾城之恋》

充满张力的凤头

上海为了"节省天光"，将所有的时钟都拨快了一小时，然而白公馆里说："我们用的是老钟。"他们的十点钟是人家的十一点。他们唱歌唱走了板，跟不上生命的胡琴。

这个凤头起得好，整个时代用夏令时，上海洋派。白流苏所在的白公馆还是清末民国初年老派的节奏，留恋过去的生活和过去的味道。

白流苏坐在屋子的一角，慢条斯理绣着一双拖鞋，方才三爷四爷一递一声说话，仿佛是没有她发言的余地，这时她便淡淡的道："离过婚了，又去做他的寡妇，让人家笑掉了牙齿！"她若无其事地继续做她的鞋子，可是手头上直冒冷汗，针涩了，再也拔不过去。

我实在很难想到，这是一个二十二三岁的女生写出的句子，老到、精确，没有多少烟火气，但是水面之下，剑拔弩张。

白流苏听到她前夫死了，还若无其事地继续做鞋子，可手指头上冒冷汗，针涩了，针拽不动了，遇上坎了。这小词用的，细节丰富。

张爱玲是刻画细节的人师，精确的、冷僻的、独到的，别人注意不到的细节。

张爱玲在小说开头用天赋的笔触，设了一个绝境，就是白流苏并不是吃不饱、穿不暖，但是她在心智上已经无路可走了。

给女一号布下了绝境，又敞开了一道门缝。门缝是出去找一个人嫁了，彻底解决人生和其他一切。

张爱玲人情世故练达，塑造的人物能够全部立住——每个人做事、说话的内在逻辑都是通的。

门缝外的那个男人叫范柳原，父亲是著名的华侨，有不少的产业分布在锡兰、马来西亚等处，而且父母双亡。

最开始给范柳原介绍的，并不是白流苏，而是白流苏的七妹。白家，特别是白老太太，也就是白流苏的妈，为了把七妹嫁出去，使尽了浑身的功夫，因为七闺女不是她亲生的。

白家人基本都去见了范柳原，但是没有直接描写。这是张爱玲处理得特别好的地方，她没有直接描写白流苏和范柳原见的第一面，这一躲一闪，特别漂亮。如果用直接描写，那么为什么范柳原跟白流苏跳了一支舞就喜欢上对方？基本是交代不过去的，但是侧面描写就有妙处。

下面这段内容就是典型的好小说家的描写。流苏顶着被大家咒骂怨恨，冲出去抓住了机会，不知道成不成。张爱玲没有描写她的心理，而是这样写：

流苏和宝络住着一间屋子，宝络已经上床睡了，流苏蹲在地下摸着黑点蚊香，阳台上的话听得清清楚楚，可是她这一次却非常的镇静，擦亮了洋火，眼看着它烧过去，火红的小小三角旗，在它自己的风中摇摆着，移，移到她手指边，她噗的一声吹灭了它，只剩下一截红艳的小旗杆，旗杆也枯萎了，垂下灰白蜷曲的鬼影子。她把烧焦的火柴丢在烟盘子里。今天的事，她不是有意的，但无论如何，她给了她们一点颜色看看。她们以为她这一辈子已经完了么？早哩！……

……她是个六亲无靠的人，她只有她自己了。

火柴这段描写讲了世俗的观点，非常不女权，但那时候的世俗和现实让白流苏意识到她只有自己了，反而开始显现决绝的个人主义，决绝的女权。

一波多折的猪肚

小说难写的地方，张爱玲故意闪开，通过其他角度去描写，反而效果更好。

她躲开白流苏跟范柳原如何第一次见面，反过来讲回来之后大家的反应，继续往前推进。虽然白流苏还处在死境，但是门已经打开了。

跳过那次舞之后，媒婆徐太太跟白流苏说：你不是想嫁出去吗，我带你去香港耍一耍。香港已经有很多上海去的人，这些人对白流苏会非常仰慕。徐太太只跟白流苏说：你跟我去香港玩，顺便帮我带两个娃，费用我来出。在这种安排下，上海白公馆就清楚可能发生了什么，当然也包括白流苏自己。

不得不佩服张爱玲把人性琢磨得通透，从白流苏的计算来看，无论输赢她都是赢了，所以香港她是必去的。小说顺着内在的逻辑，顺着人性的常识，就很自然地带着悬念往下推。

白流苏到了香港，后两人在酒店隔壁房，住了一个月，被周围人认为是夫妻，但其实完全没有肉体接触，然后就谈崩了。话赶话，又没有肉体接触，很容易谈崩。

两人分别之际，范柳原给流苏打了个电话，就在隔壁房间，范柳原不耐烦地道："我知道你不懂，如果你懂，我就不跟你讲了。"他讲了《诗经》上的一首诗。两情相悦，到最后两情相怨。

"'死生契阔——与子相悦，执子之手，与子偕老。'我的中文根本不行，可不知道解释得对不对。我看那是最悲哀的一首诗，生与死与离别，都是大事，不由我们支配的。比起外界的力量，我们人是多么小，多么小！可是我们偏要说：'我永远和你在一起，我们一生一世都别离开。'——好像我们自己做得了主似的！"

范柳原把白流苏送回了上海，之后又发出邀请，让白流苏去香港相见。

如果从战略执行的角度看，白流苏一定在心里给自己鼓了几次掌——我第一次在香港做得不错，没有身体接触。我又回到了上海，现在又接到了邀请。

好的小说不见得千回百转，但是一定要有波折，一波三折。《倾城之恋》的波折在于死境——峰回路转——跟他待了一个月没肉体接触——回到上海，可能事凉了——又可以去香港，就到了两人真正有了亲密关系。但是再一转，范柳原给白流苏在香港租了房子，他自己要去英国；再一转，日本人打到香港，范柳原走不了，一起困在香港；再一转是又能回到上海了。从上海起，在上海结束。

称不上豹尾的结尾

作为一个人，如果你把自己投到社会的洪流之中，是一种活法；如果你把自己相对独立于整个历史的洪流，也是一种活法。不见得活不下去，不见得活得不好，不见得不是好小说家的活法。不管是不是小说家，我们不得不活在社会里，活在时间的流动里，活在历史的变迁中。

　　柳原现在从来不跟她闹着玩了，他把他的俏皮话省下来说给旁的女人听。那是值得庆幸的好现象，表示他完全把她当作自家人看待——名正言顺的妻，然而流苏还是有点怅惘。

　　这句又充分体现了张爱玲对人情冷暖的深刻理解和精妙表达。柳原这个"渣男"不会因为娶了白流苏而变得不渣。流苏有高兴的地方，但作为一个女人，她不可能一点惆怅都没有。

　　结尾是这样：

　　到处都是传奇，可不见得有这么圆满的收场。胡琴咿咿哑哑拉着，在万盏灯的夜晚，拉过来又拉过去，说不尽的苍凉的故事——不问也罢！

　　我不认为这算豹尾。

四

很多了不起和钱没关系

《红楼梦》

《了不起的盖茨比》

《呼啸山庄》

《飘》

《长物志》

《闲情偶寄》

《蒙元入侵前夜的中国日常生活》

———

有一类人，推动这个社会靠的是一种用力过猛的心结。这类人容易成功，但是不容易幸福；容易成功，但是也容易出事。
真正的幸福不是"一定要怎么样"。

衰败总是因为管理问题

鲁迅评价《红楼梦》："至于说到《红楼梦》的价值，可是在中国底小说中实在是不可多得的。其要点在敢于如实描写，并无讳饰……所以其中所叙的人物，都是真的人物。总之自有《红楼梦》出来以后，传统的思想和写法都打破了。"

所以，鲁迅认为《红楼梦》最好的地方是真。我非常同意。

做个多情、真实又会生存的人

《红楼梦》枝叶繁多，我归纳总结了三条线：一是意淫的故事，二是衰败的故事，三是狗咬狗的故事。

第一条线，是正值青春期的"官四代"贾宝玉，及其亲属在大观园虚度时光的故事。

第二条线，是以贾、史、王、薛为代表的四大家族由盛到衰的故事。

第三条线，是围绕着四大家族涉及的皇宫贵族、贩夫走卒、各个阶层和各行各业，吃喝嫖赌抽，坑蒙拐骗偷，狗咬狗的真实故事。

《红楼梦》，我认为有三点好处。

第一，真实。《红楼梦》用非常生动真实的方式讲了真实的世界什么样，包括四大家族及其周围的利益相关方，以及四大家族下边一层、二层、三层，直到最底层的耕田种地等阶层。

贾宝玉不想知道，不意味着社会就不是那个样子。

第二，多情。《红楼梦》里最可爱、最吸引人、最让我心驰神往的，还是贾宝玉作为一个情窦初开的"官四代"，专为女生、毫不为自己的热爱。

贾宝玉对女生的喜爱，表现在两个层面：

第一个层面，这种喜爱涉及人类最根本的基因编码，就是生存。男生爱女生，春天让花开，男生想把女生扑倒，女生想把男生扑倒。这是自然界最美好、最本真、最基础的一件事。

第二个层面，这种喜爱、这种扑倒、这种吃嘴上的胭脂，并没有沾染社会上的功名利禄，他只是简简单单地喜欢。正是因为这种简简单单的喜欢，就是这种纯纯的爱，带肉欲的、两性的，实际上跟最原始的本能、最终极的快乐是密切相关的。

第三，还原了真实的清中期。康雍乾三朝史称清代最辉煌的时候，如果你想知道那时候清朝的样子，读《红楼梦》要远远好于你读《清史稿》。如果没有《红楼梦》，我们不知道康乾盛世时社会各个阶层都是如何去生活、工作的，如何尔虞我诈、各自心怀鬼胎的。

曹雪芹爷爷的妈妈是康熙的保姆，跟康熙的关系非常好。他的爷爷曹寅本人是康熙的好伙伴，一块儿念书，一块儿工作。曹家曾经管过当时绝大多数富人的穿衣问题。曹寅虽是家奴出身，却是皇帝最亲信的人。

曹雪芹就在这么一个大富大贵、掌握实权的家庭中出生、长大。

曹雪芹童年时期从南京迁到北京，这种不同的环境形成的反差，往往会造就出复合型的人以及特别有意思的文章。

曹雪芹写这本书的时候30岁左右，青春期已过。但《红楼梦》写的主要是青春期，这本身又有一种边缘感和反差。

可以说，曹雪芹从出生到去世，具备了极其优秀的小说家应该具备的条件：生活在边缘，表达在当下，理解在高处。曹雪芹经历过大富大贵，也经历过穷困潦倒，人生可谓大起大落。这种生活，是老天给他的境遇。

他能从中跳出来，能看到无常是常，能看到贪嗔痴都是苦，能看到诸法无我，世界不会因为自己的个人意志而转变。他也能看到涅槃寂静，白茫茫一片大地真干净。

希望能看懂《红楼梦》的，也能成为多情又真实的人，还能在这个油腻的世界上生存。

《红楼梦》有价值的三件事

《红楼梦》最有价值的三件事，我们可以从第十九回里，袭人给贾宝玉提的三点要求看出来。我认为《红楼梦》最该看的，就是这三点。

这三点有个背景：袭人陪着贾宝玉的时间挺长了，可能会被家里人赎出去。贾宝玉生气着急，希望袭人能留下，因为袭人能帮他协调各种事、各种关系。另外，他第一次做"宇宙的大和谐"就是和袭人。

其实袭人打心底里是不想离开的，但贾宝玉不知道。他认为在贾府里是当奴才，出去可以当自由人，为什么不愿意出去？所以他很担心袭人会出去。袭人就跟他讲,你要答应我三件事,我就不出去。

第一件,别乱说话,不要心里想啥就说啥,不要说真话。

第二件,你要装出爱读书的样子,也教老爷少生些气,在人前也好说嘴。你不要老讽刺、挖苦、嘲笑、打击所谓的读书人。你觉得他们是腐儒也好,竖子也好,二货也好,别嘲笑人家,只做出个喜读书的样子。

第三件,再不可毁僧谤道,尤其不要去调脂弄粉,不要去跟姑娘鬼混。

袭人说,你要改了这三个毛病,都依了我,我再也不出去了。

不知忌讳乱说话,说明了《红楼梦》的字里行间都是真。它不管好的坏的,吃喝嫖赌、坑蒙拐骗,都生动真切地描写,没有忌讳。哪怕是在清朝,哪怕在兴文字狱,还是要保持真实。哪怕是最开始以手抄本的形式在小圈子里流传,也不能阻挡它的真实表达。

这点真,是袭人规劝贾宝玉要改的。

贾宝玉热爱女生,袭人觉得他泛爱,将来会给他和女生都惹出各种各样的麻烦。的确如此。

但是古往今来,没有一个比贾宝玉更纯粹、更坦诚地热爱妇女的文学形象。在礼教大防的时候,能够写出这个形象,我觉得特别了不起。

袭人劝贾宝玉读书、上进,这不是贾宝玉想听的。

贾宝玉到秦可卿的卧房睡觉之前,看到一副对联,立刻说不在这块待,要去别处待。对联写的是:"世事洞明皆学问,人情练达即文章"。说的就是这个世界什么样,是怎么运行的,怎么生存甚至繁荣的。这个是袭人想让贾宝玉读书、历事、行路知道的。

曹雪芹伟大的地方是,认同、赞赏贾宝玉对于女生的热爱,但是依然揭示了世界并不是一方净土,世界就是存在油腻,这两三千年来都没有变过。

贾家衰败的原因是管理问题

贾家衰败的一个很大原因，是管理差。

财务上入不敷出，元妃省亲要有个地方，造了大观园。造园子和维护园子耗费了巨大的人力、物力。之后大家开始没钱花了，典当东西换现金回来。按现在的话讲叫融资，就是现金来自融资，钱来自银行类的机构，而不是来自运营。

贾家面临的一个管理问题就是如何管理好现金流。有个英文词叫"burning rate"，就是一天、一个月、一年消耗多少钱。量入为出是管理的重要原则。贾家没有做到，所以贾家败掉了。

贾家还有一个问题是没有懂管理的人。懂管理的人分两类：一类是受过严格的管理训练，通过管理教育和历练，变成职业的管理人；还有一类是天生的生意人，知道如何寻找商业机会，如何量入为出。比如胡雪岩，没有上过商学院，但他天生有生意头脑。《红楼梦》里描写贾家这么多人，没有哪个有真正的经营管理头脑。

王熙凤是关键的管理人物，但她缺乏严格训练，更可怕的是，她缺乏一颗公心。她要留私房钱，要满足自己颐指气使的气势，要满足主事人的威风。有私心，没有良好训练，没有明确的管理目标，怎么可能做好管理？

贾母是一把手，但她对家族没有长远规划，狂宠贾宝玉这个孙子，只管自己开心。例子是贾家的世交甄家败了，被抄家。贾母的原话是"咱们别管人家的事，且商量咱们八月十五赏月是正经"。甄家怎么抄的家，贾家也可能这样被抄家。她没有兔死狐悲的感觉，没有危机意识，没有管理的基本素质。

在王熙凤小产期间，以探春为主的三人决策委员会替王熙凤管了一阵子大观园，三人决策委员会的另外两名成员是李纨、宝钗。她们锐意进取实施的改革，主要是包产到户。比如她们把大观园里的水、田、花、草、果树、树木分包给相关的仆人，但一是要求他们保证供给，二是减少甚至不要成本，如此满足供给后富余的就归仆人及其家庭。改革得很好，当然也会出现一些矛盾，引起一些人的不舒服。包产到户意味着仆人比原来要负责更多，当姑奶奶、少爷们开始糟蹋果树的时候，就有矛盾了。

改革昙花一现，探春也没有受过严格的管理训练，她锐意进取的改革政策也遭到了相当强烈的反对。贾母看不明白探春在做什么，所以没有给她撑腰。探春改革失败的最大根源是最高决策者不理解改革，不认可改革。

所以，如果你真想了解管理，我建议没必要读IPO介绍、年报。只要多读读小说，读读《红楼梦》，你对这个市场，对构成市场的活生生的人，对他们的现在、过去和未来都会有更好的了解。

心结容易让人成功但不幸福

《了不起的盖茨比》是菲茨杰拉德于20世纪20年代在美国写的，讲的是第一次世界大战之后美国纸醉金迷的"爵士时代"，也是人类发展史上最快的造富时期之一。所以《了不起的盖茨比》不仅是非常漂亮的故事，读它还能帮我们了解在造富的背景下，人性什么样、钱能不能带来幸福、财富增长带来的是不是都是快感。

野心、成功、奸情的故事

《了不起的盖茨比》讲述了普通但是普世的故事：在一个让年轻人凭自己的积极和原力就能干事、成事的伟大时代，一个小镇青年明快决断又小心翼翼地爬到社会顶层。他还没老到忘记爱情，还没老到忘记那些见识过的美好和没实现的愿望。他一直纯洁，一直记得小时候没得到的那根冰棍、那盆花、那个女生，然后处心积虑、不计成本地找到欲望的源泉，找到动力的源泉——那个女生、那个夜晚、那种无奈、那句话、那个躲不开的分开。然后他再次遇到那个女生,然后被社会、被自己的欲望和执念毫无意外地毁掉。

痴情、野心、奢靡、奸情、劣根,在这本小说里应有尽有。

小说最开始的诗:

Then wear the gold hat, if that will move her;

If you can bounce high, bounce for her too,

Till she cry "Lover, gold-hatted, high-bouncing lover, I must have you!"

这句话我认为充分总结了《了不起的盖茨比》这本书的精髓。

那就戴顶金灿灿的帽子,如果那能让她心跳;

如果你能蹦得很高,那就为她蹦得很高,

直教她叫:"亲,戴着金灿灿的帽子的亲,蹦得很高的亲,我要好好要要你!"

这个故事是关于阶层跨越的,是人们爱看的上流社会和城市成功的故事,是人们爱看的跟奸情有关的故事。这个故事写的不是过去,而是未来;写的不是即将消失的一群人,而是野心勃勃地去实现梦想的年轻人。

好胜男性的迷恋和困境

《了不起的盖茨比》是一个年轻人疯狂地爱着一个有夫之妇,然后因奸情出人命的故事。

故事的发生、发展主要是通过一个叙事者的视角展开的。这个叙事者叫尼克,他是黛茜的远房亲戚,又是盖茨比的邻居。"无巧不成书",就这么巧。

盖茨比和黛茜原来是青梅竹马，但是盖茨比穷，黛茜富。后来第一次世界大战爆发，盖茨比去参军，黛茜嫁给了芝加哥一个叫汤姆·布坎南的富家子。盖茨比打仗回来后，异常伤心，但是他此刻还是穷小子，穷得退伍之后只能继续穿军装，因为买不起便服，而且吃不上饭了。盖茨比认为：不就是钱吗？我挣了钱，黛茜就还是我的。然后他奋发图强，在他用某种不法渠道挣到钱之后，开始了追随黛茜的旅程。他对黛茜的念念不忘，就是推动《了不起的盖茨比》故事发展的源动力。

盖茨比用了一些接近变态的追求方式。黛茜在纽约北边小岛东卵有个别墅，盖茨比就在东卵对面的西卵、黛茜家的对面买了一座豪宅，大人办大派对。盖茨比一直看黛茜家的码头，总有一盏通宵不灭的灯发着绿光。盖茨比想让黛茜看到他这边也有光。

黛茜的丈夫汤姆·布坎南也没闲着，经常在外边乱睡，而黛茜又不愿意离开他，因为他有钱。黛茜外表依旧纯洁、优雅、魅力非凡，又有活力，但是内心浅薄、空虚、庸俗不堪。其实不少人就这么过一辈子，做个小富婆，浅薄又快活，也没有什么本质的错误。但是黛茜的过去、兵哥哥盖茨比回来了。

这个故事强在它在情理之中，在意料之外，讲得轻松、简洁、圆满。

对于故事发生的背景，菲茨杰拉德没有选旧金山、芝加哥，而是选了典型的纽约。具体地说，是纽约的两座岛：西卵和东卵。纽约在那个时候蓬勃向上，是美国的第一经济重镇。从造富的能力和造富的趋势来说，是从东海岸一点点扩张到西海岸。芝加哥在那个时候的美国算是"新钱"；"老钱"是新英格兰、波士顿、纽约。黛茜和汤姆·布坎南曾生活在芝加哥，在"新钱"多的地方挣了钱，然后到"老钱"的地方来吃喝玩乐。

心结容易让人成功，但不容易幸福

菲茨杰拉德选择了人类普遍的困境。有些男性，特别是一些事事争先、好胜的"阿尔法"男性，往往会有一种情结，可能对特定女性，也可能对一件事、一个所谓的事业，会有莫名其妙的、无法自拔的、挥之不去的迷恋。这辈子就围绕着这个念念不忘的心结。这个心结甚至是社会进步的某种核心动力之一。

盖茨比这类人推动社会靠的就是这种用力过猛的心结。这些人喜欢全部付出，用 200% 的力气去干一件事。他们只想争第一，目的性非常强，非常想出人头地。他会把其他事的重要性降得非常低，一门心思往一个目标去走。这类人容易成功，但是不容易幸福，也容易出事。他的大问题就是用力过猛。

所以老天也挺有意思的，得到是一种安排，得不到也是一种安排。

菲茨杰拉德：当穷小子爱上白富美

菲茨杰拉德，1896 年生在美国中西部的明尼苏达州——一个相对"新钱"的地方。《了不起的盖茨比》问世于 1925 年，就是他 29 岁的时候。

菲茨杰拉德的经历跟盖茨比有点像，也是一个爱上白富美的穷小子。他的父亲是一个潦倒的商人，母亲来自爱尔兰的富人移民家庭。母亲强势，父亲善良，与世无争。在恋爱对象的选择上，菲茨杰拉德显示出想要跻身上流社会的愿望。初恋情人和妻子的社会地位都比他高，她们都是来自上流阶层的靓丽名人，善于交际，在各种豪华派对上游刃有余，受众人追捧。

菲茨杰拉德于1918年，他22岁的时候，在一次乡村俱乐部的舞会上，邂逅了来自上流社会的泽尔达。她举止优雅，声音甜美，让他一见倾心。当时才华满腹的菲茨杰拉德也打动了泽尔达，两人迅速坠入爱河并订婚。但是一订婚，泽尔达发现菲茨杰拉德收入太少，前途渺茫。

泽尔达取消了和菲茨杰拉德的婚约，但是菲茨杰拉德没有放弃，他化悲痛为动力，写成了《人间天堂》。这本书一问世就轰动了文坛，给菲茨杰拉德带来了金钱和荣誉，也挽回了险些破产的爱情。三个月后，两人步入婚姻殿堂。

穷小子爱上富家女，基本上是一条曲折坎坷之路。菲茨杰拉德产生了另外一种动力，他靠写作成功赢得了婚姻，赢得了爱情。

多么成功的故事，写一本书，然后获得了金钱、名誉和"爱情"。

菲茨杰拉德和泽尔达结婚之后，就过上了挥金如土、放荡不羁的富裕生活。很快他们就发现钱不够花了。菲茨杰拉德描述这段生活时说："我真不知道我和泽尔达究竟是生活在现实中，还是生活在我的某篇小说中的人。我不知道自己是谁，也不想知道自己是谁。"

这种放荡生活不仅损害了他的才华，还很快让他人不敷出。

他毁了她，她毁了他

为了维持富裕生活，菲茨杰拉德开始拼命瞎写，赚取稿酬，于是写了一大堆内容肤浅的短篇小说。因为经济所迫，夫妇俩前往法国南部熟人比较少、花销比较小的地方生活。

人不太走运的时候，文运比较好。在生活简单朴实、没那么多派对的地方，菲茨杰拉德集中精力创作《了不起的盖茨比》。但是平静生活没有维持多久，泽尔达和一个法国飞行员走到了一起，让他们的生活又产生了波澜，这段经历又有点像《了不起的盖茨比》。

1930年泽尔达患上了精神病，经常需要住院治疗，医疗费用高昂。菲茨杰拉德就借酒消愁，终于嗜酒成癖。1940年他因心脏病发作去世，年仅44岁。泽尔达最后的命运也很惨。在菲茨杰拉德死后七年，泽尔达所在的精神病院意外失火，她被困在顶楼活活烧死。

海明威评价说，泽尔达毁了菲茨杰拉德。我不这么认为。没有人可以毁掉另一个人，除非后者从小就被前者控制，否则都是互成互毁的过程。没人拦着菲茨杰拉德走，也没人拦着他做自己愿意做的事。

小说家周围的人不容易，包括泽尔达。我能体会两个人的相爱相杀，在生活的海浪中有欢喜有忧愁，起起伏伏，不容易。

了不起的人物

《了不起的盖茨比》刻画了一群"爵士时代"的最佳代言人。

盖茨比执着、偏执、寂寞，被幻象所迷惑，坚持做自己认为不得不做的事情；黛茜虚荣、自私；讲述人尼克谨慎、自省、冷静、旁观；黛茜的老公汤姆·布坎南傲慢、吝啬、自私自利；喜欢尼克的乔丹·贝克高傲、冷淡，以自我为中心。

每个人都有特点，不是完全脸谱化的，他们本身就是一个相对平衡的人，其特点是有根基的、有背景的、有经历的。

菲茨杰拉德有一种自省的视角，能跳出来冷静地审视特别热闹的时代：镶着金边的泡沫注定会幻灭。好的小说家不能随波逐流，不能完全沉浸其中而不能自拔。

20世纪二三十年代，美国兴盛繁荣。美国梦就是挣钱，只要艰苦奋斗，只要勤劳勇敢，就可以得到美好的生活。社会不固化，有相当的流动性，底层的人能走到上层，本分的人可以过上之前想象不到的生活。这种财富的增加是不是能让每个人都感到幸福？答案是否定的。真的没有十全十美的生活。

比如盖茨比挣了花不完的钱，从某种程度上得到了黛茜，但是他幸福吗？盖茨比在隐约察觉到黛茜的空虚和庸俗之后，还没来得及彻底厌倦、幻灭，就出了事情。黛茜开着盖茨比的车撞死了汤姆的情妇，汤姆跟黛茜商量，设一个套，让情妇的丈夫认为是盖茨比干的，因为盖茨比跟他老婆有一腿。情妇的丈夫开枪打死了盖茨比，然后自杀。这多角关系就不再存在了。

盖茨比的死法不是最好的，但不会是最坏的。他至少还是带着没有完全破灭的梦想进入坟墓的。

一点"真"让盖茨比了不起

黛茜和汤姆有好的生活，得到了钱财，他们就幸福吗？

这两个人虽然生活衣食无忧，但内心没有任何追求。他们所谓的精神支柱就是维持高档的生活方式一天一天地过下去。他们是不是真的幸福？

他们出轨、乱搞、酗酒、开飞车、撞人，自私自利到让盖茨比去顶雷。他们似乎躲过了法律的制裁，但是我不认为他们可以一辈子坦然面对，能够踏踏实实地睡好每一觉。他们只是自己高档生活的奴隶而已。

在财富高速增长的时代，很多所谓的富人生活是飘在面上的，是没法真正体会衣食住行简单的小美好的。因为没有理想、没有信念，从而没有底线。

尼克跟盖茨比道别的时候说，虽然盖茨比是个私酒贩子，打扮俗气，但是他周围那些白喝他的酒、白吃他的菜的人都是烂人，这帮浑蛋加起来都没有他高贵。尼克没说的话是，盖茨比虽然俗气、偏执，但是有"真"的地方，他还有"真"的幻想——黛茜能够带给他生活意义这一点不油腻的幻想。

体会黑暗的力量

"勃朗特三姐妹"之一的艾米莉·勃朗特,唯一的长篇《呼啸山庄》是少见的描写黑暗力量的杰作。多数小说讴歌光明,正义历尽曲折战胜邪恶,讲魔高一尺,道高一丈。很遗憾,世界存在暗黑物质、暗黑力量,人性也是一样的,破坏是人性里不可分割的一部分。或许因为有了黑暗,光明才得以显现,破坏不一定都是错误的,或许有了破坏才有改变,才有革命。

《呼啸山庄》设计的人物、语言、行动、景色描写、节奏等,都很好地烘托了暗黑的气氛。之后一百多年里出现了很多恐怖小说、恐怖电影、吸血鬼故事、"霸道总裁爱上我"的故事,其中隐隐约约能看到《呼啸山庄》的影子。这些都归功于艾米莉·勃朗特这个天才宅女开创的先河。

因为黑暗,得见光明

小说背景是 18 世纪英格兰北部的约克郡,来自城市的年轻富二代洛克伍德租下了沼泽地的画眉山庄,有一次拜访房东希斯克利夫,发现了隐藏在呼啸山庄里的一段漫长的、伤心的、黑暗的过往。

我每次读《呼啸山庄》,都会想到阴郁的天气,泡在阴郁天气里的阴郁的人。

暗能量在任何人的心中都有,只是多数人没有表现出来,或是不面对、不谈论、不承认。《呼啸山庄》提起了我们不愿意去探究的事物,好像人心中的黑森林,既然我们不愿意走进去,那就绕着黑森林转一转。

如何对待内心的黑暗?我觉得有两点可以做:第一点,不要全面否认暗黑力量创造性的一面,有些腐朽的、充满矛盾的、僵化的事物,不用暗黑之力,怎么打破它们?暗黑力量也有它的积极意义。第二点,个人要追求一种平衡,找到适合自己的比例。比如光明、希望、愉悦、小确幸占内心的 80%,暗黑力量、破坏力量占 20%。

如果你没意识到暗黑力量,恭喜你,你是幸福的。但是,当你体会到人世间有暗黑力量,在别人身上看到暗黑力量时,不要大惊小怪,它是存在的,在平衡着世间的其他一些力量。

文学基因不遗传,好习惯可以

艾米莉·勃朗特,1818 年生人,狮子座,1848 年 12 月 19 日去世,享年 30 岁。

艾米莉·勃朗特出生在约克郡,靠近布拉德福的索顿。除了勃朗特三姐妹,她还有两个姐姐和一个哥哥,这两个姐姐和一个哥哥都死得比较早。父亲原本是个牧师，后因其长期在哈沃斯担任副牧师，于是全家搬到了哈沃斯，勃朗特三姐妹的义学天分就在这样简单、有灵魂、有书读、有经验的环境下熏陶了起来。

艾米莉在二十七八岁时写了《呼啸山庄》，29岁发表，30岁离开地球。她还创作了近200首诗，被认为是天才型的女作家。

所以文章不等人，去写可能就写出来了，不写，人和肚里的文章可能就一起去另外的世界了。最好不要这样。如果你有特别想表达的，年龄又在30岁上下，努力狂写两个星期、两个月，差不多就能写出一二十万字的长篇了。

观察生活比群居生活重要

勃朗特三姐妹中年岁最大的夏洛特，是艾米莉的第一个庇护者。我甚至怀疑《呼啸山庄》光明的尾巴，夏洛特上手过。当然我没有任何的证据，只是有一点怀疑。我要是艾米莉，我就直面黑暗力量直到结尾，不留光明的尾巴。这么做似乎更符合艾米莉的状态，自由地、决绝地如烟花一样绽放，如烟花一样坠落。但现在呈现的版本一定有它的道理。

夏洛特在1850年《呼啸山庄》第二个版本的序言中写道："我妹妹生性离群索居，环境条件也助长了她孤僻的倾向。"艾米莉不爱跟人来往。她所处的环境条件，冬天早上九十点钟天才亮，下午三四点钟天就黑了，有个壁炉看着点火，看着星空，哪儿也去不了，也改变不了命运，只能观察周围和沉浸于自己的想象。

除了去教堂和到丘陵散步，她几乎很少踏出家门口。除了少数的例外，就算她感觉到周遭的人是亲切、和蔼的，她不会想要与他们交流，也不会想要经历与他们的相处过程。但是她很了解那些人：她知道他们处理事情的方式、他们的语言和他们的家庭故事。她也可以很有兴趣地聆听他们的事迹，甚至她自己也可以很钜细靡遗、很有画面又很准确地叙述他们的故事。但和他们在一起的时候，她就会变得沉默寡言。

一些人认为生活面很窄的人当不了小说家，生活丰富的人写出来的文字比小说还好看，这是典型的误解。生活不存在宽窄，如果你有足够的观察力和想象力，哪怕在一间屋子里，或者在监狱里，你都可能生活得丰富；如果你不会观察，就算你一天飞三个地方，一年换十份工作，你依旧是苍白的、没有养料的，是写不出东西来的。所以，生活面的宽窄跟作家有没有宽阔的视野，能不能表达在当下、理解在高处，完完全全是两回事。

在小时候，如何激发创造力

艾米莉·勃朗特在早年的时候，她哥哥收到一小箱玩具士兵，和姐妹们一起玩。姐妹们开始围绕士兵虚构故事，并创造了一系列幻想的世界，包括了安格利亚、贡代尔等。根据夏洛特的描述，她们给玩具士兵起名字，让它们在这些世界里冒险——有台词、故事、行动以及归宿。

在艾米莉13岁的时候，她和安妮退出了安格利亚的创作，开始虚构新的岛屿贡代尔的神话和传奇，这占据了两姐妹的时间和生命。一些日记保存了艾米莉描述贡代尔发生的事件。

经常有人问我如何培养想象力，特别是培养孩子的想象力，我借着艾米莉的逸事说，培养想象力最好的工具，可以像艾米莉一样找一盒玩偶，让你自己或小孩放手去想，构建世界、地点、人物、事情，让人物关系从简单变复杂，构想人物的性格乃至人物小传。这些人物开始自己说话行动，产生矛盾冲突，这个世界就有了自己的运转逻辑。你会发现，你不仅是创造者，你也会被创造着。我小时候用的是一盒军棋，这也可以。第二个工具，用一张白纸、几支笔去写、去画，不要给自己设限，没有规则，就去表达。所以一盒军棋、一张白纸，都可以是培养想象力的好工具，前提是自由。自由表达，天马才能行空，否则想象力是培养不出来的。

有一段评论艾米莉的话："她本来该是一个男人———一个伟大的航行者。以她内心强而有力的逻辑思维，从古老智慧中发掘出全新领域。而她内在的傲慢、专横也不会因为对手和困难而退却，以一种不留后路的姿态，拥抱生命。"这段话里有男权社会的偏见，但也突出了艾米莉的脑力、思维能力和内在性格的强悍。

艾米莉有一句诗"不懦弱的灵魂是我（的）"（No coward soul is mine），我想这是艾米莉自己对于外界总体的态度吧。

固化的社会阶层召唤英雄

英国当时的社会是相对固化的，人固化在社会阶层中，就像固化在雾蒙蒙的街道上，固化在漫长的冬天里，固化在荒野之中。身处其中，人会有一种浓重的压抑感和无力感。这种压抑感、无力感来自无论你怎么努力，都无法在阶层上有所改变。

在这种感觉里，人会呼唤英雄，会畅想英雄。《呼啸山庄》里的男主人公就是带着黑暗力量的英雄。他出生于底层，出生于无名，通过自己的奋斗上升到另一个阶层，无论过程多么阴暗、痛苦，无论他的爱多么无望，他一直在坚持。在英国北部多山的、阴冷多雨的环境下，在一个个漫长的冬夜里，希斯克利夫呈现出暗黑之光，呈现出一股强大的吸引力。

《呼啸山庄》的暴力与热情使维多利亚时代的读者和评论家认为是男作者写的。"对两性热情与力量的生动刻画，还有其语言与想象力所令人难以企及的震撼，同时困惑、震惊了评论家。"英国也是历史太长，评论家都不太正经说人话，只会用形容词来描述。

《呼啸山庄》的独特魅力是正面直接地描写了暗黑力量，看到了人性的无尽光明之中有黑暗，无尽的黑暗中有光明，也挑战了维多利亚时期日积月累的宗教的、道德的伪善，社会阶级和两性的不公平等。了不起！你可以说它是魔鬼之书，但又不能否认它也是现实之书。

我完全不引用具体段落，我想让你带着好奇心去读原文。它的用词不是最简单的，但是语言干净、清澈，而且创造气氛一流，气氛像画一样，像音乐一样。

小说以一个访问者的角度去开场。第一页，访问者就困在男主角的庄园里，梦见了变成了鬼的女主角，听到了男主角不可抑制地呐喊："你再回来一趟，进入我的梦中。"第三页，访问者就遇上了男主角。

《呼啸山庄》在那个时候叫哥特小说，后来也有恐怖小说，还有一类叫邪典小说。没神、没鬼、没声、没光、没电，没有音乐，文字还是能吓死你。

社会阶层越固化，草根精神越强

这部小说从另一个侧面讲了阶层固化和阶层矛盾，比如说你生成谁的孩子，就已经决定了你日后的很多事情。这不公平，也不一定全合理。虽有办法去突破，但多数时候没办法突破，至少在19世纪早期的英国没有办法突破，阶层固化变成了强烈的趋势。

绅士阶层充满了伪善、形式主义和装腔作势。对于草根阶层，对于真的有能力、能量的人来说，绅士阶层从某种角度来说就是个笑话。在你的心智比你遇上的绅士、淑女都要强悍的时候，你再被绅士和淑女嘲笑、奴役，你会产生冲突，你会想用自己的智商，再加上你不讲绅士精神，这个阶层有可能被你打破，阶级固化有可能被你摧毁。

如果新生的具有超高智商和情商的人不借助暗黑力量，世界有可能一直固化着，但这些出类拔萃的底层人，真的会无动于衷地让自己一辈子就这么过去吗？《呼啸山庄》提出了一个深刻的问题：如果世界面临黑暗力量的爆发，应该怎么办？

激情能毁灭一切

爱产生于激情，但是激情也很容易转成暗黑力量。因爱生恨，因恨致暗，爱也可以是一条通往毁灭的道路。希斯克利夫毁灭周围一切，让自己不好过，让周围人更难过，像这种人、这种安排非常少见。

艾米莉想强调的是激情能毁灭一切，黑暗能毁灭一切，因为不公平而产生的恨能毁灭一切。希斯克利夫是一个人，被抛在这个世界上，被捡回来，除了捡回他的老者，他人都是阴冷的、敌对的、对他不喜的。好在凯瑟琳是爱他的，好在他也是爱凯瑟琳的。但可怕也可怕在他深爱凯瑟琳，凯瑟琳也深爱他。

在一个充满敌对力量的世界里，没爱是悲惨的，但有挚爱、有激情可能更悲惨，更有破坏性。

《呼啸山庄》讲了个人英雄，坚韧而不择手段的英雄，看似另类，但充满力量。这种英雄强调了个人驱动，以一己之力改变了所有环境。

这种人物在东方文学里，包括中国文学里，都很少出现。中国文学里多数人像贾宝玉、像西门庆，基本上被自己的基因以及后天所驱使，你可以算出来他会怎么做。他改变不了世界，他只能被世界改变。

没爱过，爱情写得更好

希斯克利夫有可能是很多霸道总裁的原型。他小时候吃过很多苦，帅气、有性格、有主见、敢赌、能放下身段、爱拼、有行动力、不择手段，甚至残忍、狡猾、奸诈，但是一往情深、笃定坚决。

这样的霸道总裁也是蛮有魅力的，但是爱上我怎么办？不爱我，怎么办？

作为没谈过恋爱的作家，艾米莉创造了一个极具男性魅力和超前性的角色希斯克利夫。

我认为这或许是一个规律。没有真正谈过恋爱的女生，写恋爱反而写得最好，比如艾米莉·勃朗特。

我只能说，在女生真的谈过恋爱，了解了男人的龌龊、油腻之后，她们就出现了严重的幻灭，就不会那样去爱了。

女性之力不怕泥沙俱下

女人的力量太伟大了,女娲补天虽然是个传说,但也让我们知道了女性有非常强大的力量。伤了之后又倔强地再起来,一次一次地跟命运抗争,一次一次地跟自己斗争,一次一次地拖家带口,牵儿携女,走向有希望的未来。这就是女性,这就是伟大的女性之光,这就是泥沙俱下的女性力量。

你恨她好,爱她好,不管如何,不管是爱是恨,你不能否认的就是女性蓬勃的生命力,这种生命力又是人类存在的最大的力量源泉。

生死看淡,不服就干

米切尔的《飘》中的女主人公斯嘉丽,是美国佐治亚州一个富有且颇有地位的种植园园主的女儿。她爸爸是爱尔兰移民,最穷苦的一拨人。刚到佐治亚州的时候,她爸爸杰拉尔德身无分文,靠赌博赢得了塔拉庄园的所有权。

这个庄园也不像《乱世佳人》电影里展现得那么豪华，其实就是一个干活的庄园。从中国的角度来讲，他只是一个中等地主。

在小说的开始，1861年，南北关系已经非常紧张，佐治亚州的男人们都在议论这场无法避免的战争，而16岁正值花样年华的斯嘉丽，对此毫无兴趣，她想的就是舞会、郊游、泡男人。

当她听说她暗暗喜欢的艾希礼宣布和梅兰妮订婚的时候，心中一震。梅兰妮是她的闺密。其实纵观全书，斯嘉丽和梅兰妮的关系，甚至比斯嘉丽和其他任何男性的关系都更重要。

艾希礼是方圆一百里最有风度、最帅的男人。这样的男人跟自己的闺密好上了，没跟自己好，是可忍，孰不可忍。不能忍受，不能接受，以自己的美貌，以自己的魅力，她应该能说服艾希礼跟她私奔。

想到哪儿就做到哪儿，行动力超强，这就是斯嘉丽女性能量最重要的一个体现。不管仁义、道德、廉耻，不着急、不害怕、不要脸，生死看淡，不服就干。

从1861年到1865年，战争持续了四年，南方投降，战争结束，斯嘉丽要保住她的塔拉庄园。

在保护塔拉庄园的过程中，斯嘉丽无所不用其极，用尽了各种手段，这些手段，有的道德，但多数不道德。她像男人一样经商，甚至比男人更会经商；她像男人一样挣钱，甚至比男人还会挣钱。这在亚特兰大是前所未有的，这件事引起了很大的轰动。她的不法经营令她老公颜面尽失，但斯嘉丽不为所动。

经历变故，认知会突飞猛进

女性在认知上突飞猛进的力量源泉是什么？或许是《飘》里表现

出的母性。以一人之力就可以让一个家、一个庄园活下来，乃至让一个部落活下来，让一个国家活下来。我不靠别人，我只靠自己，那种生生不息、那种压抑不了的生长能力，不见得去逐鹿中原，不见得去杀伐占取，但我这一亩三分地我一定能撑起来。

看上去一个柔弱的、简单的、以跳舞为乐、以有男人追为乐的女生，在巨变之下，可以说我可以做到我之前完全想象不到的事情，我可以保护自己，我可以保护我的周围，我可以保护我的庄园，我可以保护我的村落。支撑她的东西，就是伟大的母性。

其实任何一个女性都可以在某种程度上表现出刚才说的了不起的力量——巨大的母性。读《飘》的时候，我一直跳出男性视角，从女性视角想，或者从一个旁观者的视角想，有些成长跟岁数无关，跟经历有关；如果不经历一些巨大的灾难和变故，有些成长是不可能实现的。并不是说，你在一个稳定的环境里，长到20岁就一定能知道20岁该知道的道理，到了30岁就一定能够而立，到了40岁就一定能不惑，到了50岁就一定能知天命。

人需要经历一些故事，经历一些变故，甚至巨大的变故，才可能在认识上、见识上突飞猛进。

在所谓见识上，每个人的天赋可能不一样，但是真要达到某些见识水平，需要一些突发的大事件。比如，对于斯嘉丽来说，南北战争，国破家亡，没有这些，她可能还是一个小女生，还是一个40多岁、50多岁甚至60多岁的小女孩。但一旦出现了这些变动，她反求诸己，激发了内心的能量，她就变得充满了力量，变得无敌，甚至她一些看上去并不符合道德的，看上去有些值得诟病的地方，都变成了能量的一部分。

比如她作为女生的掠夺性：我就是有点"婊"，我就是喜欢闺密喜欢的人，我就是喜欢闺密的未婚夫，我甚至会拎着一个包，带着我的现金跟闺密的未婚夫说"咱俩私奔，其实我比她好"。

这是多么真实的欲望啊！这是人性之暗，但没有人性之暗，怎么能有人性之光？怎么能有那种守信、坚韧、磅礴的人性之光呢？在这种人性之暗和人性之光的对比之下，斯嘉丽的作，也显得那么可爱。

有多少能量，就有多少成就

值得一提的是，《飘》里讲了文学里很少涉及的一种关系，闺密之间天长地久的不可言说的友谊，那种友谊甚至不会因为两个人喜欢上同一个男人而改变，这种友谊可以携子之手，与子同袍，共渡难关。这种女生和女生关系的主题，在有些时候比男女关系的主题要更有力量。

在很多时候，男女之爱不是第一位的。什么是第一位的？生存下去，繁衍下去，在荒原上开出农场，在土地上播下种子，在花朵里结出果实，无中生有，其实是母性伟大力量的重要部分。

所以，虽然包法利夫人很可爱，很爱美，但斯嘉丽这种作看上去更酷——我不会被任何外界的力量所摧毁，我就是我，我就是Scarlett。今天我被打成碎片，明天我还是斯嘉丽，打不死的Scarlett。生命之树常青，不是好坏所能够衡量的，不是好坏能定义的，不是道德能定义的，甚至不是法律能定义的。我就是这样能量级超大的女性，我就是不为外界所动的强悍的女主。

据我观察，最终一个人到50岁左右的成就，其实跟智商、情商、教育、经历，甚至跟家庭背景，都不直接相关，最直接的要素反而是什么？能量。如果这个人有没使出来的劲儿，如果这个人一直想成事，很有可能最后最有成就的就是这个人。

你想即使斯嘉丽算计那么多,尝试那么多,败的地方还是比胜的地方多。她一直不让别人替她做决策,一直自己掌握自己的命运。就凭着这股邪劲,就凭着这股邪火,一直从小说的开始活到小说的最后,充满了希望。

不得不说,女性之光照耀我们人类前进。

有品位地生活与花钱

《长物志》是讲生活方式与器物的书。

哪怕在古代的盛世，多数人不卖儿卖女，能保证基本的温饱就不错了。那古代的好日子什么样？文震亨的《长物志》给了真实的、有品位的好日子的范本。

一生锦衣玉食，却绝食而亡

文震亨活在明末，清军入关的第二年就去世了。他生在苏州——鱼米之乡，富庶之地，生在非常富裕的文化世家——曾祖父是书画家文征明。这一家出了很多文官，但文震亨自己没做过大官，主要工作就是生活，提高品位，是真的有学问、有品位、有生活、有实践、爱生活、爱实践的一类人。

文震亨非常爱明朝。北京被攻占，明朝宗室就在南方成立了南明朝廷。文震亨继续为南明服务。到了1645年，也就是清顺治二年，清军攻占了苏州，文震亨躲到了阳澄湖。后来清兵要推行剃发令，留头不留发，留发不留头。文震亨就投水了，很可惜，没死成，被家人救了起来。但他死意已决，最后绝食六天而亡，非常令人感动。

他最重要的作品就是《长物志》。身无长物，就是身上没有什么值钱的、好的东西。《长物志》记载的就是好东西，不见得真值钱，但一定是好东西。

古人如何生活与花钱

序是文震亨的朋友沈春泽写的，写得挺好。

夫标榜林壑，品题酒茗，收藏位置图史、杯铛之属，于世为闲事，于身为长物，而品人者，于此观韵焉，才与情焉，何也？

整天说山林、园林、酒、茶、画、杯、碗、瓢、盆……这些以世界的标准看就是闲事，但放在身边就是所谓的"长物"，是值得珍惜的值钱玩意儿。

看人品，为什么要从这些地方看他的秉性、审美、韵味、才情？

挹古今清华美妙之气于耳目之前，供我呼吸；罗天地琐杂碎细之物于几席之上，听我指挥；挟日用寒不可衣、饥不可食之器，尊逾拱璧，享轻千金，以寄我之慷慨不平，非有真韵、真才与真情以胜之，其调弗同也。

很美好的东西就放在眼前，在你的书斋、案头。虽然挡不了寒、充不了饥，其实也挣不了什么钱，还可能费钱，为什么会以它们为重？就是因为古今中外的美好，能陪我这么长时间，就已经很开心了。没有真才情、真韵味、真性情，是达不到这种境界的。

丰俭不同，总不碍道，其韵致才情，政自不可掩耳！

有没有钱,不是高品质生活、高质量生命的必然因素。当然有钱挺好,孔子都说"君子爱财"。但是,没钱就不能活得潇洒、有品有韵吗?不是。司马相如跟卓文君弄个酒馆,喝酒写诗,卓文君在旁边一站,就挺好。陶渊明不干破活了,找一块山地,盖几间小房,有菊花,有松树,有酒便喝,有饭便吃,没酒就不喝,没饭就饿着,也挺好。如果有钱,带几个朋友,泛舟湖上,看着天光慢慢暗下去。如果有雨落下来,有雪落下来,那么么美好。

这篇序讲的就是一种态度:会生活,会花钱,会理解钱和享受的关系,是生命质量提升的一个很重要的角度。

在这篇序的最后,沈春泽问文震亨:你为什么要写这么一本小书?

文震亨说得非常坦诚、精确、不夸张:

吾正惧吴人心手日变,如子所云,小小闲事长物,将来有滥觞而不可知者,聊以是编堤防之。

我就怕我们家乡人,心和手都改变了。虽然我谈的只是一些闲事、一些多余的事物,但如果将来有人想知道这些闲事是怎么开始的、事物什么样,这本书就可以防止大家知其然,不知其所以然。

这一万余字,已经特别好地达到了文震亨的目的。

从长物投入生活

住处

《长物志》共十二卷,基本上不重不漏。卷一《室庐》讲的是建筑,住处。

庭际沃以饭瀋,雨渍苔生,绿褥可爱。

在院子里找块空地,拿一些米汁饭汤,别太脏的,稍稍浇一浇。

再下些雨，这些地方有了养料就会长出青苔来，就像小褥子一样可爱。

在你遇上急事难事，心浮气躁的时候，找个凉快地儿，坐下，数100个数，就跟你管教狂躁的小男生一样，情绪好了再去处理事情，这就是静坐的作用。《严华经》里说，若人静坐一须臾，胜造恒沙七宝塔。

花木

卷二是《花木》，讲了江南常见的、好养好活好看的花木。

弄花一岁，看花十日。

为这十天的花期也值得了。这十天，花从露出小花苞，到慢慢开放，到花残花落。这十来天，你天天在花下支一张桌子，冰两瓶好酒，请三五个朋友在花下吃喝聊天。哪怕只有这十天，这一年你都觉得没白过。这就是为什么投入产出不值得的事还有很多人愿意干。

水石

卷三是《水石》。如果你去看水和石，应该看哪些门道？

石令人古，水令人远。

石头的好处是让人有怀古之心，让人有古意。我喜欢高古玉。玉有千种，那石头可能不止万种。石头无论是有没有人工的雕琢，器型、纹饰、雕工，都已经存在了很久。

看水你会想到很遥远的事情。人在水边望着水，慢慢就能融进去。

一峰则太华千寻，一勺则江湖万里。

竖一座小山，就能有华山的气势；搁一勺小水，就能有江湖万里的气势。这是造园者的厉害。作为观看者要有心胸，要能从一峰看到华山，从一勺看到江湖，以少胜多。

宋代有个祸国的皇帝叫宋徽宗，美感很好，艺术功底很深。他特别喜欢好看的石头，就出了花石纲这个遗臭万年的例子。他为了网罗南方的石头，并搬到北方来，耗费了大量的人工物力。北宋之所以丢掉了半壁江山，跟他这个爱好也有一定的关系。后来北宋这些天下奇石被金兵挪到了更北方，也有很多散落在民间。

书画

养鸟养鱼，对日常现代家居不是必需，但是现代家居有书画艺术在周围是非常必要的。

卷五是《书画》，墙不能完全是白的，时间长了，肯定是有点别扭的。我就写了一个"佛"字挂墙上，让我有点佛心。弄幅字、弄幅画给它挂上去，你常看到，它就能给你力量。

所藏必有晋、唐、宋、元名迹，乃称博古；若徒取近代纸墨，较量真伪。心无真赏，以耳为目，手执卷轴，口论贵贱，真恶道也。

你一定要有晋、唐、宋、元的名迹，才能说你懂艺术。现在来看，不一定的，西方有好的，近代也有好的。还有就是，古画造假，从唐宋就开始了。

站在画前面，心里想的不是喜不喜欢，而是拿耳朵当眼睛，听别人、所谓的专家怎么说；拿着画，说的都是画贵或画便宜。这些真是有辱斯文，无趣至极。

论画，文震亨有一个说法：

山水第一，竹、树、兰、石次之，人物、鸟兽、楼殿、屋木，小者次之，大者又次之。人物顾盼语言，花果迎风带露，鸟兽虫鱼，精神逼真。

这个次序我是不同意的。画只有我们觉得好看和不好看、感动和不感动之分。

看书画如对美人。

好句。希望我们都能够享受书画艺术品带来的力量。

几榻

卷六《几榻》讲的是家具。

明朝审美可以说是中国古典审美中的精华。今天仍留存的宋代大件家具艺术品已经不容易看到，明朝家具在宋朝家具的基础上进一步发展，其审美对今天有相当大的指导意义。明朝家具突出体现了明朝的审美。

《长物志》的明式审美，有四个关键词：简素、自然、功能、接受。

简素：简单素雅，能少则少，能不多就不要去多。

自然：符合自然规律，用自然的材料、自然的色彩、自然的空间结构呈现。

功能：要好用，要舒适，要能够满足人的空间功能需求。

接受：接受一切是空的，纯生活，纯投入生活。

把闲情用好也是很好的一生

李渔不仅有才,其想问题的方式也充满了街头的智慧,也就是从街头老百姓的角度来判断。李渔作为文学家,他的人生在某种程度上要大于他的作品,因为他这辈子过得太丰富了。

忙挣钱的闲人李渔

李渔这辈子有几个特点。

第一个,他不走寻常路,"躺平"。他没有走科举仕途寻常的窄道,或者说寻常的大道。在中国文人的心中,只有做官才是正经事。但是李渔选择不走这高度竞争的道路,选择"躺平",用自己的闲情养活自己,这样过一辈子。

李渔是活跃在明末清初的文人,1611年生,1680年去世,活了70岁。

李渔小时候就很聪明,去金华参加童子试首战告捷,成为五经童子,此后读书更加刻苦。但是四年之后,也就是1639年,李渔赴省城杭州参加乡试,却名落孙山。又过了三年,也就是1642年,大明王朝举行最后一次乡试,李渔再度赴杭州应试。李渔在途中听到大兵杀来,跑回兰溪故乡。不久社会局面就发生了根本的变化,清军的铁骑横扫江南,大明王朝已经风雨飘摇。国难当头,李渔求取功名利禄的道路化为泡影。

到了清朝,毕竟是满人的天下,李渔便决定彻底不读书、不做官了。

第二个,李渔靠爱好养家糊口。李渔是剧作家,还是很红的草根出版家。他不刻什么经史,刻小说,什么好卖刻什么。他就是一个有钱就挣的书商,但他出了很多好书,包括他自己的书。

第三个,李渔是一个戏班经理。他的小老婆、子女多,据说他家有四五十口人,花销很大。当时人们的娱乐在很大程度上靠听戏,以及跟戏班演员玩。所以李渔弄戏班,既是当时的一种时尚,也是他挣钱的一种方式。

第四个,李渔的核心词——文章。李渔自己写作、出版了500万字左右的文章。我买过一套《李渔全集》,20本,有戏剧、小说,还有历史书籍。即使在印刷术先进的现在,能有20本书的作者也不多,这说明李渔是爱写东西的。

我人生中有些缺憾,既想立言,又想立功,还琢磨着怎么立德,结果没了生活。人来到地球只有一次,我不想当"卧底"。无论酸甜苦辣,都挺有意思的。当我终于有了时间,怎么用时间,怎么闲下来?李渔教会了我生活。

躺着挣钱的神书《闲情偶寄》

李渔写《闲情偶寄》的初心,他自己是这样写的:"庙堂智虑,百无一能;泉石经纶,则绰有余裕。惜乎不得自展,而人又不能用之。

他年赍志以没,俾造物虚生此人,亦古今一大恨事！故不得已而著为《闲情偶寄》一书,托之空言,稍舒蓄积。"（《与龚芝麓大宗伯》）

李渔的确写过一些史论,实在一般般,到现在一句都没剩下。李渔承认"庙堂智虑,百无一能",这个铺垫是为了先抑后扬。扬的是"泉石经纶,则绰有余裕",讲讲如何美好悠闲地生活,是绰绰有余的。可惜我没能充分发挥这方面的才华,如果出门被车撞了,那我最懂的东西没有说出来,也是古今一大恨事。不得已,我把这本书写了出来,这就是《闲情偶寄》。

另外,李渔在该书卷首的《凡例七则》中说道："风俗之靡,犹于人心之坏,正俗必先正心。然近日人情喜读闲书,畏听庄论。有心劝世者,正告则不足,旁引曲譬则有余。是集也,纯以劝惩为心,而又不标劝惩之目。名曰《闲情偶寄》者,虑人目为庄论而避之也。"

李渔这么说就拧巴了。他说,大家都喜欢看闲书,不喜欢看庄严的宏篇大论。但是《闲情偶寄》其实不算闲书,里边有好多劝诫之语。为了不让人认为这书是宏篇大论,将之命名为《闲情偶寄》。李渔的目的其实就是迎合世人,想多卖书。书中真的没劝诫之心,就是想让你好好过日子,你别听他瞎说。

李渔的好朋友余怀也是个大才子,在《闲情偶寄》的序中写："而世之腐儒,犹谓李子不为经国之大业,而为破道之小言者。"现在这些腐儒、死读书的,就认为李渔先生没有以国为怀,就是写这点小事。李渔和朋友都认为李渔还有信念,有理想,但实际上他写的的确是闲情。

我认为闲情就是大事,事无大小,本一不二,衣食住行也有生命的真谛在。以国为怀,逐鹿中原,是有些人能干并且乐于干的事。这不矛盾,两边都好。李渔可以理直气壮地说："虽是小道,但有真理在。"

余怀的序为李渔做了一些辩护："'王道本乎人情。'然王莽一用之于汉而败，王安石再用之于宋而又败者，其故何哉？盖以莽与安石皆不近人情之人，用《周礼》固败，不用《周礼》亦败。"

余怀说的是，你要懂人情，就要读《闲情偶寄》这样的生活佳作。

会生活也能安身立命

如果你有资格"躺平"，如果大势也希望你偶尔"躺平"，那么"躺平"有可能让世界变得更美好。

我习惯用 X 轴、Y 轴来分析：想想你有什么闲情逸致，你最不能忘怀的东西，就是你的闲情所在。X 轴是你的"闲情肿胀度"，闲情旺盛的在右，闲情一般的在左。Y 轴，是闲情挣钱机会的多寡，少的靠下，多的靠上。比如你喜欢葬花，像林黛玉那样的，你不见得能挣钱；但如果你喜欢养花，那钱路就宽一点。

然后，你把闲情放进 X 轴、Y 轴考察。一个区间，你的闲情浓度不高，挣钱能力又偏低，就算了。另一个区间，你闲情浓度很高，挣钱的可能性也很高，那你挑一两个，别超过三个，好好培养。这种闲情才是真"躺平"。

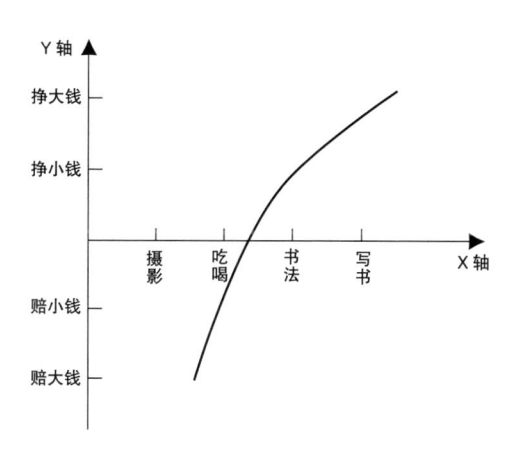

这样你就可以找到自己安身立命的方式，一边创造美好生活，一边让世界变得更美好一点。

李渔自称生平有俩绝技："一则辨审音乐，一则置造园亭。"也就是说，他挑了几个他"躺平"的方式，连他最能打败时间的写作，都没放在其中。

他置造的园林，包括北京弓弦胡同的半亩园，占地三百多平方米；金陵，也就是南京的芥子园；早年在家乡建造的伊园；晚年在杭州建造的层园。

他说："人之不能无屋，犹体之不能无衣。"就像身体不能没有衣服，没了房子，你相当于在天地之间裸睡。在六朝，如果你是竹林七贤可能还好，但是你在明清的时候，就够呛。

他又说："土木之事，最忌奢靡，匪特庶民之家当崇俭朴，即王公大人亦当以此为尚。"兴土木不要太奢侈，不只小老百姓，连王公贵族也要节俭：

一、要实事求是，自己知道好的地方再去花钱。很多大富大贵的人，对好的东西是没有鉴赏力的，那何必浪费呢？

二、大富大贵也是有限的，福德和资源有限。

三、人要聚气。一个宴会大厅，假如你天天摆十桌，实际上并没有时间去顾及这么多人。

享受生活并不等于要花很多钱，这是李渔带给我们的重要认识。哪怕在明末清初这种战乱不断的时候，在流离失所之时，在没有钱的状态下，你还能享受生活。

享受生活最简单的方式就是日用之美。清风朗月不用一钱买，冬天的第一场雪、春天的第一束花、夏天的第一阵凉风、秋天的第一片落叶，都是不用钱买的。你都可以去体会，去看，去发呆。找一个湖边，倒一杯酒，抽一根烟，就是很好的半小时。找本书，找个路边，带上啤酒，念十页书，又是很好的半小时。

李渔这部书我喜欢，它有三个优点。第一个，平民视角，日用不贵，人皆可用。第二个，有智慧。李渔很聪明，什么做、什么不做，都是有些道理的。第三个，文字好。李渔的文字有一点被戏剧写作带偏，相对难懂，但不是没有好的，你可以用吃辣子鸡的方式去读。

让历史经验进入日常

天时地利人和，人说到底还是长在土地上的动物。不管挪到哪儿去，总会在一个地方落下来吃饭睡觉。每一个有历史的城市都像一口火锅，我们都是在这口火锅里上蹿下跳，发生各种故事，被岁月煎熬、吞没。

任何一个有历史的城市，都像一座坛城，创造、保护、毁灭，在循环中往复，在轮回中挣扎，一切慢慢发生，万物生长，呈现丰美的样子。突然间，一切又雨打风吹去，隔了一段，又慢慢地长出来，如此循环往复，"无可奈何花落去，似曾相识燕归来"。

谢和耐的《蒙元入侵前夜的中国日常生活》选择了由小见大的小历史写法。宋代，对于很多学者来说可能是中国式生活、艺术的顶峰，谢和耐从一个特别的时间点——1276年杭州被蒙元攻占前，外患临头、文明鼎盛又无比脆弱的时候，来讲述宋朝和中国文化，给我的感觉就像《清明上河图》，聚焦于吃喝玩乐，聚焦于日常琐碎的生活。

第一章城市，第二章社会，第三章衣·食·住，第四章生命周期，第五章四时节令与天地万象，第六章消闲时光，第七章总结性描绘。

不重复,合在一起就是基本的日常生活。

目录体现的就是学养、专业度、结构化思维和表达。

为什么是杭州

为什么南宋皇帝选择临安(杭州),而不是更有历史底蕴的南京作为临时首都?临安,临时安定一下,意思是我还会打回汴梁(开封),我还要拿回北中国。南宋几个皇帝都心存这种奢望和念想。还有一个词叫"行在",就是我只是暂时在这个地方待待。因此其宫殿都没有修得那么宏伟,但是这一待就待到了灭亡。当然也待出了乐子,待出了中国文明璀璨的一页。

第一点原因,宋朝被辽国、金国打怕了,打烦了,逃得太频繁,索性选择骑兵不容易发挥功用的地方——水道、沼泽、湖泊多的江南,躲到比南京更远一点的杭州。这个决策从后来的效果看是对的——南宋从1127年延续到1279年。

第二点原因,宋朝海运、海上贸易发达,当时的明州(宁波)、泉州都是世界著名的大贸易港。宋朝的文化先进、审美高级,全世界有钱人都希望得到宋朝的好东西,瓷器、茶叶等各种产品在大宋的南方腹地江西、福建、浙江南部等大量聚集。如果首都离港口太远,货物的运输成本就太高了。

第三个原因,杭州实在太美了。"春衫犹是,小蛮针线,曾湿西湖雨",美啊!晴湖不如雨湖,雨湖不如夜湖。你背着白居易的诗,背着苏东坡的词,下着小雨或下着小雪,走在断桥,走在苏堤,吹着小风,美啊!

商人阶层的两条路

谢和耐作为西方学者，用他旁观的第三者的眼睛来看中国，来看南宋，探讨的一个核心的问题就是：南宋为什么败亡？

在南宋社会，商人阶层崛起，物质生活比前代大为丰富。作为新兴的生产力和生产关系的代表，商人本来用财富可以换到更多的权力，但是为什么没有发生？

在欧洲，当社会分化出商人阶层，商人越来越有钱之后，他们就开始争取自己的权力，从文化层面开始衍生出权力观念，进而发展出新的社会秩序和规范，从而最终走向了市民社会。而中国却依然维持原有的文化观念。

为什么中国一直陷于宗法亲缘关系，而无法在文化层面衍生出新的要素？因为衍生不出新的要素。商人阶层拥有足够的财富积累后，出现了两个极端。一个极端就是权钱交易。你有钱你并不高贵，"万般皆下品，惟有读书高"，因为读书可以当官拿权。有钱的可能比有权的过得好，但是有权的看不起有钱的。南宋跟西欧类似的时候产生的社会演变是不一样的。虽有了财富积累，但没有名正言顺地因钱产生权，怎么办？于是另一个极端出现：及时行乐，吃喝嫖赌抽，这是走油腻一路；也有走高尚一路，什么美好就去追求什么，酒色财气，山清水绿，那就喝最好的酒，坐最好的船，带最漂亮的姑娘上西湖，看最好的风月。

虽然谢和耐没有直接指出南宋国家政权崩溃的原因，但是他指出了在那个环境、体制、机制下，老百姓、士绅、官员、武将生活的状态。因为这种状态导致了文化灿烂，但同时也导致了无法应对外来严重的挑战。

谢和耐和《万历十五年》的作者黄仁宇都受过西方史学观念转变的影响，都试图关注、再现那些早已消失了的历史中的社会生活，都不想直接给出结论，都试图从一个侧面对中国古代某个时间点上的日常生活做出全景式的绘画，折射出当时社会的时代特征。他们把材料摆出来，让你自己去判断、思考、得出结论。

重文轻武，最重要的管理变革

为什么宋代会成为"文修之巅峰，武备之谷底"？我有简单的答案。如果看唐朝历史，甚至汉代历史，一个重要的趋势就是刀下出政权，武将地位非常高。这种重视军功、分封武将，给武将足够的自主权和决策权的做法，看上去省事，但是一旦"将军拔剑起"，就是"苍生十年劫"。

宋代开国皇帝赵匡胤清楚地看到了从汉到唐边镇割据，武将乱朝乱国的趋势，所以咬紧牙关，杯酒释兵权。崇文抑武，文官比武官大，武官没有足够的权力来谋反。文官治国，文官官僚机构是政府统治最核心的运转机器，这一直持续到之后的朝代。如果说中国历史上最重要的一次暴乱是"安史之乱"，那么中国历史上最重要的一次管理制度的改变，就是赵匡胤"杯酒释兵权"，在宋代初年建立了文官管理机制。

让历史经验进入我们的日常

如果你想了解古人的生活，少读大历史，多读小历史。如果有时间，可以像谢和耐那样，多读点稗官野史、文人笔记。但是这些资料也有问题，不实事求是，喜欢夸大和伪饰，喜欢矫情。如果你想去伪存真，可以从物质史、器物上了解古人的生活。

我认为，除非人类基因在未来有重大的调整，否则人类长期生存在一起，很难都开心。人不是佛，有人的地方就有矛盾，有不平，有明争暗斗、冷战热战。我对于基因没有彻底改变之前的人类，总体是悲观的。但是黑夜中不是没有星星月亮，夜晚虽然漫长，但是黎明终将会到来。

随着科技的进步，在大数据、AI（Artificial Intelligence，人工智能）日益普遍的现在，一个文明一旦形成，稳定性要远远好于八九百年前，远远好于蒙元入侵前夜的中国。

另外，在很多国家都有原子武器之后，更高一个级别的杀伤性武器还没有出现之前，外患也很难出现。谁也不愿面对两败俱伤的后果，谁也不会丧心病狂到这个程度。文明的延续性可能会更长。

破坏—创造—保护的轮回或许还存在，只是轮回的周期要漫长很多。这算不算悲观中的一点乐观？

更乐观一点，在相对安稳的现在，普通人"躲进小楼成一统，管它冬夏与春秋"。读谢和耐的《蒙元入侵前夜的中国日常生活》，你可以看到，哪怕在毁灭之前，人们都可以生活丰富、高品质地打发时间。在相对平稳和平的如今，我们也可以在窗前月下，关起门来诗、酒、茶。

说到最后，我都不知道自己是在乐观还是在悲观。

五

了解他人和自己的天赋

《道德经》
《庄子》
《传习录》
《六祖坛经》
《人类简史》
《棋王》

对自己、对他人、对事情、对世界的理解，实际上是一个智慧问题。

人类一定有一些根深蒂固的基因基础，如果想达到某种智慧，真的需要一些时间，除非你是天才。

和光同尘是一种处世态度

《纽约时报》做过调查：影响世界最重要的十本书是什么？排名第一的是《圣经》，当然这是在英美国家做的调查。排名第二的就是老子的《道德经》。

老子其人：三位老子，谁是本尊

老子的身份，注家（从事注释的人）有不同的判断，司马迁在《史记·老子韩非列传》里就提到了三种可能。

一种说法："老子者，楚苦县厉乡曲仁里人也，姓李氏，名耳，字聃，周守藏室之史也。""守藏室之史"就是看管藏书室的。

还有一种说法："或曰老莱子，亦楚人也，著书十五篇，言道家之用，与孔子同时云。"这个人叫老莱子，也是楚国人，跟孔子同一个时期。

还有一种说法，说周太史儋是老子："自孔子死之后百二十九年，而史记周太史儋见秦献公曰：'始秦与周合，合五百岁而离，离七十岁而霸王者出焉。'或曰儋即老子，或曰非也，世莫知其然否。老子，隐君子也。""太史"就是写历史、记录历史的史官，相当于司马迁的前辈。

李耳、老莱子、周太史儋，都有可能是老子。

但从阅读的角度来看，老子是谁不重要，你只需要知道存在过这个人，在春秋战国时期，他写下了《道德经》五千余字，这就够了。

为什么春秋战国时期能出现诸子百家，能出现像老子、孔子这样的大家？我认为有以下原因：

其一，乱世逼着士大夫去思考：乱的根本原因是什么，应该如何解决。

其二，天下大乱，优秀的知识分子有了时间。不然知识分子还在干官吏要干的事，比如撅着屁股修水利工程、教育老百姓、收租、丈量土地之类的。天下乱了，知识分子跑到一个地方自己刀耕火种地养活自己，有足够的时间开始写东西。

其三，天下大乱，油腻的聪明人投机取巧、鸡鸣狗盗，让有识之士看不下去，要拎起笔来去写、去骂。

所以，春秋战国是开了无数朵美丽的智慧之花的时期。

《道德经》其实是君王的管理学

《道德经》讲的道家跟《论语》讲的儒家是不一样的。举两个大的分歧点：一是在人应该如何管自己、管他人、管天下的问题上，道家和儒家的观点是截然相反的；二是两者的听众完全不同。《道德经》是写给君王的，是中国的《君主论》。在战乱不断、民不聊生的春秋战国时期，老子认为管理者、君王应该干什么。无论老子是看档案的，还是写历史的史官,都是给皇帝打工的。他服务的对象只有君王,他做的事就是写下想法,以教导君王怎么治理现在和未来。而孔子的听众是整个士阶层、官僚体系和社会的中间层。

《道德经》其书:五千余言,流芳百世

《道德经》这本书五千余字,分为八十一章。这八十一章,也没有非常完整的体系和严格的顺序。

1973年考古发掘的长沙马王堆三号汉墓,出土了一套《帛书老子》,是写在帛上的。《德经》在前,《道经》在后,而不是像我们看到的《道经》在前、《德经》在后。

老子的哲学思想,概括为一个词是"无为",再总结就是"顺"。一个君王不要老想折腾,不折腾,世界就会符合大道,就会欣欣向荣。这是最基本的思想。

道,是大道,是形而上的,是不能用言语说清楚的,是无处不在的。它是不随时间、空间的变化而变化的。

德是具体的,有两层意思:第一层是先天之德——有些东西生下来就固定了;第二层是后天的德——后天教化之德,通过学习、环境影响、人和人的交往,明白人能做什么,不能做什么。

老子还说"不争"——不要打仗,不要太剧烈的冲突,要"鸡犬之声相闻,民至老死,不相往来"。

其实老子和孔子的哲学,在中国历史上都长时间地指导了治国、治民、治事。比如"文景之治""贞观之治",中国历史上的两段好时光,都深刻地被老子的思想所影响。宋代以后,政治多受孔子的思想影响。

中国的士大夫阶层常强调"内庄外儒",即用儒家的东西去处理

俗事，用道家的东西掌控自己的身体和心灵。

选注《道德经》

（按：不同版本的《道德经》，内容略有不同）

《道德经》第一章——道可道，非常道

《道德经》共八十一章，五千余字。如果你实在没时间，就读三遍第一章。憨山德清《老子道德经解》，认为"老氏之学，尽在于此""其五千余言，所敷演者，唯演此一章而已"，说他之后五千字推演的都是第一章。我就从我对世间以及管理学的认识角度来讲。

道可道，非常道；名可名，非常名。无名，天地之始；有名，万物之母。故常无欲，以观其妙；常有欲，以观其徼。此两者，同出而异名，同谓之玄，玄之又玄，众妙之门。

"道可道，非常道"，就是世间最大、最深奥、最根本的道理是可以讲的，如果不可以讲，老子就不写这五千字了。道可以讲，也可以把道再衍生出来，衍生出很多具体的名字。道到底是什么？道一，道二，道三……但是不能这么叫它，不仅吃力不讨好，而且可能会被误导。

"无名，天地之始；有名，万物之母"，最开始大家都没有名字，慢慢有了名字，这就有了开始。原来人少，凑在一起将就着过日子，后来发现人多了，需要流程了。当事情变得复杂，团队变大、人变多之后，优化流程比没有流程要好，但过多的流程有时候还不如没有流程。

"故常无欲，以观其妙；常有欲，以观其徼"，经常降低自己的欲望，看一看世界的奇妙。你静静地坐着，静听风声如海，静听花开，

静听月光落在树叶上，静听蛤蟆掉到了井里——"吧嗒"。

人活着不能完全没欲望，用我老妈的话说："生而为人，欲望满身。"有欲望可以，你要去看欲望是怎么产生、发展、变化、结束的，才能想清楚欲望到底是个什么东西。我过去的习惯是，升起一个欲望，给它斩掉，绝不留情。但现在我发现，对欲望不要武断，让它慢慢地涨一涨、飘一飘，给它点时间。

"此两者，同出而异名，同谓之玄，玄之又玄，众妙之门"，道、名，可名、无名，天地、万物，都可以说"同出而异名"，都是从一个地方出来的，本一不二，玄而又玄。这是一切的开始，由一生二，慢慢地就产生了世界和人这些东西。

《道德经》第二章——夫唯弗居，是以不去

《道德经》第二章，我自己还蛮喜欢的。

是以圣人处无为之事，行不言之教，万物作焉而不辞，生而不有，为而不恃，功成而弗居。夫唯弗居，是以不去。

这章先讲无为。无为有几个层次：第一个层次，因为这个世界有道存在，你不干，道还在；你干了，道可能就偏了。所以你要无为，在多数时候要学会收手。第二个层次，"行不言之教"，你想做什么自己去做，以身作则。自己做，做到了，别人能学多少就是多少，不见得要求别人做到。

"万物作焉而不辞"，只要你做到不干涉大道的运行，你会发现周围的一切，会有规律地、美好丰富又有秩序地生长。

接下来说的是态度。"生而不有"，你让一些东西长成，但不要认为这是你的私有财产、你的全部功劳。"为而不恃"，你做，但不把着，做就做了，下雨就下雨了，水流走就流走了，挣钱就挣点钱，花就花了。

"功成而弗居"，哪怕你有百分之九十的功劳，也不要跟别人唠叨这事是你干的，这样容易招祸。"夫唯弗居，是以不去"，因为你不霸占着什么东西，所以你也不会失去，你可能不会非常显眼、风光，但是你也不会非常落魄。

《道德经》第三章——为无为，则无不治

"不尚贤，使民不争"，不用推崇某些贤人，其实有很多好处，老子只说"使民不争"，大家不争来争去，说"我比你贤""你贤我更贤"。"不尚贤"包含两层意思。第一层，有些圣贤是假圣贤，有些圣贤只是一时一事之圣贤，非要把他树立成楷模，让大家拿着放大镜去看他，他能舒服吗？所谓"德不配位，必有大患"，就是一些人的德行、智慧、见识的水平没到，却非想乘风破浪，站在孤峰顶上，结果被大家拿着放大镜去看，找毛病、找缺点，这不是给自己找事儿吗？

第二层，对于大多数人来讲，该干什么就干什么。如果被所谓的英雄人物、典型所驱动，而且产生误解，就可能出现偏差，对社会造成的不良影响，可能比你设想的好影响还要大。

"不贵难得之货，使民不为盗"，不把大家拿不到的东西当成好东西过分地宣传，那多数人就不会起贪念了。

"不见可欲，使民心不乱"，不要让特别搅动人心的、跟人的根本欲望相关的食色、金钱、权力在老百姓面前晃悠，晃悠多了，老百姓的心就乱了。

"是以圣人之治，虚其心，实其腹，弱其志，强其骨"，圣人的治理就是少让人动心，多让人吃饱肚子，少让人有不切实际的理想，多让人身体好，别生病。

"常使民无知无欲，使夫知者不敢为也。为无为，则无不治"，

老百姓也没那么多的想法、欲望，有些油腻的所谓知识分子也就不敢动。这样持续无为，就发现没有什么不能管理好。

《道德经》第九章——功遂身退，天之道

"持而盈之，不如其已"，一直拿着，一直追求，一直希望更多，不如算了。"揣而锐之，不可常保"，你敲敲打打一件东西，让它变得锋利，即使它不被消磨，你也担心它被消磨，这种担心会消耗你很多能量。所以，不要追求全满，不要追求一直尖锐。

"金玉满堂，莫之能守"，金玉堆满室，但守不住。我有朋友攒了些古董在家，被偷了。还好他眼力不好，古董是假的，损失不大。

"富贵而骄，自遗其咎"，富贵又骄傲，自找麻烦。你又富又贵，还爱吹牛，这不是等着倒霉吗？

"功遂身退，天之道"，功成了，身退，老天都认为你遵守了道。这句的核心词——退。不要求全，不要求最好，该退则退。你看他起高楼，你不一定要参加落成典礼，更不要等楼塌了，差不多就退。

功成身退不容易。急流勇退的范蠡是文子的弟子，文子又是老子的弟子。文子说："狡兔得而猎犬烹，高鸟尽而良弓藏，名成功遂身退，天道然也。"他引申的是老子的话。秦朝丞相李斯知道这个道理，但他做不到。结果被赵高污蔑谋反，被夷灭三族，本人受尽酷刑，腰斩在咸阳市。他临死前对他的儿子说："吾欲与若复牵黄犬俱出上蔡东门逐狡兔，岂可得乎？"我想跟你牵着黄狗出上蔡的东门，咱们去打野兔，还能做到吗？在激烈斗争的人世，越是爬到孤峰，越可能出事。功成身退，明智之举。

《道德经》第十九章——绝圣弃智，民利百倍

第十九章提出的重要主张，就是放弃追求似乎好的东西。这和退

类似，但又不一样。退是指你在得大功、大名、大利之前退下来，在你自己功成名就之前，有本事早退一步。

绝圣弃智，民利百倍；绝仁弃义，民复孝慈；绝巧弃利，盗贼无有。此三者以为文不足，故令有所属：见素抱朴，少私寡欲，绝学无忧。

不要推崇圣人，放弃圣人和无比的智慧，老百姓有可能获利百倍。放弃仁义，老百姓可能就会又孝顺又慈爱。放下精巧的或是投机取巧的东西，盗贼可能就没了。因为你把这些人为设计的东西拿开，大道就会彰显，万物就会生长。如果你觉得上面这些有点飘忽，有点二乎，那告诉你一个简单的说法：追求朴素，降低欲望，减少莫名其妙的东西。

《道德经》第二十四章——企者不立，跨者不行

第二十四章的核心是别过分努力，过分努力不能长久，会伤到自身。德位要相配，你得不到的时候不要追求那个位子、名声。

企者不立，跨者不行，自见者不明，自是者不彰。自伐者无功，自矜者不长。其在道也，曰余食赘行。物或恶之，故有道者不处也。

"企者不立"，踮着脚尖，不能站得久。踮着脚尖才能够到的位子，不能让人安生。"跨者不行"，步子迈得太大，容易伤胯。"自见者不明"，整天只看自己，就不知道自己与别人的差距。"自是者不彰"，整天夸自己，没人会夸你。"自伐者无功"，总把功揽到自己身上的，最后成不了大功。"自矜者不长"，总是觉得自己特好的，不会有成长。"故有道者不处也"，真有道的、有智慧的人不会这么做。

总结就是：第一，推功揽过；第二，别太自我，认为自己哪儿都好是得不到成长的；第三，不要着急，用功时排除心中的杂念，一时做一件事情，专注地做好，再换下一件事。

自给自足，自得其乐

当你被炽盛的名利心困扰,当你因为自己的欲望身心俱疲,请读《庄子》。《庄子》就一个道理：你手上放不下的东西一点也不重要。

庄子提出绝对自由主义,不求名,不求立德、立言、立功三不朽,就想好好地过完这一生。这远远走在了时代的前面。

我在成事起伏的过程中,才体会到庄子的"逍遥游",其实是可以在 20 多岁时就做到的,但是时间已经过去了。

人如何活得像草木一样丰美

庄子像一个横空出世的另类,在他那个时代划时代,在现在还是划时代。你不知道他是怎么"蹦"出来的,如何得到了这些思想和写文章的技巧,但他就是像恒星一样在人类的天空上闪烁着,靠不到十万字,闪烁了两千四百多年。

精神病医生发现,男性精神病患者都是想做大事,女性精神病患者都是想得到爱情。我不知道有多强的科学依据，但是根据我对周围人包括我自己的观察，觉得说得挺对。我没变成精神病患者，归功于我读了《庄子》，它会帮助我放下。

《庄子》的思想就是简单三个字——逍遥游，人来到世间，好好看一看，活一活。《庄子》讲个人和群体、个人和社会、个人和自然的关系，"天地与我并生，而万物与我为一"，这种现代个人主义、绝对自由主义竟然是庄子最早提出的。《庄子》巧妙地阐释了个体的人在地球上如何能活得像草木一样优美、自然、丰富。

自给自足，自得其乐

贯穿庄周一生的主题是，自给自足，不给别人添麻烦。我不吃你们家大米饭，你也不要管我穷成啥样，我自己能养活自己，自得其乐。他当过漆园吏。在春秋战国时，漆器是贵族重要的生活用品、祭祀用具。漆园吏甚至都不算官，工作内容就是看守漆树园。后来他连这份工作也不要了，估计有了点名声，开始教课。学生给老师交个讲课费，过节的时候给些粮食、肉。

现在流行"不只有眼前的苟且，还有诗和远方"，但在庄子眼里，哪有什么苟且、远方、诗的这些区别，苟且就是苟且！我在任何地方都可以苟且，在任何地方都可以有诗和远方，只要让我有口吃喝，我就可以离地飞行。

庄子有个跟他一直斗嘴的朋友，叫惠施。惠施对权、钱比较在意，并努力争取。公元前341年，庄子28岁，惠施当了魏国的宰相，庄子前去拜访。有人说：惠施，庄子要来了，庄子想占你这个相位。惠施就大惊失色，说：庄子太有才了，我斗不过他。惠施用手中之权搜捕庄子，搜捕了几天几夜。

庄子见了惠施之后说：你省省。南方有种鸟，它从南海飞往北海，不是梧桐树它不去睡觉，不是竹子的果实它不吃，不是矿泉水它不喝。有只猫头鹰捡到了一只死耗子，看到这只美丽的鸟儿从它面前飞过，猫头鹰立刻警觉：啊！你为什么在这儿？我讲这个故事是想告诉你，其中美丽的鸟是我，猫头鹰是你惠施，你这相位是我想要的东西吗？不是，它对我来说就是只死耗子。

这个故事出自《庄子·外篇·秋水》，我喜欢庄子，也喜欢"秋水"，所以我的"北京三部曲"的主人公都叫秋水。

庄子80多岁才死，那个时候，"人生七十古来稀"，而庄子去世时的年岁相当于现在的过百岁，在乱世里自由自在地过完平静的一生，不容易。

如何成为像鲲鹏一样的人

《逍遥游》第一段，可以感受到庄子的文字之美。

北冥有鱼，其名为鲲。鲲之大，不知其几千里也。化而为鸟，其名为鹏。鹏之背，不知其几千里也。怒而飞，其翼若垂天之云。是鸟也，海运则将徙于南冥。南冥者，天池也。

北方的大海里有条大鱼，叫鲲。鲲有多大？不知道它有几千里长，无边无际。这个鱼游起来，你也不知道什么地方是它的头，什么地方是它的尾，你也不知道浪花是因为海而起的，还是因为鲲而起的。

正当你想象这无比灿烂的画面时，庄子又来了一句：这条鱼化身为鸟，从海里飞起来，飞到了天上。不得不佩服庄周的想象力。

鲲那么大，鹏也不可能小，鹏的背不知有几千里，翅膀就像天上的云。当海风吹起的时候,它展翅而飞。它从北边到南边,南边也有等待它的巨大的海。

人处在狭小的空间里,思想可以比自身大亿万倍。大鱼也是大鸟,大鸟也是大鱼,天就是海,海就是天,"天地与我并生,而万物与我为一",这么大,这么广阔。

《齐谐》者,志怪者也。《谐》之言曰:鹏之徙于南冥也,水击三千里,抟扶摇而上者九万里,去以六月息者也。野马也,尘埃也,生物之以息相吹也。

齐国志怪小说叫《齐谐》,里面讲到,鹏往南边走,击水三千里,往上飞九万里,像空间站一样高,借着六月的风。风像野马一样那么快、自由、有力量。风不是空的,而是带着各种尘埃。万物都使力气,形成了不平衡,形成了风。

天之苍苍,其正色邪?其远而无所至极邪?其视下也,亦若是则已矣。

当我们看这些大景象的时候,大海、苍天,它们有什么我们并不知道,对这些事情无法彻底明了。但同样地,苍天、大海,真的知道我庄周、我冯唐是什么吗?它们看着,也不知道。

一切可以很大,大到像天地一样;一个人可以很自由,自由到像鲲鹏一样。但是,做大鸟、大鱼,也不是没有条件的。

且夫水之积也不厚,则其负大舟也无力。覆杯水于坳堂之上,则芥为之舟,置杯焉则胶,水浅而舟大也。

如果水积得不够厚,大船就陷下去了。你把一杯水洒在一块凹地上,放一个麦粒、木片,就漂起来了;可是你放一个杯子,哪怕它是木头的,都可能沉下去。水浅舟大。

积累得不够,想干的事太大,即使你心像鲲鹏一样大,心比天高、比地厚，但是如果没有这些条件，你还是飞不上去。

每个人都可以在元宇宙中成为庄子，但是很少人能做到。因为见识、智慧不够，你的水、天，不能负担你的鲲、鹏。在现实社会中更是这样，你有屠龙技，腰别屠龙刀，但是没有屠龙的环境，你就屠不了龙。在这种时候，你该想到的不是改变整个环境，因为改变不了，反而应该是改变你自己。让自己的见识、智慧像庄周一样，有巴掌大的地方，就可以进入你的元宇宙，像鲲鹏一样巨大、自由，游在大海里，飞在天空中。

如何面对俗人的降维打击

鲲鹏像庄周、你我一样，都不是独立于世间而存在的。庄周也要做漆园吏，打个小工，冯唐也要写个书，你我总要生活，但是这不影响我们心中有元宇宙。如果我们被人嘲笑，如何看待他们，如何对付他们？庄周说：

蜩与学鸠笑之曰："我决起而飞，抢榆枋而止，时则不至，而控于地而已矣，奚以之九万里而南为？"

两种小鸟，笑话鲲鹏。小鸟说："我下了决心，一跺脚飞了起来，比村口的矮树飞得还高。我就飞这么高，还经常飞不到，我没事飞九万里，我有病啊？"听上去挺有道理，但是我不得不说，如果你心中有更大的天地，你跟这些人讲"一加一可能大于二"是没有用的，他们只知道一加一等于二。所以庄子说：

小知不及大知，小年不及大年。

意思就是大家不在一个层面，点到为止就好了。你说服不了我，我说服不了你。彼此都没错，每个人都有每个人的道理。但是我们有庄周在心中，我们就知道其实有更多的真理在我们少数人的手上。

成事人要懂得见好就收

在中国古代社会，官本位的社会，很难不讲做官这件事，庄子也不例外：

故夫知效一官，行比一乡，德合一君而征一国者，其自视也，亦若此矣。

你别看凭你的能力能够当官，凭你的德行能够在一个地方混，能讨得一方君主的欢心，得到国家、人民的信任。即使这样，也请你不要太高估自己。

且举世而誉之而不加劝，举世而非之而不加沮，定乎内外之分，辩乎荣辱之境，斯已矣。

整个世界都夸你，你也不要使劲做你手上现在做的事，别不禁夸，别刻意而为之；所有人都说你做得不对，你不要沮丧，可能其他人意识不到，也可能还没有足够的时间来证明你是对的。你自己要明白内心和外界的关系，你自己分辨好什么是丢人，什么是得意，不要跟着别人的定义而走。

庄子领先世界很多年的看法，其实就是"是非审之于己，毁誉听之于人，得失安之于数"。这是成事理论。

庄子说，其实活在人世间，如果你有更高的智慧，你可以过得更轻松。比如像列子这样的人：

夫列子御风而行，泠然善也，旬有五日而后反。彼于致福者，未数数然也。此虽免乎行，犹有所待者也。

这就好比风口上的猪。风口上的猪不需要太努力、太着急，风起，就能"有翅膀",就能跟着风往前走,转一圈,吃喝赚到了,财富自由了。咦?风没了,那就回到地上,"翅膀"自然也就没有了。"我"知道自己是猪,知道翅膀是风给的,"我"转了一圈,没花什么力气,完完整整的还是"我"。

不是所有人都能赶上这种风,哪怕少数人成为在风口上顺风飞翔的猪,也很少能在风停的时候卸下翅膀,再重新变回去。简单地讲,就是你凭运气挣的钱,后来又凭本事都输了。

按庄子说的,这种风口上的猪也有问题,其实根本不必飞,有更重要的宇宙,有更潇洒的生活、更逍遥的日子。

若夫乘天地之正而御六气之辩,以游无穷者,彼且恶乎待哉!

如果你心中有天地、六气,知道自己是个什么东西,知道自己的内心可以像天地一般宽广,那么你自己就是风,你的内心就是宇宙,任何时间你都可以自己飞翔。虽然别人看着你是在闭目、坐地、平躺。

故曰:至人无己,神人无功,圣人无名。

最强的人不听从自己基因、人性中固有的恶的召唤。至人没有束缚,神人不强求对人类的贡献,圣人不求名,不求不朽,他们就想好好地过完这一生。

打工不丢人,逐利才丢人

人最放不下的是什么?除了初恋、班花校花、班草校草之外,到底有什么舍不下?

尧让天下于许由,曰:"日月出矣,而爝火不息,其于光也,不亦难乎!时雨降矣,而犹浸灌,其于泽也,不亦劳乎!夫子立而天下治,而我犹尸之,吾自视缺然。请致天下。"

尧说：许由，我把天下让给你。你比我强太多，能力、人品、情商、智商、个头都比我高太多，就像日月出来之后，我还钻木取火来照亮，就好像大雨因时而落，我还挖河沟搞灌溉，我不是有病吗？你在这当大家的头儿，天下就安然而治，我还在这儿挺着干吗呢？你上。

尧遵从了能者上、庸者下。如果你是许由，可能备身行头，弄几辆车，去把官接了。那你就站在了庄子的对立面。

许由曰："子治天下，天下既已治也，而我犹代子，吾将为名乎？名者，实之宾也。吾将为宾乎？鹪鹩巢于深林，不过一枝；偃鼠饮河，不过满腹。归休乎君，予无所用天下为。庖人虽不治庖，尸祝不越樽俎而代之矣！"

许由说：即使我没明说，即使我同意我的能力比你强，但是你已经把天下治理得挺好，我觉得你是合格的天子。另外，我作为独立的个体，去替你治理天下，我能得到什么呢？如果我为了名，名是依附于实的，要有实际我能享受到的东西、实际我认为重要的东西，我才去图这个名，但我实在看不出来，我得了天下之后，实是什么？小鸟在森林里筑巢，一根树枝就够了；鼹鼠喝水，肚子满了就够了。我一个人在这个世界上，有口吃的、有点穿的就够了，我内心足够自由。所以您请回，我对于天下无所求。你是一个厨子，你不做你的饭，我作为知道天下最深智慧的人（掌管祭祀的司仪），也不会替你做饭，我的任务是跟天说话。

《逍遥游》想说的是，如果一个人能够看透功名利禄、权势尊位，他就可以是个逍遥的人。看透不意味着需要经历多或者年岁大，也并不是完全脱离世间，在很多时候，你为五斗米折腰，打一份工，一点都不丢人。

把自己的心想明白

《传习录》对于创业者,可能是最合适的必读书之一。

如果你想创业,想了解历史上有哪些重要思想在影响着现代生活,想知道如何通过立言而不朽,就读《传习录》。

《传习录》这个名字的意思是传给你,经常练习,你就能够抵达。

我读《传习录》带入的问题有三个:

第一,王阳明比孔子多说了什么?

第二,王阳明比程朱(程是指"二程":程颢、程颐兄弟,朱是指朱熹)多说了什么?

第三,从成书到现在的500年里,在儒学体系中为什么《传习录》最重要?

把心想明白就能面对一切

王阳明和孔孟、程朱这些前代大儒在思想上有哪些异同?

从大范围上来讲，他们都是儒学，但个中差异还是很大的。孔孟和程朱其实已经产生了巨大的差异，这种差异和佛教的"小乘""大乘"有些类似。

孔孟提出的儒学主要解决的是官僚机构如何帮助帝王管理百姓，讲的是管理学。

孔子、孟子想做的是管理者，社会的中坚力量——士，有道德、知识、理想、管理技术的读书人。其目的是在一个乱世通过行政管理实现生产的恢复、社会的有序，让老百姓过上相对稳定的日子。

到了宋代，社会稳定发展了一段时间，温饱之外的钱多了，社会上文人变得越来越多，多到没有那么多官给他们去做了。

成圣、成贤在孔子、孟子的时候是不可想的。那时候"圣"的定义非常严格，就是统治者，就是一国之君。"贤"也是历史上了不起的人物，比如伊尹。到了程朱的时候，修齐治平变成了成圣，管理术变成了修身术。

程朱理学讲究"道问学"，也就是说，你要认认真真检点自己。你要天天、月月、年年"存天理，灭人欲"——消灭跟天理相违背的人欲和人性，从而达到对天理越来越清晰的认识。程朱理学从很大程度上来讲，是苦修派。如果用佛教的话说，程朱是渐修派，一点一点修，没有捷径。

王阳明讲究"致良知"。你扪心自问，问自己的良知，眼观鼻，鼻观口、口问心。你问出来的，自认为是对的，就是对的。你把自己的心想明白了，你就能够面对一切。不用管书上的大道理，不用管其他人怎么想，你想知道的一切都在你心里。从这个角度讲，王阳明"援释入儒"，把佛教的东西、禅宗的东西引入儒学，在儒学中形成自己的"心学"。

从宋代以后，朱熹古板的、渐进的、苦修的方式，被当成读书人的正途。只要你走科举之路，只要你还想当官，就逃不过朱熹。几百年下来，读书人得多恨朱熹：太烦了，一步一步走，一点捷径都不给我；太烦了，好几百年都不变；实在太烦了，存天理，天理在哪儿呢？

这个时候突然出现了一个王阳明，他告诉你不要去看其他书，不要去管其他人，甚至你都不要去想虚无缥缈的天理，安安静静地和自己的心待一会儿，你的心里一切都有。你看清楚了自己的心，听心的召唤，心让你去干什么，你就去干什么，你就走在正确的道路上。多数人一听就觉得太棒了。

何况王阳明也是个响当当的人物，曾官至国家二品大员。按他的说法去走，有些人还真成了。两百个尝试者中，总能有两三个成的。不成的故事，没人听见，成的故事到处都在传扬。一来二去，王阳明"心学"的大旗已经在中华大地上飘扬，心学压倒了程朱理学。

解放自己，成就自己

如果说宋代理学的产生，是因为读书人多了，没有这么多官做，到了明朝那就更厉害了。明朝对读书人相当好，经济发展到了一定程度，特别是在江南富庶之地，读书但没官做的、读书而很困惑的闲人更多了。

我觉得八个字可以作为《传习录》的主题：自我解放，看到方向。

《传习录》迎合了那个时代，或者说适应了那个时代，也适应了之后人心里所向往的——人人可以成圣。解放自己，成就自己，在那之后，成为一个永恒的主题。

个人解放、致良知、以内心为驱动，王阳明心学的主要内容，我用一句话总结就是：按照良知，按照你的心指引你的道路去做，你就可以成圣。

文艺界和创业者要懂心学

王阳明的心学,我觉得最该学的是文艺界,其实涉及创意内容的行当,都该学。

创意,如果不把它仅仅当成养家糊口的手艺,你就面临一个问题:你手上有一份极富创意的活儿,应该怎么做?

绝大多数人是过去怎么办就怎么办,维持过去的水准就不错了,我不需要什么创意,做出来的东西是美的、好的就可以了。没错,这就是匠人精神。

日本人讲匠人精神,把一些东西做到极致,然后坚守。可能你的师父或者古人已经做到了,你就去追,然后坚守就好了,但是你很难开宗立派。

对于这样的行业,我建议读《传习录》,看自己的内心,自我解放,看到方向。不要管教科书,教科书可能不对,可能不适用于你,可能对你是种限制。

与其舍远,不如求近;与其求诸人,不如求诸己。看清自己,听灵魂的召唤。在看清自己的过程中不断创造、试错,接受不完美,或许有一天你真的就成了。

第二类适合仔仔细细读王阳明《传习录》的人,不是职业经理人,而是创业者。创业者在没有现成的商业模式之下,拿自己或爹妈的积蓄,管朋友借钱,开始创业。卖出一份产品、一个煎饼、一次按摩,挣点钱,剩下点利润,再去投资,再去融资,由小变大,甚至上市。

如果你想当训练有素的职业经理人,在大集团带四五百人,《传习录》可能不如《冯唐成事心法》管用。如果你想在街头开个煎饼铺，《传习录》更好，更适合你。

因为创业的时候本没有路，如果你有笔钱可以烧，你敢赌愿赌，能够承担后果，那就面对自己的内心，想想这个事怎么做。如果都想通了，你就按照心中的答案去做，哪怕面对暂时的失败，坚持三次，你就有可能往前多走几步。如果还不行，你再坐下来想一想，或许你可能就是当跟随者的料，那就不去创业了。

最适合看《传习录》的是艺术家和创业者。从终极的角度讲，除了你自己的心，没有更好的老师了。

这些人读《传习录》要谨慎

《传习录》如果学不好、乱用可能会出问题，比如做官，去管大企业。

你跟着你的良知去干了，认为自己做得特别对。在大的机构中，你的上上下下，他们也有他们的心。观点对观点，良知对良知，心对心，能有对错吗？

在大企业里，如果你是跟人做事的初级员工，你总跟领导或周围人说，你听从你的良知，你不能照着他们说的去做，他们会如何处理你？

学王阳明心学的人去做官，如果做不好，常见的问题是"无事袖手谈心性，临危一死报君王"，平时揣着袖子说"我是这么看的""这事应该这样""我觉得""我感觉""我认为"。与之相反，孔孟之道讲管理学，讲的就是"勿意、勿必、勿固、勿我"。"临危一死报君王"就是最后跟君王、领导一块儿走到了死路。

清初士大夫阶层重新审视明末败亡的原因，重新思考王阳明的心学，提出了老老实实地做事，老老实实地构建、维持、运转、继承官僚体系。

心学的好处也明显。在心学兴盛的时代，江南富庶之地产生了灿烂的文学。小说有《金瓶梅》，散文方面有张岱、袁枚等，绘画有"扬州八怪""四僧""四王"等。生活美学也达到了高峰，如明式家具、明式饮茶、明式造园等。

王阳明的心学有革命性，也有局限性。革命性是自我解放，看到方向。局限性是在集体意志的形成上，心学没有说清楚，甚至有一定的破坏作用。

成事、明理、克己

我举一些我蛮喜欢的王阳明的话。

天下之事，其得之也不难，则其失之必易；其积之也不久，则其发之必不宏。

天下各种各样的事，如果不是很难得到，你会发现失去也很容易。如果积累得不够，你绽放得也不会很漂亮。

不能走捷径，要积累。厚积薄发，建立护城河。把事情看得太容易，得到太容易，这样的日子、成就是守不住的。

不难不做，不成事。做难事，做对的事，才能真正成事。

静处体悟，事上磨炼。

在安静的时候多体会了悟。你每天开一百次会，见一百个人，是没法来看清自己的心的。要给自己一段相对安静的时间，想想自己的心。在事上去磨炼。把做事当成磨炼自己最好的方式。多把自己的肉身当成一块材料,多把具体的实事当成一块磨刀石。十年磨一剑,磨刀石就是具体的事,剑就是你。

山中莫道无供给,明月清风不用钱。

不要说山里什么都没有,朗月清风你不需要一钱买,还可以享受得到。

生命只有一次,你来到世间,虽然不是你提出申请被批准之后而降临的,但是你既然来了,还是要把它过好。想过好,就要想想时间如何来用,不要盲目地把时间花在心感触不到的地方。

眼前路径须放开阔,才好容人来往,若太拘窄,恐自己亦无展足之地矣。

处理事情、工作要放得开阔一点,不要钻牛角尖,不要总争强好胜。大道如青天,我们都可以走一边,退半步,路宽点,彼此都方便一点。做人留一线,日后好相见。

每个人都可以讲出自己的道理,很难分清楚谁对谁错,即使分清楚,错的一方也不会心服口服,即使心服口服,他也不会改。所以算了,多问问自己要达成什么目的。说不通的事,合作不愉快的人,解决不了的大问题,暂且放过去。

其实你能干的有很多,别往牛角尖里钻,不要往墙角里逼自己,你逼自己的时候也逼着别人,你逼别人的时候也是逼着自己。温饱之后,万事往开了想,积极努力拓展新的空间。

人须有为己之心,方能克己;能克己,方能成己。

人们总说,要无我,要忘我,但在这之前,你要先理解自己。为己这事并不丢人，这样才能知道你的力量来自哪里。知道了你的光明面和黑暗面，你才有可能去克制黑暗面，才能变成更好的自己。一、先要承认自己是最好的。二、发挥自己最善良、光明、美好的一面——致良知。三、克服自己非良知的部分。四、知行合一，实现自己的良知。

王阳明晚年对心学的总结，是四句："无善无恶是心之体，有善有恶是意之动，知善知恶是良知，为善去恶是格物。"

如果你觉得绕，就记住三句——"心即是理"：你的心就是天理；"知行合一"：认定了就去做，做到了才是真知道；"致良知"：奔着心中光明的、善良的、正能量的方面去，不要陷到黑暗之中。

如果你还觉得复杂，用禅宗的一句话说就是：诸恶勿作，诸善奉行。

在点滴日常中渐悟

　　《六祖坛经》是了解禅宗的最好的书,没有之一。《六祖坛经》是惠能的言行录。传说中惠能不识字,所以《六祖坛经》可能是惠能的徒弟、惠能徒弟的徒弟收集、整理出来的。

　　佛说"不可说"。禅宗讲究不落文字,禅宗对于语言文字有相当的"戒心"。

　　我们做管理,常常要意识到一个困境,就是没有完美的解决方案。语言是没办法的办法,如果不是语言文字,不是印刷,禅宗留到今天的东西还要更少、更凌乱、更有误导性。语言的确是一个非常有误导性、容易产生偏差的东西,但是如果你意识到语言的偏差、误导性和限制,转回来还能帮着你更好地认清禅宗的真相。

宗教领域的一股清流

　　禅宗从印度来。《五灯会元》里说西方老祖有二十几个。西方初祖是释迦牟尼。东方初祖叫达摩。

禅宗有没有这些西方老祖？不一定。禅宗在东方，你可以把它理解成纯正的、第一次出现的中国佛教。我们对佛教非常有创造性地进行了二度创造，产生了禅宗。禅宗有中国特色，是东方佛教，是中国禅。

禅宗的特点是：简素、思考、自力。

简素：不忽悠信众捐钱

禅宗的第一大特点是简素。禅宗是非常简单、朴素的宗派。

简素的一个层面是，禅宗讲究找座山，找处水，搭两三间房，然后大家就可以一起修禅。修得习惯了、明白了，如果想出去转悠，就出去；想回到俗世再做点事，那就再做点事。

简单到没有高塔、寺庙，不求高档，不求辉煌。不像南北朝、隋代、唐代花钱建辉煌建筑，比如敦煌一个个洞窟，背后都是贵族、有钱人，心里有点事，修个小佛陀。禅宗不同，禅宗不讲究高大辉煌、富丽堂皇。禅宗修行人就是一些山林的隐士，用简单的吃喝应付自己的肉身。虽然生活简单，思想却极其丰富，禅就在心中。

省钱，环保，每个人都可以用上，每个人都可以号称"修禅"。其副作用是留不下什么物质文化遗产。

禅宗还有一个好处，就是不能形成明显的势力。禅宗是一个出世的、远离权力的宗教。它跟皇亲国戚、大贾富商离得挺远，它不问江湖事，只管内心的平静，内心脱离苦海。

它也没有什么经书，《六祖坛经》是个例外，禅宗不相信你皓首穷经，看了很多文字，就是一个很好的禅师。禅宗修炼的方式，不是钻进故纸堆。

简素的另一个层面是，禅宗在很多时候没有偶像，禅宗不认为你拜个木头雕的佛就有用,那都是无用功。

禅宗是个简素的宗教,它没庙,没神,没经。

思考:不主张烧香磕头

禅宗的第二个特点是思考。禅宗追求智慧、崇尚思考,这又跟一些讲究信和知识的佛教宗派不一样。

比如唐三藏唐僧的唯识宗,把一切弄得好复杂,别说普通老百姓,就是知识分子,皓首穷经,没个一二十年都不知道佛经里在说什么。多数宗教讲究的是你要信,你不要想,想得越少越好,你要相信,哪怕是一些莫名其妙的东西。

但是禅宗强调不信、怀疑、思考,强调通过思考而产生的觉悟。你要趁着事去琢磨,智慧的路是要通过学习和思考才能走通的。由觉生定,由定生慧。

自力:不求佛菩萨保佑

禅宗的第三个特点是自力,心即是佛,自性就是佛性。

禅宗不强调师承,你渐悟了,你就是禅者,不一定要有师父带着。师父棒喝你,可能是一条捷径,但也可能因为师父的棒喝,你心生魔障,反而成了一条弯路。尽信书不如无书,上师往往是个骗子——这是禅宗的看法。

禅宗强调自力,强调内心有一个强大的核,没有比自己这颗心更好地去修禅、修佛的途径了。你的心蕴藏了足够的无上智慧,你之所以没看到,不是你心的问题,是你蒙上了眼睛。

强调自我,同时也就强调了日常。从自己、从自心、从真性、从真我去修佛,就够了。怎么修?修日常禅。日常的一饮、一饭、一睡觉、一谈话、一读书、一散步，都是修行的方式。枯坐、打坐、苦修是没有用的。如果你枯坐就能成佛，那所有走不动道的人都是佛了。你当然可以做，但跟必修之路没有任何关系。

通过个人经验、日常去修行，强调自己，强调自己的视角，别信其他，信自己。没有现成的路，全靠你自己。

"应无所住而生其心"

如果用一句话概括禅宗的精髓，那就是"应无所住而生其心"，意思是避免两个极端。一个极端，是认为一切都是真实的，所有好东西都去追求，追求到的就死守，你"住"在这种纠缠和欲望之中。当然，你的欲望可能会用更鲜活、正面的形象表现出来，表现成你的理想、追求、愿景，但也是极端。禅者的定义就把它叫作"住"，你陷在里面了。

另外一个极端，是绝对的空无。你陷在人生无意义、所谓的涅槃之中，什么都是"没意思、没劲、没趣、没用、空"。

这两个极端，用另外一种说法，一个叫"有执"，一个叫"空执"，都是一种执念。

正确的态度是"应无所住而生其心"，各种境遇、追求，都是不应该往死里较真的，都是应该拿得起、放得下的。"生其心"，就是各种境、态、相都不值得去着相，去执着。

"应无所住而生其心"，知道无常是常，但是这不影响我们内心肿胀，来世界花开一场。

曾经有人说，儒家教我们拿得起，道家教我们放得下，佛家教我们想得开。这话有一定的道理。

《六祖坛经》精髓

我不是佛教徒，应该算某种意义上的禅修者。禅是要靠自己的，禅是不需要上师，甚至不需要经典的。禅是需要自己在日常生活的一点一滴、一言一行、一食一饭中去慢慢琢磨的。或许你能遇上好老师，能遇上某些决定性的瞬间，你在一瞬间开悟了，开悟之后你一直就是开悟的状态。或许有所反复，又坠入原来的轮回、原来的思维定式，但是一旦你开悟，你就很难回到没开悟的状态。

惠能开悟

《六祖坛经》第一章《悟法传衣第一》，讲的是六祖惠能自己一辈子主要的经历，类似于一个小传。

能严父，本贯范阳，左降流于岭南，作新州百姓。此身不幸，父又早亡，老母孤遗，移来南海，艰辛贫乏，于市卖柴。时有一客买柴，使令送至客店。客收去。能得钱，却出门外，见一客诵经，能一闻经云"应无所住而生其心"，心即开悟。遂问客诵何经。客曰："《金刚经》。"

惠能家祖籍实际上是北京的，惠能得了衣钵隐居在南方。惠能第一次有开悟的感觉，是读到"应无所住而生其心"。

我作为一个禅者，第一次有开悟的体会，也是在一个晚上读到这句，感觉很好，我觉得我应该明白了一切。

只要有一次明白了一切这种感觉，你至少不会永远糊涂。这有点像小脑记忆，比如你学自行车，忽然在一瞬间，你会骑了，那么你这辈子都会骑。

那天晚上，我在香港大学对面的太平山脚下住着，晚上突然醒了。当时周围非常安静，月亮特别大，月光像一盆水似的落下来。我觉得我也像一盆水，也落了，仿佛身体里有一个"塞子"被拔掉了，然后身体"这桶水"，那些烦恼、纠缠、想不开就落下来了，在这一瞬间，心里变得很平和。我看见月亮大大的，挂在窗前，"应无所住而生其心"。

何为功德

第二章《释功德净土第二》，讲了禅宗和其他佛教的区别。

公曰："弟子闻达摩初化梁武帝，帝问云：'朕一生造寺供僧，布施设斋，有何功德？'达摩言：'实无功德。'"

韦刺史说："弟子听说，达摩最开始去度化梁武帝，梁武帝问：'我一生建造寺庙，供养和尚，布施设斋，有什么样的功德？'达摩说：'什么功德也没有。'"

"功德在法身中，不在修福。"

师又曰："见性是功，平等是德。念念无滞，见本性真实妙用，名为功德。"

功德，靠花钱没用，是在智慧中。看到自己的真性是功，看到自己的真性，自己的自我跟其他人的自我其实是一个自我，这是德。

内心谦下是功，外行于礼是德。

内心安安静静地、踏踏实实地看自己的真性，这是功；在外边，对外人有礼貌、讲公德，是德。

善知识，念念无间是功，心行平直是德。自修性是功，自修身是德。善知识，功德须自性内见，不是布施供养之所求也。是以福德与功德别。武帝不识真理，非我祖师有过。

简单地说，佛在你心里，不在你的钞票里。念佛，念自心，通过自心做日常该做的事情。盖大庙，盖庙的施工队、当地景点收票的、当地地方官、当地大和尚都开心。做的这些事，虽然看似能帮你增加福德，削减罪孽，但是其实都是没用的。

如何开悟

所谓渐修和顿修，也就是靠什么方式去达到最后的开悟。惠能是这么说的：

善知识，本来正教，无有顿渐，人性自有利钝。迷人渐契，悟人顿修。自识本心，自见本性，即无差别。所以立顿渐之假名。

渐修也好，顿悟也好，其实只是不同的方法，最后达到的结果很有可能是一样的，不同的方法只是适用于不同的人。

其实我日常繁重的工作，也是我日常禅的一部分。我也是花了很多工夫，吃过很多苦，才明白"本一不二"的，才明白"应无所住而生其心"的意思。如果没有我日复一日、年复一年的亲尝，没有我眼、耳、鼻、舌、身、意体会到的痛苦、烦恼，没有我持续不断地琢磨，我想也没有那一次，在那个月夜，在太平山下，那一时的顿悟。

从禅宗公案见佛心佛性

如果挑两三本与禅宗相关的书推荐大家，那就是《六祖坛经》《金刚经》《五灯会元》。

《六祖坛经》例子少、说教多，我就着《六祖坛经》给大家引一些《五灯会元》《景德传灯录》里的禅宗公案，都是小故事和案例。

公案一：大珠用功

有源律师："和尚修道，还用功否？"大珠慧海："用功。"有源律师："如何用功？"大珠慧海："饥来吃饭困来眠。"有源律师：

"一切人总如同师父用功否？"大珠慧海："不同。"有源律师："何故不同？"大珠慧海："他吃饭时不肯吃饭，百种需索，睡时不肯睡，千般计较，所以不同也。"

"律师"是懂得佛律、戒律的那么一个有学问的人。

大珠慧海禅师的大意是，多数人，吃饭的时候不好好吃饭，做吃饭之外的事情；睡觉的时候不肯睡觉，翻来覆去，各种计较、安排；所以多数人跟"我"不一样。

公案二：鸟窠道林与白居易

（鸟窠道林）后见秦望山有长松，枝叶繁茂，盘屈如盖，遂栖止其上，故时人谓之鸟窠禅师。

鸟窠道林，看到山上有大松树，好茂盛，又能遮风，又能挡雨，他就住在上边。别人一看这个人整天待在上面像鸟似的，就把他叫成鸟窠禅师。

白居易正好到附近当官儿，就进了这座山去拜见鸟窠禅师。

"禅师住处甚危险。"

禅师啊，你住在这个地儿忒危险了，万一翻个身，就从树上掉下来了，就摔得屁股裂成八瓣了。

师曰："太守危险尤甚！"

白曰："弟子位镇江山，何险之有！"

白居易就说：我是一方大员，守一方疆土，有什么可险的？

师曰："薪火相交，识性不停，得非险乎？"

大意就是：你整天担心这、担心那，心挂名、权、利等东西，欲火天天在燃烧，思虑一刻都不停，你在你的位置上难道不危险吗？

白居易又问："如何是佛法大意？"

鸟窠道林跟他讲:"诸恶莫作,众善奉行。"

白曰:"三岁孩儿也解恁么道。"

白居易说:"这一点三岁小孩都知道。"他的意思是,鸟窠道林作为禅师,有没有点新东西。

鸟窠禅师是这么说的:"三岁孩儿虽道得,八十老人行不得。"——别看我这是简单的道理,三岁小孩都说得明白,但是八十岁老人做不到的比比皆是。

所以,禅的确是一枝花,不需要太多的说法;禅也的确是一件衣裳、一个饭碗,天天穿、天天捧起来吃。禅,在日常;禅,在花开。

做好小事，想点大事

我们都是人类。如果有非人类来问我们："人类的历史是什么？"我们怎么回答？

《人类简史》给了我们一个宏大的角度：不考虑民族，不考虑国家，不考虑地理，不考虑时间，从人类的角度来看历史，从历史的角度来看人类。

在 AI、大数据、基因等这些新技术快速发展的趋势下，未来的人会是什么样子？国家、货币、宗教等维系人类社会的要素将来会变成什么样？读《人类简史》能够让我们思考一个重要的议题：人类往何处去？

虽然议题深奥，但这本书写得简单好读，还能够给你提供很好的谈资。

人类历史的四大阶段

历史学家尤瓦尔·赫拉利于 1976 年 2 月 24 日生于以色列海法，

2002年获牛津大学博士学位，专门研究中世纪史和军事史，现在耶路撒冷希伯来大学历史系任教。尤瓦尔受过严格的历史学科学训练，是在用写科学综述的方式，总结归纳前人在这个题目上积累的功夫，帮我们走了一条"捷径"。我们不用读他读过的大量相关的书，读他这本就够了，花10%～20%的工夫，获得80%甚至90%的成效。

这本书把人类的历史——从石器时代到今天智人的演化分成了四个阶段。

第一阶段，认知革命。约7万年前，智人演化出了想象力。用我的语言总结就是，在七八万年前，上一个冰河期结束之后，智人里格外有"智"的人，胡思乱想、哄骗他人的能力特别强。没有的事他能说成有，看不到的事他能编，他还能用自己的想象来鼓动其他人。简单地说，认知革命时期有一些伟大的骗子出现，他用自己的骗术激励很多周围的人，跟他一块儿去实现所谓的理想。

第二阶段，农业革命。就是1万年前，农业开始发展。人们常年聚集在一起，有了分工合作，有了多余的食物，有一些人可以不干活了。大多数人要从事更多劳动，不见得能比认知革命时期的人活得更舒服。农业革命让有些人可以不劳而获，也让大家在相对固定的地理位置生活。

第三阶段，人类的融合统一，使人类政治组织逐渐融合成几个统一的"全球帝国"。1500年之前，以欧亚大陆为主要载体，大家基本有一套共同的维系体系，包括货币、宗教、国家，这么一个带引号的"全球帝国"。

第四阶段，就是从1500年到现在，从哥伦布发现新大陆一直到现在，他定义为科学革命时代。科学革命一步步加速发展到今天，我们使用共同的科技，数据在以海量的方式积累，我们也在越来越多地理解人类的基因。人类往何处去，是现在我们所有人类面临的最重要的议题之一。

尤瓦尔贡献了一个角度：打破地域限制，没有国家、民族的概念，不谈具体的文化，把人类当成一个总体，在地球范围内考虑人类共同体是从哪儿来，现在是什么状态，要到哪儿去。这个人类共同体的角度是之前没有人写过的，而在现在又是非常切题的。到了21世纪，我们要面临共同的困难、共同的科技发展，无论你在地球的什么地方，你多少会感受到。

角度重要，结论不重要；引发你思考重要，答案不重要。生命技术、计算机技术50年、100年、500年后是什么样子？1000年后人类还能不能存在？用什么方式存在？不一定要有标准答案。

解读《人类简史》核心概念

1. 人类

早于历史记录之前，人类就存在了。250万年前到200万年前，就出现了类似你我这样的"东西"或动物，然后他们世世代代繁衍。

那个时候，人类并没有什么突出之处，数量不多，能力也一般。相对其他物种，人类更爱群居、聊天，更"事儿"。其他的猴子、猩猩、大象看人类，也没有觉得这是万物之灵、世界之长，世界的命运都掌握在你们手上，你们就是整个地球未来的王。

有几种著名的人类，比如说智人，这是之后成为王者的。在欧洲和西亚有一种尼安德特人，他们更魁梧，更不怕冷。东方亚洲住的叫直立人。在印度尼西亚爪哇岛，有一种矮人叫梭罗人。在西伯利亚洞穴里发现的一种人，叫丹尼索瓦人。刚才说的都是"人属"，都属于人类。在这些人种中,有的高大,有的矮小,有的会残酷地捕杀,有的会温和地采集;有的住在岛上,有的住在洞穴里,有的在大陆上迁移、共存,而且没有线性发展关系。同时存在多种人,就有点像现在同时存在多种狗,我只是打一个比喻。

2. 智人

我们都是智人的后代,智人的共同特征就是有智慧、有脑子。虽然人种之间有诸多不同,但是有几项共同的人类特征,其中最重要的就是人类的大脑容量明显大于其他动物的。

庞大的脑袋有个好处,会产生想象,可以激励自己,也可以激励别人。除编故事、想象之外,脑子还有一个作用,就是学习。脑子大了之后,就有很强的记忆能力。能学习,能记住,就不容易重复错误。

脑子的好处:会学习,会记忆,会瞎编;也有坏处:耗能巨大。脑子大了,占体重的2%～3%,耗能25%。猴子、猿等,脑子的耗能只有8%。

3. 人类后天的可塑性

在所有地球生物里,人类后天的可塑性是最大的。其他生物出生的时候,99.9%都已经由基因决定论定了。为什么人类不能99.9%先天决定?

原因跟人类的大脑袋和人类适应大脑的过程相关。人类在平均38周孕期时生下孩子,到39周、40周的时候,胎儿的脑袋发育太大,出现难产的可能性是巨大的。

人类按自然界的定义,基本上都是早产。其他动物基本上出生没多长时间,就可以站立、行走,甚至跑跑跳跳。人呢,七坐八爬九扶站,就是7个月才能坐着，8个月才会爬，9个月才能扶着东西站起来。人类多么"弱智"啊。为了避免难产，人类多数是早产，因此需要有漫长的时间去继续发育。所以人的脑袋、人的身体的可塑性，比地球上的其他物种都要强。

如果周围的人、父母能让小孩培养出好的习惯和品性，是能够在一定程度上弥补先天的不足的，所以人类教育还是有很大作用的。

4. 人类最伟大的发明——火

人类历史上最伟大的发明，我认为是火。吃的种类没变，但火让人类花在吃饭上的时间大幅减少。

大约在30万年前，直立人、尼安德特人以及智人的祖先，用火已经是家常便饭了。火可以作为光源和热源，可以作为武器，可以让自己不再受冻。火对人类来说很重要。

火带来的最大好处是能够烹饪。有些食物处于自然形态的时候，无法被人类消化吸收，像小麦、水稻、马铃薯等，生的时候是不能吃的。但正因为有了烹饪技术，它们才能成为我们的主食。

火不只会让食物起化学变化，还会让其起生物变化。经过烹调，食物中的病菌、寄生虫都会被杀死。此外，对人类来说，就算吃的还是以往的食物，比如那些捕获到的动物等，煮熟后再吃，所需要的咀嚼和消化时间就能大幅减少。

黑猩猩咀嚼生肉，每天得花上5个小时。但人类吃的是熟食，每天花上1个小时就够了。所以在不经意间，烹饪让尼安德特人和智人走上了让大脑更大的道路，我们有足够的能量去供应大脑，我们有足够的时间让大脑快速运转。

5. 语言

认知革命，人类经历的第一场革命，核心词是语言文字。

在距今7万年前前后，智人发生了一次突飞猛进的变化，走出了非洲，不仅把其他远亲，包括尼安德特人和其他人类赶出了中东，还到了原来智人没有到过的地方，越过海洋，去到澳大利亚大陆。智人发明了船、油灯、弓箭、车轮等，还有缝制御寒衣物所不可缺少的针。他们还创造了艺术，第一次有了艺术品，有了珠宝。他们不仅会编瞎话，还会臭美了。这时也出现了宗教、商业和社会分层、社会分工。

用一句话总结：智人出现了想象的能力。智人某种关键的基因改变，给予了智人语言能力，这种语言能力又增强了智人想象的能力。

在认知革命之后，传说、神话、神以及宗教也应运而生。无论是人类还是许多动物，都能大声喊："小心，有狮子！"但在认知革命之后，智人能说出"狮子是我们祖先的一部分，是我们的保护神"。"讨论虚构的事物"，正是智人语言最独特的功能。

"所以，究竟智人是怎么跨过这个门槛值，最后创造出了有数万居民的城市、有上亿人口的帝国？这里的秘密很可能在于虚构的故事。就算是大批互不相识的人，只要同样相信某个故事，就能共同合作。"

智人如何把部落扩展成城市，一个可能就是：靠编故事。地球上第一拨"骗子"智人，实现了人类的大进步。

6. 采集生活

智人绝大多数以采集为生。出去捡东西，跟大自然讨到什么就吃什么。

采集生活是不是很悲惨？不一定。只挑比较适合生活的环境，竞争对手并不多，当然要躲开大的野兽。由于人并不多，所以稍稍采一点就好了。这还有一个好处，不用担心过度肥胖。

采集者不只深深了解自己周遭的动物、植物和各种物品，包括风雨雷电，也很了解自己的身体和感官世界。他们可以听到草丛中细微的声响，知道里边是不是躲着一条蛇。他们会观察树木的枝叶，能找出果实、蜂巢、鸟巢。他们总是以最省力、最安静的方法行动，也知道怎么坐、怎么走、怎么跑才最灵活、最有效率。他们不断地以各种方式活动自己的身体，让他们像马拉松选手一样精瘦。就算现代人练习再多年的瑜伽或太极，也不可能像他们的身体一样灵敏。

采集者的打工时间远低于当代社会。反观现在的富裕社会，平均每周的工作时间是 40～45 小时，像我是 80～90 小时，悲惨啊，悲惨！

7. 农业革命

农业革命在 1 万年前左右发生，产生的结果是人类数量极大增加，变成世界上最主要的物种之一，不是数目上，而是重要性上。因为人类"征服"了十种左右主要的物种，通过这些植物物种和动物物种，满足了自己的基本营养需求，基本实现了衣食相对无忧，同时也造成：一、人越来越多，能够养活的人也越来越多；二、有些人开始可以不劳而获。这些不劳而获的人在生理、心理上并不见得比 10 万年前的智人更加能干、更加了不起。但是因为他们能不劳而获，同时又有智人骗人的能力，于是就开始生事。这种"无事生非"产生了之后的历史，包括科技革命。

一个新东西的产生，并不意味着能够让世界变得更简单一点，哪怕它的初衷是为了让世界物质更多、效率更高、麻烦更少。但结果是物质更多、效率更高了，但是麻烦没有更少。人往往会自己给自己加戏，自己给自己添事。没有的，他想象成有，有时候想象的竟然实现了，于是他更加得意，想要更多，然后就干了更多莫名其妙的事，这就是人类。

了解他人和自己的天赋

小说有时候比非虚构的故事更真实，因为它反映某个特定时代的人怎么想、怎么做、怎么说，甚至比电影更真实。比如《飘》，小说里男女主角没那么好看，庄园相对破烂，完全不像电影里俊男美女、大庄园，小说更真实。如果大家想知道南北战争是什么样子，应该读小说《飘》，而不是看电影《乱世佳人》。

同理，如果你想了解一段历史，建议去读读相关的小说。比如《芙蓉镇》《棋王》，还有王小波的《黄金时代》《似水流年》《革命时期的爱情》等，还有王朔的《动物凶猛》。

《棋王》的故事很有典型性，讲了一个知青，由于特殊的时代原因，从大城市去到边远的云南某乡村，在那里听到的、遇到的、经历的事情。读完它，请你不要忘记我们苦难的民族经历过么一段岁月。

好文字本身就有力量

阿城的文字功夫好,属于老天赏饭。在 20 世纪 80 年代,文学刚刚像春花一样绽开的时候,活着的作家除了汪曾祺,就是阿城,文笔排名前二。对一个作家来说,文字好,写啥都是好文章,文字本身就是非常强的力量。

车站是乱得不能再乱。成千上万的人都在说话,谁也不去注意那条临时挂起来的大红布标语。这标语大约挂了不少次,字纸都折得有些坏。喇叭里放着一首又一首的毛主席语录歌儿,唱得大家心更慌。

在阿城的平铺直叙下、简单白描下,你能感觉到什么力量在涌动,一些事情在发生。

车厢里靠站台一面的窗子已经挤满各校的知青,都探出身去说笑哭泣。另一面的窗子朝南,冬日的阳光斜射进来,冷清清地照在北边儿众多的屁股上。

这就是"小说家之眼"。一堆人涌向送别的人群,屁股朝向车里边,脑袋朝向车外边。阿城没写阳光照在学生身上,没写阳光照在他们的衣服上,阿城说的是"冬日的阳光斜射进来,冷清清地照在北边儿众多的屁股上",与大家热闹的哭泣、道别形成对比。

两边儿行李架上塞满了东西。我走动着找我的座位号,却发现还有一个精瘦的学生孤坐着,手拢在袖管儿里,隔窗望着车站南边儿的空车皮。

注意,他"孤坐着",孤孤单单坐着,但没写"孤孤单单",只说"孤坐着",只说"精瘦的学生孤坐着"。自己身边也没有人值得去说笑、哭泣,也不去看其他人说笑、哭泣,自己坐着,望着另外一侧的冷清。

哪怕拉开时间长度,一两千年,阿城的文笔都是好文笔。

观察别人和自己的天赋

什么是天赋？怎么知道自己有没有天赋？天赋有多少呢？

我观察自己，有两方面天赋：一是我能把复杂的事情想清楚；二是我有写作天赋，知道如何把词、句子、段落、篇章安排妥当，就像一个造物者安排花朵、草木、禽兽，我知道如何安排那些文字。

阿城的《棋王》讲了一个下棋的天才，有天赋的人在他笔下是这样的。

那个学生瞄了我一下，眼里突然放出光来，问："下棋吗？"倒吓了我一跳，急忙摆手说："不会！"他不相信地看着我说："这么细长的手指头，就是个捏棋子儿的，你肯定会。来一盘吧，我带着家伙呢。"……我笑起来，说："你没人送吗？这么乱，下什么棋？"他一边码好最后一个棋子，一边说："我他妈要谁送？去的是有饭吃的地方，闹得这么哭哭啼啼的。来，你先走。"

在"他"的眼里，只有棋，没有外界，外界怎么问，外人怎么说，他只是说——下棋吧。

下面一段描写吃的细节，堪称经典：

列车上给我们这几节知青车厢送饭时，他若心思不在下棋上，就稍稍有些不安。听见前面大家拿饭时铝盒的碰撞声，他常常闭上眼，嘴巴紧紧收着，倒好像有些恶心。拿到饭后，马上就开始吃，吃得很快，喉结一缩一缩的，脸上绷满了筋。常常突然停下来，很小心地将嘴边或下巴上的饭粒儿和汤水油花儿用整个儿食指抹进嘴里。若饭粒儿落在衣服上，就马上一按，抬进嘴里。若一个没按住，饭粒儿由衣服上掉下地，他也立刻双脚不再移动，转了上身找。这时候他若碰上我的目光，就放慢速度。吃完以后，他把两只筷子舔了，拿水把饭盒冲满，先将上面一层油花吸净，然后就带着安全抵岸的神色小口小口地呷。有一次，他在下棋，左手轻轻地叩茶几。一粒干缩了的饭粒儿也轻轻跳着。他一下注意到了，就迅速将那个干饭粒儿放进嘴里，腮上立刻显出筋络。我知道这种干饭粒儿很容易嵌到槽牙里，巴在那儿，舌头是赶它不出的。果然，待了一会儿，他就伸手到嘴里去抠。终于嚼完，和着一大股口水，"咕"的一声儿咽下去，喉结慢慢移下来，眼睛里有了泪花。

这段描写得太好。几乎所有人都带着童年的记忆活着，年纪再大，你跟童年的状态也没有太大变化。最初的记忆、最初的经历，都在很长一段时间里控制着我们的人生。我们小时候讲浪费可耻，所以我长大之后，看到任何人浪费，心里都很不舒服。我克服了很久很久。小时候养成的习惯，到了大了不一定对；即使对，也不是你一定要坚持的事情。

后来听说呆子认为外省马路棋手高手不多，不能长进，就托人找城里名手邀战。有个同学就带他去见自己的父亲，据说是国内名手。名手见了呆子，也不多说，只摆一副据传是宋时留下的残局，要呆子走。呆子看了半晌，一五一十道来，替古人赢了。名手很惊奇，要收呆子为徒。不料呆子却问："这残局你可走通了？"名手没反应过来，就说："还未通。"呆子说："那我为什么要做你的徒弟？"

然后这名手被气疯了，说："你这个同学桀骜不驯，棋品连着人品，照这样下去，棋品必劣。"

这里我想说，祛魅。很多人因为时机好，因为运气好，因为命好，有了他们的地位，有了他们的名头，但是并不意味着这些人真的有智慧、有水平、有能力，他们可能能唬住一般人，但是他们唬不了自己以及真正有天赋的人。

我非常感激一个人，我北大的校友、师兄。他看完我写的第一部小说《万物生长》后跟我说：你记住，不要听任何评论家怎么评论你的文章。我说：为什么？您也是评论家，我请您来就是想听听您的意见，我应该如何写得更好。他跟我说：一、评论你文章的人，他们写不出来你能写的东西。二、听了你也不见得需要改，你做自己就好了。三、老天赏你这口饭，你就慢慢吃，不用着急，也不要放弃，但是这句话可能也是白说，老天赏饭，你不吃也得吃，老天不放弃，你就放弃不了。

这个人当了《人民文学》的主编，就是李敬泽。他的这番话，让我受益匪浅。

李敬泽说的"评论家"，就像"棋王"遇上的"前辈"。遇上前辈，前辈愿意教你，那已经是运气了；前辈还能实事求是跟你讲，就更是运气了。有这种眼光和坦诚，也是一种天赋。

我们似乎总有一个倾向，这个人要么必须是神，要么就是跟你我一样平凡、普通的人。其实有些人有天才的闪烁点，甚至在某些方面真的是天才，只是我们缺乏承认、认可，甚至缺乏对他闪光点的崇拜。直到这个人被所谓的官方认可，得了所谓的大奖，挣了大名，得了大钱，大家才说，他或许真的是天才。

阿城通过《棋王》告诉大家，其实我们身边是存在天才的，我们要试着去发现他们，包括发现自己身上的天才属性。进一步地说，去尊重他们，同时也尊重我们自己。

这个世界、这个地球，如果能有更多的天才被发现，那就像花园里有更多的花朵开放，天空里有更多的星星闪烁。

六

专心，才对得起美好之物

《浮生六记》

《阴翳礼赞》

《艺术的故事》

《日日100》

《金阁寺》

《宋金茶盏》

《世界葡萄酒地图》

———

有钱可以让你享受有品位的人生，但有没有品位与钱不直接相关。如果能从日常的普通物件——一本书、一支笔、一块石头的品鉴里，悟出为人处世之道，这便是读书对于人的最大益处。

生活家需要能养活自己

我总体上是个悲观主义者，如果你问人生有没有终极意义，我觉得没有。但是我又是局部乐观主义者，既然被一脚踢到地球上来，那就过好这一生。生而为人真苦，如何在这一生里过得有点人样，活得开心一点，在苦中作乐，是个大问题。

浮生若梦，为欢几何

《浮生六记》成书于嘉庆十三年，是清朝长洲人沈复撰写的自传体散文集。"浮生"这个词，沈复不是第一个用的，却是第一个打动我的。

"浮生"典出于李白的《春夜宴桃李园序》中"夫天地者，万物之逆旅也；光阴者，百代之过客也。而浮生若梦，为欢几何？古人秉烛夜游，良有以也"。沈复想过理想的文艺生活，就像李白的《春夜宴桃李园序》里描述的，喝酒、聊天、逗趣、写诗。很可惜，他命不够好，成事能力差，以及家境不够富，没能过上李白的日子。所以，沈复叹浮生若梦，追古思今，泪如泉涌。

我坚定地认为，一个世道变坏，是从看不起文艺青年开始的。文艺青年如何在这惨淡的世界里过好一生，独自厉害，独自快乐，独自文艺，挺难的。

沈复没有解决好这个问题，但是他提供了思路、经验、教训，而《浮生六记》就是现在文艺青年过好一生的养料和教科书。这本书是一部手抄本。我说过半部文学史都是靠手抄本支撑的，比如《红楼梦》《金瓶梅》，中国历史上伟大的两部小说都是手抄本。《浮生六记》本来不长，开始出版的时候已经只剩"四记"了，缺了三分之一。倒霉孩子。

所以这个故事告诉我们，要真实，真情实感，有感而发。如果你没有真情实感，无病呻吟，你写不出好东西。真是好东西，哪怕通过手抄本的形式写出来，传播出去，也不会被埋没。

两个"奇葩"的一生

沈复，字三白，号梅逸，乾隆二十八年十一月二十二日生于长洲（今江苏苏州）。他生逢盛世，生在江南富庶之地，中产人家，天时地利人和。但是沈复这个"二货"未参加过科举考试，他19岁入幕，就是当某些大官的幕僚。他不走寻常路，曾经靠卖画维持生计，做过一些不靠谱的小生意。

他过着吃喝嫖赌抽的一生，竟然还找到了爱情。

这个爱情对象陈芸，不仅不阻止他嫖娟，还帮他筹划纳妾，很少见；两人恩恩爱爱二十几年，又很少见。然而，两人结局很惨。沈复后来连儿子、闺女也养不起，儿子很早就死了。他去过琉球、看过钓鱼岛，走南闯北，各方游历，这番经历在当时也算是少见了。

《浮生六记》是沈复46岁的时候写的,在清朝的时候,46岁差不多已经活得七七八八了,剩下的基本是等死的日子了。

二百年前的文青的悲惨爱情故事

《浮生六记》可以说是二百年前的文青的悲惨爱情故事。

这是很小概率事件——在封建时代一个男生对人生充满乐趣、充满爱意,遇上一个女生,女生也不靠谱,充满了对爱情的渴望、对玩乐的激情。这俩能遇上,还能对上眼,双方父母竟然同意了两人结婚,这又是很小概率事件。天生少见的"渣男"和天生少见的"渣女",少见地遇到了而且少见地彼此相爱。再往后,他们俩竟然能够恩恩爱爱、起起伏伏共度了二十几年,非常长了,这又是极小概率事件。"渣男"在"渣女"去世之后,还能写下相关的文字,竟然还写得非常好,竟然还能留下一部分,这又是极小概率事件。

所以,有些事就是天成。只要时间足够长,地球足够大,人口足够多,有些小概率事件也会发生,这就是沈复的《浮生六记》。一个二百年前文青悲摧的爱情故事,一个在封建社会自由恋爱、最后留下不朽文字的艰难故事。

爱情、玩乐、不靠谱

《浮生六记》现存四卷,原来六卷。

第一卷《闺房记乐》,记叙了沈复和他太太陈芸寄居沧浪亭畔,不理世俗。每当花开月上,夫妻对着吟诗,菜不好吃,喝酒;酒不好喝,多喝,总能喝好,总能爽,过着怡然自得的生活。当然老婆死得比他早,他陷入了对亡妻的深深怀念。

第二卷《闲情记趣》。沈复和他老婆都是苦中作乐的一把好手。生活在穷困之中，还能流连往返于文艺乐事之间，玩花、玩虫、玩鱼、玩家具、玩石头、玩日月，能够凭着一颗玩耍之心、爱美之心，领略无处不在的天真乐趣。这种没钱也穷造、没钱也能爽的精神、能力，其实是值得现在的我们深思的。

第三卷《坎坷记愁》，讲述了沈复和陈芸天性浪漫，也就是天性"二货"，不容于封建大家庭，两次遭逐。很奇葩的两个人，做事都不是用心眼在想，非常性情，但是这种遭遇也是不可避免的。漂泊无依，穷困潦倒，颠沛流离中，他老婆死于他乡。后来他儿子也死了，他自己只能到处流浪。

第四卷是《浪游记快》，记叙了沈复遍历风景名胜，记下了各地的美丽风光，在他老婆还在的时候四处嫖娼，反映了当时的世态人情。这卷非常有史料价值。如果第四卷没有留下，很难想象在康雍乾盛世，江南、广东一带的生活是什么样子的。

沈复的文风很好，会用字少的形容词，短句子，特别会利用对仗。对仗用得好是一条捷径，能够显得文章生动有文采。但是学坏了就会变得浮于表面，浮于形容，不知所云，流为甜腻的"民国体"。

《浮生六记》如果让我总结，就是：爱情，玩乐，不靠谱。

真爱自古以来就少，形成婚姻又走得长久的，少而又少。过去的一些关于爱情的诗本来就不多，而且绝大多数是写给情人的，写给妻子、妾的都不多。大环境是不讲爱情的，特别是婚内爱情。

"真爱不得好死"，因为这个世间就不是靠真爱运转的。在油腻的世界，文艺青年往往"不靠谱"，虽然歌颂、向往真爱，但是真爱往往不融于世间。

沈复和他太太陈芸，芸娘，是表姐弟关系，两小无猜，遂得订婚，一往情深。有人说这是他婚姻的开始，也是他人生悲喜的主因。我不这么认为。人生悲喜的主因，从来都是自己。因为你自己选择了跟你搭帮结伙过日子的另一个人，赖不得别人，赖不得婚姻，到最后还是得从你自己身上找原因。

人生要事：情色与饮食

"余生乾隆癸未年冬十一月二十有二日，正值太平盛世，且在衣冠之家，居苏州沧浪亭畔"，你看这句写得坦诚精练，又抓住了重点。太平盛世，天时；地利，苏州沧浪亭畔；人和，衣冠之家。所以他自己也承认，"天之厚我，可谓至矣"。

东坡云"事如春梦了无痕"，苟不记之笔墨，未免有辜彼苍之厚。

人世间最重要的还是情色和饮食，说白了就是男女和玩乐。他把夫妇搁在第一卷《闺房记乐》里，他说自己写作最重要的原则，"不过记其实情实事而已"，实事、实情、真情实感。也就是说，那是他的角度，大家不要苛责，可能你会觉得他有偏颇，但那是他自己的想法。

也正因为他写的是真情实感，所以我们现在读来才感觉跟自己相关。如果他装，我们为什么要看一个清朝乾隆年间的人装呢？街面上装的人不是比比皆是吗？我何必呢？因为他真性情、真"渣"，真好玩，那我真的要看一看。

余年十三，随母归宁，两小无嫌，得见所作。虽叹其才思隽秀，窃恐其福泽不深，然心注不能释，告母曰："若为儿择妇，非淑姊不娶。"

沈复13岁（虚岁）的时候，跟他妈回娘家，看到了芸娘，看到她写的字、诗，觉得这女生有意思。虽然很怕这个女生因为太有意思，可能福分不大，但还是喜欢，心里放不下。他就跟母亲说："如果您想帮我挑个媳妇，我就要她了。"

他妈还真听他的，所以沈复至少是被他妈疼爱的人。

沈复在一穷二白的状态下，游天下，嫖天下，真是天下"渣男"中的"渣男"。"渣"成沈复这样，是有性情的"渣"，也是可爱的"渣"。

你不能说沈复是一个好男人，但他体会到了爱情。很多所谓的好男人一辈子都没有体会到爱情。沈复体会到了爱情，但是没能让爱情更甜一点。有了爱情不一定就有了幸福，也不一定能过好一生。

生活家要能自己养活自己

沈复和陈芸是苦中作乐的一流选手。

比如荷花茶的故事：

夏月，荷花初开时，晚含而晓放。芸用小纱囊撮茶叶少许，置花心，明早取出，烹天泉水泡之，香韵尤绝。

夏天荷花初开的时候，晚上花苞是含着的，白天花苞是开放的。芸娘用小的纱囊撮了一些茶叶包好，搁到荷花的花心里，晚上花苞一合，早上再打开的时候取出来，然后煮天然矿泉水泡它，说："太香了！真是好茶啊！"

第一，好茶还是坏茶，第一决定因素是茶叶本身，不是你放不放在荷花里。第二，荷花不是香味浓的花，一晚上能不能进味很成问题。第三，茶叶可能会受到微生物的污染。

沈复、陈芸这俩奇葩玩的，不见得百分之百对，不见得没有拉肚子风险，所以模仿须谨慎。

我见过很多会挣钱的人，但是没见过能快乐地挣钱的人。人到中年，除了长肉，没有什么其他容易的事了。我也很少见到会花钱的人。花钱是门功夫，甚至需要某种天赋，并不是随便走进一家商店看最贵的就买就叫会花钱。花钱更深层的意思是会享受，会乐。

难得的是会花钱，更难得的是少花钱也能找乐，极为难得的是不花钱都能有乐子。

沈复、陈芸是真正的生活家。可惜他们还是文艺青年，而文艺青年往往不能抗击风险，往往不能长期自己养活自己。作为生活家，需要一些天赋，但前提是要能自己养活自己。

我如果有机会跟沈复、陈芸两人聊天喝酒，我可能憋不住要说，请二位天才在吃喝玩乐的同时，稍稍用 5% ~ 10% 的时间和精力想想如何挣钱。只有自己能养活自己，才能让爱情不受外界风霜的打扰；只有自己养活自己，哪怕挣得不多，才能持续地享受清风朗月。

财务自由不是说有很多钱，而是能够量入为出，过上自己能够接受的水平的生活，降低自己的欲望，增加自己的收入，让支出和收入能够达到某种平衡。

所以，文艺青年们醒醒，早工作，早挣钱，早达到财务自由。

不以效率为原则,反而欢喜

有太多的书歌颂太阳、歌颂月亮,但是很少有书歌颂黑暗。我可以告诉你一个真相,所有的光明都有黑暗,有些尘世间的负面其实有正面的一面。这里的黑暗并不是有破坏力的黑暗力量,不是那种破坏力,不是那种妒忌、恐惧等负能量。

《阴翳礼赞》是一本从马桶讲起、以马桶结束的神奇的小书。它讲述了一种生活态度,这种生活态度涉及古今、中西、人我的矛盾和统一。

《阴翳礼赞》是日本作家谷崎润一郎的随笔集,收了六篇随笔:《阴翳礼赞》《懒惰之说》《恋爱及色情》《厌客》《旅行杂话》《厕所种种》。

很多受推崇的文章,都是结构化很好的文章,就是你能知道要说什么,主要论点、论据是什么,不用自己再费力去思考、归纳、总结。我自己的杂文也呈现类似的特点,千字文,也是结构化思考和结构化表达。

阴影本身也是美的

谷崎润一郎的《阴翳礼赞》是散的、没头没尾的写法，代表了另外一种好处：每个地方都是点，每个地方都有一些有意思的细节，就好像一树树的花开。

第一篇《阴翳礼赞》。"阴"，并不见得是阴暗、阴邪，而是指光、声音，偏安静的、昏暗的、角落的。"翳"，它是遮遮掩掩的、不透明的，是虚虚实实的、有很多层次的。

什么是阴翳之美？

第一，隐私之美。隐私是美的，因为我们都是人，尊重、保护别人和自己的隐私，不能用阳光之名剥夺人类的隐私之美。

第二，阴影之美。阴影是美的，就像阴天、雨天、雪天是美的；时间的痕迹是美的，旧的、保存得好的衣服是美的；器物长期被使用，手、岁月留下的痕迹、皮壳、包浆是美的。阴影本身也是美的。

第三种，缓慢之美。一些喜欢的事情，慢慢做；一些时光，慢慢消磨；一些求不得的东西，慢慢等待；有些不能抓住的手，如果不能轻轻碰一下，就用眼睛慢慢看一下；不方便快行，那就坐一条慢船去。不以效率为原则，有时候内心是欢喜的。

所以直接用一句话说，三点阴翳之大美：隐私之美，阴影之美，缓慢、求不得之美。

第二篇《懒惰之说》，懒惰的生活也是美好的生活。你不用整天唱着《满江红》去街上逛荡，不用每天都像打了鸡血一样去做事。

其他几篇内容不总结了，大家自己去读。从头到尾都是具体的衣食住行小事情，其实花两个小时就可以看完，然后请想想古与今、东与西、人与我的生活态度的不同，以及如何去对待才是好的平衡。

挽留一点失去的美好

《阴翳礼赞》是散点式的,我也用一种散点式的方式去解读。

1. 不方便之美

如今,讲究家居的人,要建造纯日本式的房子住,总是为安装水电、煤气而煞费苦心,想尽办法使得这些设施能和日式房间互相适应起来。这种风气,使得没有盖过房子的人,也时常留心去过的饭馆和旅店等场所。……实际上,电灯之类,我们的眼睛早已适应,何必如此勉强,外头加上一个老式的浅浅的乳白色的玻璃罩,使灯泡露出来,反而显得自然、素朴。晚上,从火车车窗眺望田园景色,民间茅屋的格子门里,看到里头吊着一盏落后于时代的戴着浅灯罩的电灯,感到实在风流得很。

谷崎写这本书所处的年代,是日本走向西化的过程中,是不是西化都是好的?是不是方便的是最好呢?谷崎实际上在纠结。

所谓的"古代模式",有可能电不充足,甚至会跳闸断电;声音屏蔽也没那么好,你听着父母的唠叨慢慢入睡,听着小孩子或隔壁邻居的吵闹声自然醒;甚至更惨的是,想烧饭时,发现煤气、燃气不足了。这是一种体会,也是一种生活。

《阴翳礼赞》告诉你:老式的生活有它好的一面。

我的院子里有两棵海棠,一棵是西府海棠,另一棵也是西府海棠。每年清明节前后会开花,小院子就变成一个花盆儿。你看着风来,花叶摇动,有些花瓣慢慢地飘落下来,落在地上,落在身上,落在心上。在花下,支张桌子,打一瓶冰好的酒,干白、香槟都好。找俩仨,最多不要超过五个莫名其妙地跟自己结交了大半辈子的朋友瞎聊聊。不见得要聊什么,有的没的,东一句西一句,一个下午晚上连吃带喝过去,极其美好。

但是,这总有一个"但是",花期最多持续俩礼拜,北京的风"咣叽"一吹,"风流总被雨打风吹去"。然后它会结果,引来一群莫名其妙的鸟,你六点之前就会被鸟叫起来。秋天了,果子、叶子开始掉了,你都要扫。到了冬天你还要剪枝。你看两周的花开,有可能要扫半年的院子,这就是不方便的实例。

有时候我想起那两周的院子、两周的花开,我认了。花开的时候,呼朋唤友在院子里坐一下午,胜却人间无数。这是不方便之美。

2. 厕所

我每次到京都、奈良的寺院,看到那些扫除洁净的古老而微暗的厕所,便深切感到日本建筑的难能可贵。……这种地方必定远离堂屋,建筑在绿叶飘香、苔藓流芳的林荫深处。沿着廊子走去,蹲伏于薄暗的光线里,承受着微茫的障子门窗的反射,沉浸在冥想之中。

厕所,脱了裤子,往下一蹲,阴暗;离房子挺远,我也上过类似的厕所,不方便是肯定的。从另一个方面讲,能闻见花香,能看见青草,你能感觉人其实有动物的一面,闻见自己排泄物的气味和自然的气味混在一起,其实挺美好。

3. 旧物

我们一旦见到闪闪发光的东西就心神不安。西洋人的餐具也用银制、钢制和镍制,打磨得锃亮耀眼,但我们讨厌那种亮光。我们这里,水壶、茶杯、酒铫,有的也用银制,但不怎么研磨。相反,我们喜爱那种光亮消失、有时代感、变得沉滞黯淡的东西。……中国人也爱玉石,那种经过几百年古老空气凝聚的石块，温润莹洁，深奥幽邃，魅力无限。这样的感觉不正是我们东方人才有吗？这种玉石既没有红宝石、绿宝石那样的色彩，也没有金刚石那样的光辉，究竟爱的是什么呢？我们也弄不清楚。

阴翳之美除了厕所，还体现在其他一切东西上，比如餐具，比如玉石。中国一万年用玉的历史，比文字还要长一倍。在各个朝代，用玉的习惯没有断绝。

西方喜欢的是宝石、半宝石，是能闪烁的、有耀眼颜色的。中国人爱玉石，爱那种不发光的、柔柔的、内敛的、暗淡的、收起来的、不激昂的。其实，看日常生活，看普通的人和周围的事物，如果你一半的日子过得像玉石一般，那也是很好的日子。

4. 懒惰

第二篇《懒惰之说》，我只举他引的一句诗，"借得小窗容吾懒，五更高枕听春雷"。

懒惰在很多时候，都是一种不好的习惯。但是，如果人特别想犯懒的时候，一定要顶上，身体出意外的可能性会大很多。如果整个社会所有人都那么勤奋，你本来是个懒人，非有人逼你去干事，你干不成的可能性是很大的。那投入的一切，就都浪费了。

其实，我哥跟我说过一句坦诚的话：我40岁退休，这二十年虽然没挣什么钱，但是，一、我没给别人添麻烦；二、我没有浪费钱。我觉得我哥是有大智慧的人。

由此可见：一、懒惰不见得对所有人都不适用；二、不是所有人都能够很好地懒惰。三、懒惰的第一要义是不给别人添麻烦。不让别人因为你的懒惰而变得更勤奋，你要懒惰，就自己懒惰，这种懒汉其实是懒汉中的好汉。

5. 回到厕所

谷崎润一郎从讲厕所开始，第一篇叫《阴翳礼赞》，最后一篇叫《厕所种种》，对厕所念念不忘。

我至今仍常常想起我在厕所里所获得的最难忘的印象。……由于内逼，求人带领来到一家内庭面临吉野川河滩的厕所。那种沿河而居的人家，一到内宅，一般都是两层楼高，下面还有一个地下室。面条馆也是这样的建筑，厕所设在二楼，跨临之际向下窥伺，遥远的下方令人目眩。可以清楚地看到土地、杂草，田里盛开着菜花，蝴蝶飞舞，行人往来不绝。……我脚踩的木板下面，除了空气再没有其他任何东西。我肛门排泄的固体由几丈高的空中降下来，掠过蝴蝶的翅膀和行人的脑袋，坠落在粪坑里。从上面虽然可以看到坠落的情景，但既听不到青蛙跳水的响声，也没有臭气浮升上来。从高处俯视那块溷浊不堪的粪坑，一点也不觉得有什么不洁之处。我想，在飞机上使用厕所也就是这种感觉吧？秽物降落之际，群蝶上下飞舞，下边是一片油菜花田。再没有比这更为风流潇洒的厕所了。

真实，这种经历我也有过。有一次从四川进西藏，路过一处实在是没洗手间，吃了一碗面之后我也内急。后边有一个厕所，实际上就是田地的一角，有几块长长的木板。我那个时候还年轻，趁着身手矫健，完成了非凡的大便。下边几丈之内，只有空气，我想我要掉下去，就不知道怎么能从屎里爬上来了。

我觉得厕所是个很神奇的地方，现代人花很多时间在里面。我想起我很爱的另一个作家菲利普·罗斯，他写过一篇很长的小说叫 *Portnoy's Complaint*（《波特诺的抱怨》），讲的就是一家人争夺厕所，他爸在里边老是不出来。

厕所虽然空间窄小,但是能给个人一个舒适的、独处的小空间。这个空间小到只有我们自己,舒适到把门一锁谁也进不来。隐秘的、阴翳的、不为人知的一段时间、一个环境,想起来就挺美好。

我们应该怎样看待阴翳之美?

历史车轮不可逆,现代方便的大趋势很难因为个人的意志而扭转,但消失的东西并不一定不好。阴翳的、不方便的、黑暗的、暗淡的、隐私的、低效的、缓慢的、不正能量的、懒的等,有美的、好的、值得留下的东西在。

即使没有多少钱财,你一个人的努力也能够挽留一点失去的美好,甚至把失去的美好,这点阴翳、暗淡、懒惰,变成你生活中很舒适的、很美的一部分。比如买一个茶盏喝茶,买一小块古玉摸着,住几年老宅子;比如放弃现代工艺,去拥抱一些民间传统的、缓慢的、不完美的、有很多缺陷的艺术,去享受生活的不变,享受四季的变化;比如不要总是抱怨生活中的不便,停电了可以和爱的人点个蜡烛,看着月亮,就月亮分一瓶酒,也是一个非常值得记忆的夜晚。

你和美就在一米之间

艺术不应该是一小拨人在书房和美术馆里研究的东西，而应该跟红酒、花一样，进入普通人的日常生活。

为什么普通人需要艺术？因为人生苦短，我要赏心悦目。

想要自己的眼睛更舒服、内心更愉悦，就去欣赏艺术。在人生的真、善、美中，艺术占了很重要的比重。温饱之后，艺术就跟你相关了。因为艺术，人间值得。

在古代的中国，普通人是这么生活的——文人四件雅事：焚香、泡茶、挂画、插花。

西方画家在早期有明确的工作：装饰教堂，通过艺术的力量捕获人心；装饰宫殿，通过艺术的力量让皇权得到巩固；为贵族有钱人画像，把他们房间里空白的墙壁补上。

现代人也有住房，也想看能让眼睛开心的东西，也希望有心灵的触动。所以把艺术放到我们普通人的日常生活中，而不只局限于知识分子的书房。

审美是容易被低估、被忽视的价值。我们在美的事物中生活一辈子，是一辈子；在丑的事物中生活一辈子，也是一辈子。为什么不在美的事物中生活一辈子呢？如果你熟读《唐诗三百首》，如果去十家好的博物馆，你自己的家、自己的生活，也会变得更美好一点。

从艺术品中还可以获得精神上的慰藉，这种抚慰让抑郁症、焦虑症、强迫症等得到适度舒缓。

我们非常缺乏美学教育。我们的理科、工科教育很强，文科教育相对弱一点，差的是常识教育：世界观、人生观、价值观。比三观教育更差的，是美学教育，让你直接就明白一个东西是美的还是丑的。

通往艺术的小径

2000年，英美几家杂志用民意测验的方式推选出影响人类思想的20世纪百部著作，艺术类的只入选了一部，是《艺术的故事》。英文版据说卖了700万册。这是世界范围内评价非常高的美术通史著作。

作者贡布里希出生在维也纳，一直从事艺术史领域的工作。

《艺术的故事》是以绘画为主、以欧洲为中心的美学入门书。如果你喜欢艺术，喜欢看画、雕塑，跟着这些艺术来了解整个欧洲的历史，这本书会是一条兴趣盎然的小径。

作者贡布里希从古代讲到现在，大脉络是从人的视角出发——所知、所见、所感三个阶段。

所知阶段，是你画的、描述的是你认为的知识，something you know（你知道的东西）。在古代，世界太复杂，人类太渺小。巫师、王认为世界是什么样，就怎么去刻画。

所见（what you see）这个阶段是从古希腊开始的，典型是生动、精准、完美的雕塑，比如说《大卫》《掷铁饼者》《米洛斯的维纳斯》等。

现在更多的绘画、艺术想表达的是你如何感觉，所感占据了主流，比如说莫奈的《睡莲》、罗斯科的《无题》，就是大块的色彩放在一起。有人看到伤心，有人看到不舍，有人甚至能够看到一时的抑郁。

跨越5000年，人类在艺术上越来越感性，越来越宽容。

你和美就相隔在一米之间

艺术是人类对美的呈现，这是我总结的定义。呈现美的这个过程就是创造艺术；看到一个东西形成审美，产生愉悦，就是欣赏艺术。

我创造出一个我觉得美的东西，我可以叫它艺术；我看到一个东西，别人不觉得美，但是我觉得美，我也是在欣赏艺术。

有一个著名的公案说，有个艺术家看到雪地里的一泡狗尿，说太美了，这个黄色实在太美了。这个艺术家是傻吗？不是。这个艺术家这么说没有犯任何错，但并不是说对于所有人来说，雪地里的一泡狗尿就一定是艺术品。艺术是颇为个体、主观的活动。

植物皆美，人不是。人创造出的艺术品有没有高下之分？我的答案：有高下之分。我自己的划分是四品：金线之上的艺术品、基本及格的艺术品、不及格的艺术品以及自娱自乐的游戏。判断依据有四点：

第一，是不是真实生动？

第二，技术是否能让人产生愉悦或冲击？

第三，是不是达到了打动人心的目的？

第四，最上品的艺术品，就是上天把艺术家当成媒介，传递上天之意。

普通人如何跟艺术发生关系

有四个方法，可以让艺术品进入我们的生活。

第一，忍受麻烦，去博物馆。去任何一个城市，一件必须做的事就是看它的博物馆。管理完善的博物馆，人也不多，逛起来舒服，你可能跟凡·高的《向日葵》、鲁本斯的画作就隔着一米，为什么不去？几百年的时间立刻缩短，你和美就相隔在一米之间，你那边就是美。

第二，多看画册。买几本好的画册，经常翻翻，文字都不用细看。

第三，买有眼缘的、买得起的原作。原作承载了太多复制品没有的原始信息和质地。买得起就是，如果有余钱，你可以把余钱的10%～100%去买艺术品。能买成名艺术家的成名作，当然好；如果买不起成名艺术家的成名作，就买成名艺术家的小幅作品，或买不成名的年轻艺术家的作品。买有眼缘的，就是买能够看对眼的作品。

第四，如果是艺术的门外汉，最简捷进入艺术的方法是四个"10"：10个必看的博物馆，10本必看的艺术书，10个必须了解的艺术家，10个需要了解的艺术专业词汇。

多买、多看、多让它们沉浸在自己的生活之中，你的生活也就沉浸在艺术里了。

钱和艺术是两码事

有没有钱是一回事，能不能当个好艺术家，又是另外一回事，两者都不可控。有钱并不等于能当好艺术家，好艺术家也并不等于有钱。

学艺术跟成为艺术家又是两回事。艺术家很少，但是艺术工作者很多。你可以做设计，可以做服装。学了艺术之后，你可以做很多跟艺术相关的事。如果你观察日本、英国日常生活里的橱窗、街道、标志、包装等，到处是对艺术的需求，到处都需要从事艺术工作的专业人士。

我们可以把艺术和钱分开。你可以用别的、非艺术的方式去挣钱，同时追求艺术，不让艺术跟钱发生必然联系。分开有分开的好处，你在追求艺术、滋养灵魂的时候可以不用考虑钱。当然也有分开的不好，不能全身心地投入到艺术中去。所以穷孩子可以做艺术，但是不一定用 100% 的时间去做艺术。

在艺术的山尖种自己的草

贡布里希《艺术的故事》第一版是在 1950 年出的，他坚持用浅显易懂的语言，这里我解读几句。

有些人滥用"科学的"语言，不是意在启发读者，而是要读者对他们肃然起敬。难道不正是他们高高在上、坐在云端向我们"垂教"吗？

我特别同意。好多专家写所谓的专著，心里在想：看不懂吧？费劲吧？你看不懂说明：一、你傻；二、我是专家，你要对我肃然起敬。

但实际上，如果这些人不能把复杂的事说清楚，说明他自己不懂。你不应该难受，应该责备所谓的专家没有吃透。如果他吃透了，还不用浅显易懂的语言，那说明他的文字表达能力有限。

渴望独出心裁也许不是艺术家的最高贵或最本质的要素，但是完全没有这种要求的艺术家却是绝无仅有。

如果艺术家只是重复他人要表达的主题、内容以及表达方式，甚至重复自己年轻的时候，那为什么还要创作？

把艺术的不断变化天真地误解为持续不断的进步。每一个艺术家都确然觉得自己已经超越了上一代人，而且在他看来，他所取得的进展前所未有。

认为艺术跟科技一样是进步的，一代比一代强，这是可笑的误区。艺术像座山，自古以来就在那儿，只有极少数的艺术家爬到山尖儿，跟古往今来的伟大艺术家并肩，就已经不错了，不可能再大范围地超越。他爬上去之后，能做的是在山尖种下一棵自己的"草"。从山下到山上的过程，他可以走一条不寻常的路，也就到此了。

搭配一束花时，要掺杂、调换颜色，这里添一些，那里去一点儿，凡是做过这种事的人，都会有一种斟酌形状和颜色的奇妙感受，但又无法准确地讲述自己到底在追求什么样的和谐。

这句话揭露了艺术的本质。和谐，是形状、颜色、构图、光线等这些主要因素的平衡。可能无法表达，但是有些作品就能呈现，这种和谐就是"金线"。

恋物是把生命变美的过程

松浦弥太郎被誉为"全日本最懂生活的男人"。他用非常朴素的语言写了 100 件日常生活中的普通东西,每件东西都配了一张他自己拍的照片和两三百字文字,合在一起就是《日日 100》。

最懂生活的男人

苏格拉底说,未经审视的生活是不值得过的。我们多数人过的是浑浑噩噩的生活,没有仔细看我们的生活是什么样,没有仔细想生活应该什么样。松浦弥太郎可能不是最聪明的人,可能不是审美最好的人,但他是最认真生活的人之一。因为这一点,他才会被人说是"全日本最懂生活的男人"。

松浦弥太郎,1965 年出生在东京,他是日本最具个性的书店 Cow Books 的创始人,多本畅销书的作者,日本殿堂级城市生活杂志《生活手贴》的总编辑。他其实不是出身名门,也没有出身名校,后天也是一路"晃荡",过的是我希望有的那类生活。

体会生活之美

人生都是苦海,生下来"哇"一声哭,死的时候"啊"一闭眼。一生一死的过程中,我想没有人会完全没有体会过任何一点苦。哪怕你生在蜜罐子中,哪怕你富有全宇宙,没用的,你一定体会过苦。

在普通人的世界里,如何脱离苦海?松浦弥太郎给我们指出了一条明路,就是通过你每天的恋物,爱该爱的东西,常常爱,久久爱。日常生活中的100件东西,小到笔记本、铁壶,大到一个屏幕,都可以是你快乐的源泉。所以,物欲不一定永远是痛苦的,如果你能管理好自己的物欲,它有可能是你脱离苦海的一条捷径。

《日日100》还帮我克服了"划痕症"这个心魔。

我是重度"划痕症"患者。买全新的东西,我最担心的不是花多少钱,不是能不能给我带来快乐,而是怎样避免划痕。

我曾用三个方法试图克服:

第一,"觉",说服自己。告诉自己"天地皆残,万物必失",天地间的一切东西都是残缺的,天地之间所有的东西会消失。

第二,所谓的时间治愈。一个东西出现划痕、破损,我就把这个东西搁到看不见的地方,一段时间后再去看它,心里就会舒服一点。这招我是跟金圣叹学的。金圣叹买古董碟子,如果不小心磕碰了,他就把碟子放到柜子最深的角落,当它不存在,心里就舒服一点了。

第三,如果前两招都不好使,我实在又爱这东西,那就再买一个。

这三招多数时候还是管用的。但是,在看了松浦弥太郎的《日日100》后,我彻底顿悟:划痕是你和你的爱物之间的故事,是你跟它之间产生的时间关联、爱恨情仇。划痕越多，说明你们接触越多，你们之间的关系越深。我就这样克服了我的"划痕症"。

怎么做到"日日100"

1. 明确100件东西

松浦弥太郎介绍了100件他反复思量后选出的心爱物品，比如漆碗、古董、直尺、橄榄油、眼镜等。贵和不贵，没有太大的差别，重要的是你喜欢这些物品，这些物品也让你欢喜。

松浦弥太郎爱物的观念，让他十分重视清洁。东西不管新老，不管是完整还是残缺，他希望它们是干净的。干净也可以给他人带来快乐，不麻烦别人。

2. 跟这100件东西产生爱与纠缠

松浦弥太郎会纵容自己一些小的、美好的想法。举个例子，逛花店是松浦弥太郎很喜欢的日常活动。他说每个周末出去购物的时候，一定会绕到花店。如果有钱，买一大束；如果没钱，买一枝小花。

用松浦弥太郎母亲的话说："周末摆一枝花在屋子里，周一就会盛开。有漂亮的鲜花庆祝一周的开始，能让人心情愉快起来。"

并不是说一定要砍掉自己的欲望，而是把最能带给自己快乐的欲望留着，这样一天就过得挺好。留着让你快乐的欲望，过一辈子。

3. 虽破尤美，把东西用起来

松浦弥太郎建议大家把东西用起来，划痕也是一种你与物品的爱与纠缠。

他使用事物的原则就是要有感情，要爱。产生划痕的时候，就像跟爱人吵架的时候一样，要带着爱去产生划痕，带着爱去吵。

和自己的爱物面对面凝视，就像追溯维系彼此情感的纽带，偶尔解开那条纠缠着的细线，仿佛隐藏许久的关系得到了确认。

这些物品能陪伴你很久，你爱不释手，耳鬓厮磨，这是爱物。爱物不是一种罪，爱物是一条捷径。

其实我收集古器物十几年之后，东西越来越多，我就想怎么断舍离，就凭感觉：一个古器物，是不是爱不释手，是不是之后要把它用起来，跟它耳鬓厮磨。有这种感觉，再去买它，价钱低、价钱高，我都不会后悔。

如何定制你的"日日100"清单

第一步，定出你的物欲单子，把你日常的衣食住行中喜欢、用得上、离不开的那些物件列下来，10～100件。少于10件你可以直接出家了；不要超过1000件，多过1000件，你可以直接去找我贪得无厌的老妈聊聊了。如果让我妈列，我都要给她多买几个本子，不然写不下。

第二步，设两个维度。一个维度是重要性，X轴；另一个维度是可得性，Y轴。重要性是从不重要到重要，可得性是从难到易。

第三步，把你选出来的日常物品标记到这两个维度上。有些东西有可能重要性很低，可得性很差；有些东西可能重要性很高，可得性还挺好，那你走运了。

第四步，做出取舍。按照你个人的理解，不重要、可得性又差，舍掉；很重要又容易得，要珍视它们；容易得但是重要性不高，无所谓；很重要但是难得到，你自己取舍，有精力、有能量你就取一些，没有你就舍掉。

如果你能搞明白这四步，说明你不仅有脱离苦海的慧根，而且有做管理咨询的慧根。

恋物是把生命变美的过程

粗读《日日100》可能会有两个误解：第一个是误以为讲的是富人如何美好地生活。不是的，没钱也一样。

第二个误解是《日日100》提到那么多品牌，是不是一本广告书？我觉得不是。请你列10个你日日离不开的东西，你能告诉我你喜欢的品牌吗？有意思的是，多数人说不出品牌来。

选品牌的好处，一是质量有保证；二是多数能保证供给，不用太担心这个东西忽然就没了，特别是一些消耗品。

你确定一个品类之后，要给自己足够的思考：希望它有什么样的品质。然后挑一个品牌，这是保证你生活质量的捷径。

"日日100"和"断舍离"，从某种程度上来说，两者是对立的。"断舍离"合成一个字就是"扔"，但是"日日100"强调的是爱不释手、耳鬓厮磨、日久生情。

从另一个角度来说，两者又是一回事。"断舍离"并不是说让人去"裸奔"，而是扔下所有能扔的东西，和剩下的东西好好过；"日日100"

的道理也是一样，没必要的东西不用太管，把你最喜欢、你觉得最重要的东西选出来。

"断舍离"和"日日100"实际上讲的是一件事。从"日日100"选品这个角度出发，你可以达到你的目的；从"断舍离"的角度去做，你也有可能达到你的目的。

在恋物这件事上，我们要做减法。

第一，物欲的增加不能让人幸福。有时候人会期望，如果有了这个就好了。你好好想想，你最快活的时候是获得的时候吗？不，你最大的快乐来自于期待。

第二，物欲的增加还能让人不幸。乐高最大的缺点是什么？没地方放。你要伺候它，收拾它，不用的时候，它会占地儿。

第三，把钱花在刀刃上，花在真能给你欢喜、你真喜欢的事情上。钱的数量固定，但如果我们只关心10～100件事物，那我们在每件事物上可以花的钱就多很多，可以跟它花的时间和感情就要多很多。

东西在生命中的意义，就是你生命的意义。大家一定要有审美的意识，用物、用情、用时间，实际上也是把自己的生命变美的过程。

从爱物到惜物

越是不会示人的东西越要用好的，这会令我们的心灵更加丰富。

别人越看不到的东西，你越该用好的。因为东西不是给别人看的，还是要自己感到舒服，这是真正的"贵族"。也就是说，贴身衣物要穿好的；茶酒喝到肚子里，特别是一人喝酒时，要喝点好的。不要光想面子，面子有可能是最没用的。我自己撅着屁股写稿子换的钱都换酒喝了，喝到肚子里的有可能是最值的。

一周买一次花。我很重视在生活中摆放有生命而美丽的东西，并且爱惜它们。

就我个人来说，可能做不到一周买一次花，但一周跑两三次公园还是有的。去公园看花草树木，非常治愈。

不要养成根据价格来判断价值的习惯，贵的东西自有贵的理由，便宜的也有便宜的道理。

便宜有便宜的价值。我举个例子，我爸一辈子不积累任何东西，他走的那天，料理完后事，我想留个东西做纪念。我知道他喜欢做饭，他这辈子一直给我做吃的，我就去厨房看。他剩了十几把刀，我就拿了一把刀，跟哥哥、姐姐、妈妈说，我只拿这把刀，这是我爸给我的一个纪念。这把刀并不贵，但是在我心中很重要。

对自己身边的东西，都要当作是自己重要的朋友，认真对待。

这是从爱物到惜物。爱一个东西，无论它贵贱，对你重要与否，你爱它就要认真对待它，把它保存好，不要故意拿它撒气。

任何东西都有坏的一天，我会选择修缮后继续使用，丰富而专注的人生会就此展开。

就像关系特别好的朋友待长了、待近了，难免会有磕磕绊绊，但是我的建议是不要绝交。大家再坦诚地聊一聊，求同存异，就着酒，牵着手，彼此相望，再过余生。

越是年轻越应该花钱，不然到四五十岁时买到劣质品会被笑话。

你年轻的时候多花点钱，不要到老的时候再被笑话。

放下执念，寻求解脱

了解一个事物有效率的方式，是从"极端例子入手法"。了解人类的一条捷径，是了解变态的人类。

三岛由纪夫的《金阁寺》就是讲述某种变态的人类的。三岛由纪夫属于天才型作家，而且很真诚。他让我明白，虽然小说都很夸张，所有的天才作品都必然更夸张，但夸张折射出了生而为人难受的、真实的一面。

美是让人欲罢不能的恶之花

《金阁寺》是一个年轻和尚以金阁寺为至美，心中被金阁寺的美所震撼、所纠结拧巴，最后不得不自己寻找解脱，烧掉这座金阁寺，想自杀最后又没自杀的故事。更简洁地概括，就是年轻和尚爱上金阁寺，最后试图解脱的故事。

这个主人公叫沟口，他爸是个偏僻地方的寺庙的住持。他自己生来体弱多病、口吃、性格内向。他爸说：瞧你那样，你也干不了什么，你妈又是一个好色之人，你就一辈子当和尚去吧。沟口未成年的时候，就通过他爸的安排进入了金阁寺。金阁寺的寺主是他爸的同学。

进入金阁寺之后，金阁寺的美时起时伏，一直纠缠着小沟口，让他欲罢不能。

地面上再没有比金阁更美的东西了。……每次看到遥远的田野里阳光闪耀，我就认为是未曾见过的金阁的投影。

…………

我觉得金阁本身就是一艘渡过时间的大海驶来的美丽的航船。……

…………

夏天里我即使发现一朵小小的野花，看到那浥满朝露、放出迷离光彩的样子，就认为如金阁一般美丽。还有，当我看到山对面浓云攒聚，雷声滚滚，晦暗的边缘金色闪亮的当儿，这种壮大的景象也使我联想到金阁。到头来，哪怕望一眼美人儿的姣好容颜，心中也会立时泛起"美如金阁"这样的形容词来。

金阁已经是力量、美、性，是世界所有最重要的事情，已经在沟口心中变成无时不在、无处不在的象征。

第二次世界大战快结束的时候，东京被空袭，京都被空袭似乎也不可避免。小沟口很快乐，他感到自己同金阁同时面临战火的威胁，但这个时候也是他和金阁最亲密的时候，他最切实地在金阁面前感到了它无比的美。

但是一年之后，日本战败了。小沟口和金阁的密切关系也随之结束了。金阁又恢复到它以前超然于尘世之外的姿态，似乎永远存在于人世间，不为时间所动。它对"我"来说，成为一个"异己"的存在，冷漠而绝对。

这期间，沟口被金阁寺主人送到大谷大学预科学习。在这里，他和另外一个天生有缺陷（内翻足）的柏木相识。在柏木的诱导下，沟口萌发了"行恶之习"，渴望进入世俗关系。

对于年轻男生来说，进入世俗生活最简单的就是跟女人发生关系。沟口对金阁迷恋到在他即将得到宇宙大和谐、人生大圆满的一瞬间，金阁出现了。金阁一出现，他就失败了。

金阁总是横在女人和"我"（指代沟口）以及人生和"我"之间。

金阁让"我"不能接触女生，不能实际地生活。总有这么一个带着美、真理、力量的巨大的东西挡在"我"和世界之间，连坏事都干不了。你说沟口有多惨。

后来他遇上了更惨的事，他发现老师就是寺院主人，有不光彩的嫖妓行为，因此他跟老师的关系变得紧张。在极度压抑之下，沟口私自出走，去了一趟中学修学旅行过的地方。承蒙大自然的启发，他突然萌生一个念头：既然我还想活，那我就烧掉金阁寺。他带着这邪念走进了妓女一条街，这次他得到了宇宙大圆满，金阁寺没有出现。

于是在一个漆黑的夜晚，他终于点燃了烧毁金阁寺的木柴。在行动前，金阁寺通过某种奇异的方式显示了他从来没有看见过的"完美而细致的姿态"，但是沟口还是烧了金阁寺。

最后一个转折是沟口并没有去自杀。沟口站在左大文字山顶，望着夜空下翻滚的烟雾与冲天的火光，决定："我还是要活下去。"

世间最繁复、最阴沉、最消耗的纠缠

金阁在男主角沟口心中代表了很多东西，层次非常丰富，像世间最繁复、最阴沉、最消耗的某种纠缠。

金阁不仅是历史文物，还象征着历史传下来的精神和美。它本身象征着一种标准、一条金线。它又涉及精神生活，也涉及非精神的物质生活，因为你肉身可以到金阁旁边。

这本小说的主题，你可以简单概括为对美的病态执着和病态解脱。更简单地说，就是美和解脱。

小说不长，纠缠、拧巴、伤感，循环往复。我怀疑三岛精神上有问题。

审美对象、美的附着点不是男人也不是女人，三岛选了金阁寺，选了金阁寺上的凤凰，没有活过的凤凰就不会死。

"南泉斩猫"与金阁之火

《金阁寺》里有个重要的意象——猫。小说里出现几次"南泉斩猫"的公案。

金阁寺这么美，你实在想不到应该如何对待它。敬畏它？珍惜它？观看它？萦绕它？但到最后似乎总差了一层东西。人心中多多少少有一种根深蒂固的黑暗力量，希望能够破坏，就此了断，一别两宽，各自欢喜。

"南泉斩猫"里的南泉和尚是东西两堂更上一层的主管。看东西两堂争一只可爱的猫，南泉和尚看他们争得厉害，就拎起猫说："大众，道得即救，道不得即斩却也！"

虽然拈花微笑，禅宗不说，但是我逼你们说，你们说清楚，猫就得救；不说清楚，猫在我手，我一刀杀了它。东西堂都傻了，都没说什么话，南泉就把猫杀了。

晚，赵州外归，泉举示州，州乃脱履安头上而出。泉云："子若在，即救得猫儿。"

晚上，赵州和尚回来了。赵州是南泉和尚的高徒，南泉把杀猫这件事告诉赵州和尚，说：如果是你，你会怎么样？赵州和尚把鞋戴到头上，就出去了。南泉就说：你如果在，猫就能活了。

赵州和尚其实是不同意南泉的做法，南泉问赵州，是他心有不安。

我想说的是，你们几个臭和尚，为了明白人性，干吗杀猫呢？一样的道理，沟口这个变态为什么要烧掉金阁寺呢？

金阁寺让你心里产生了巨大的波澜，这并不是金阁寺的问题，而是你的问题。金阁寺的美是所有人的美，不是你一个人的美，你为什么因为自己烧掉所有人的美？不要总想着自己，要想想自己之外的其他地球人。

在现实中毁于一旦的金阁寺

这部小说并不是纯虚构的，而是一个真实的故事，跟三岛由纪夫本人的心结产生了巨大的共鸣，让他觉得这可能是个很好的小说内核。

从小说创作上讲，第一是要有一个心结。也就是说，你有什么困扰、狂喜、悲哀，有什么挥之不去的东西。第二是要有一个核心人物。比如在金阁寺被烧毁这件事中，小和尚突然出现。第三是人物还需要一个活动地点，这个地点就是京都的金阁寺。

1950年7月2日，天色未明，日本千年古都京都北区金阁寺方向，一柱火光直冲云霄，瞬间位于鹿苑寺（金阁寺）内的金阁化为灰烬，一座具有500多年历史的国宝级文物荡然无存。

纵火者系金阁寺僧徒，大谷大学的学生林养贤。林养贤纵火之后逃到金阁寺后山自杀，经护林员发现，带到京都特别搜查总部进行盘问，林对纵火事实供认不讳，但并不认为自己纵火是一种罪恶。

林养贤平时对寺庙和社会不满，口吃内向，性格孤僻。他被收监之后，因患肺结核病和精神障碍被转移到监狱医院治疗，后转押京都监狱，1955年获释，进入京都府立医院继续治疗。1956年3月7日病死，时年27岁。

《金阁寺》问世在1956年，就是金阁寺被焚事件中真实人物林养贤去世的那一年。

三岛由纪夫在动笔之前，特地前往京都做了十分详尽的采访和实地体验。从纵火者的经历到金阁寺、警察局、法院的各种记录，再到禅寺建筑和宗教细节，他一概都不放过，调查了个遍。他甚至专程跑到林养贤的故乡舞鹤，体验海岸边荒凉的风景，以便感知引发肇事者纵火的早年心象。

在三岛的创作中，他还不曾有过如此精密细致的采访经历。如他本人所述："凡能看到的地方都看了，凡能找到的东西都做了笔记，凡能去的地方都去了，就像采集植物和昆虫标本一样。"

采风不只是吹吹风就好。如果真心要写跟自己生活环境有一段距离的故事，充分地调查、阅读、分析资料，甚至实地居住，对一个严肃的小说家来说都是必要的。

不自恋很难成为好作家

一些专家对三岛由纪夫的评价很高，甚至高于川端康成、大江健三郎。

我的理解是，大众可能喜欢那种彻底失控、入戏的作家，但是川端康成不是，大江健三郎更不是。川端康成自己控制节奏，包括自杀。

一个好小说家不能失控，失控就散了，就没了魂儿了。好作家其实蛮难当的，又要体会最世俗的苦，又要控制某种的局。当然这里有平衡，但是完全失控一定不是好作家。三岛在后期就完全失控了。

早期三岛由纪夫有多个标签：贵族出身，被奶奶控制，有阴郁的童年，没见过什么好看的女生。所以，三岛由纪夫对女性有些天然的抵触，更倾向于独自阅读和沉浸在幻想中。

他早年多病，壮年他爱健身，一身肌肉，也是神奇。等他长到能体会到人的肉体之美的时候，就开始肉体崇拜，开始追求极致，最后他切腹自杀。他的一辈子是自己不断给自己加戏的一辈子。

三岛在小时候，沉迷于王尔德和安徒生童话中那些唯美的死亡情节，他经常篡改和模仿这些死亡情节。他不能接受童话中的王子被毒虫蜇、被溺水、火烧、刀砍、石头砸之后还能活，就私自把结局改成王子被龙咬死。他总是期望有一个结局。

他自己是这么说自己的：作家如果不自恋很难成为一个好的作家。

三岛由纪夫认为自己是"薄命的天才""日本美的最后一个年轻人""颓唐期的最后的皇帝"，以及"美的特工队"。

他自己考虑到 30 岁就战死，悄悄地把自己的每一部作品都当成遗作来写，这样可以非常真实、坦诚。王朔早期作品也是那样的，后来发现自己死不了，就没有这种态度了。这是另外一件事了。

三岛拍了很多个人照片，要显示出自己作为一个男人的身体有多美。

在 1970 年 11 月 25 日，经过长时间的准备，三岛由纪夫决定在这一天开始实施自己酝酿已久的计划。当天他交付了《丰饶之海》的最后一部《天人五衰》的最终章原稿，然后按照日本传统仪式切腹自杀。

三岛就这样，带着他一生的拧巴、执着，留下已经写完的文字，走了。

浪费时间，玩耍一生

我艾丹老哥是一个很独特的人，他的《宋金茶盏》是一本很独特的书。

我选的书分三大类：第一类是生活美学，美有救赎的功能。第二类历史管理，说的是善——人尽其才，物尽其用，是善；不犯傻，不动刀动枪，是善；好好总结历史的经验教训，未来能避免重蹈覆辙，也是善。第三类是文学艺术，文学讲的是真，我们要面对自己，面对我们自己的人性，面对自己的黑暗和光明，面对自己的渣贱屄，面对我们的文过饰非和不坦诚，面对我们的消极和脆弱，面对我们的变态和冲动等，正是这些优缺点在一起，形成了人性。

这三大类就构成了美、善、真。人类如果没有真、善、美支撑，很难一代一代地四季轮回，可能一季就没了。

美是一个相对主观的概念，但是相对主观不意味着没有共识，共识在很多时候相对客观。比如很多人会认为宋代审美胜过明代，雍正审美强过乾隆，这几乎是个共识。

我们从茶盏这一项来揭示宋代之美,理解一个似乎虚无缥缈但实际上有某种共识的东西——美,理解中国文化审美的终极——宋代审美。

难得的是能玩一辈子

作者艾丹代表了一种生活态度——玩。我写过一篇文章《难得的是当一辈子流氓》,小时候谁都有过当"流氓"的心,拿板砖去拍个什么东西,离家出走,笑傲江湖。偶尔"流氓",年轻的时候当一阵"流氓",没什么了不起。难得的是当一辈子"流氓",难得的是能玩一辈子,玩得酸甜苦辣乐在其中,这样的人非常少,艾丹就是玩得最精彩的一个。

我带着某些演绎成分讲讲艾丹这个人。艾家出了几个名人。诗人艾青,写《大堰河,我的保姆》、"为什么我的眼里常含泪水,因为我对这土地爱得深沉"的那个。艾端午,中国著名的玄学大师。艾轩,画大油画的。然后是艾丹。艾丹是这几个里最小的一个。艾丹在贪玩好色的表面,隐隐地一直有一抹淡淡的忧伤和不安,甚至一抹淡淡的不自信。

我总跟艾丹说,这股不自信要除掉,好文字很冷静,不见得在现世能热闹。

每次艾丹请客,他都早到。他说:"我每天最大的事儿就是晚上跟大家喝这顿酒,我就提前点来,看看场子里有什么需要照应的,把菜点了,把酒点了,大家来就可以喝起来。"

我说:"您没觉得浪费时间吗?"

艾丹说:"时间都是用来浪费的,有些浪费,效率很高,有些浪费,效率不高。我觉得我踏踏实实地坐在酒桌旁,看着夕阳,等着朋友们慢慢到来，喝着一杯凉啤酒，这是效率非常高、非常值得的浪费时间的一种方式。"

艾丹一辈子似乎只做过一份工作，就是他爸爸的秘书。他一直在玩，一直玩得挺潇洒。他生在新疆，回到北京，去过纽约，在纽约还演过歌剧，饰演《图兰朵》里边的屠夫。他在纽约街头卖过报纸，也待过伯克利，在伯克利学过英文；又回到北京，在草场地、东单、东城这一带混。高中毕业，他自己主动选择不高考，不上大学。他有过正经的报社工作，辞掉了，去远方流浪。他非常能喝，三里屯十八条喝酒厉害的好汉，艾丹排第一。

艾丹是个极其聪明的人，聪明到接近智慧。很多事他都能想明白，世事洞明，人情练达，但是又知道自己喜欢什么，不喜欢什么，守着自己的风骨，不用世事洞明、人情练达去挣些钱和名。就是这样，自己爽自己的，自己按照自己的智慧过日子。

《宋金茶盏》就是一本小而美的书。

这本书里选的东西不见得是所谓最贵最"好"的大名品，但一定是经典的、开门的、对的东西。

茶事和茶人

茶事，茶人和茶物彼此纠缠，彼此发生关系，产生的那些事情。

艾丹提到茶圣陆羽。唐代皎然和尚与茶圣陆羽饮茶之后，皎然写了一首诗：九日山僧院，东篱菊也黄。俗人多泛酒，谁解助茶香。就是说秋天了，菊花黄了，多数人只懂得喝酒，谁明白喝茶其实也不错。皎然、陆羽、颜真卿是好朋友，常在一起喝茶赋诗。颜真卿出任湖州刺史之后，怀念这一君子之交，在湖州建了"三癸亭"。

唐之后是五代，虽然一片乱象，但是饮茶之风逆乱象而涨，大家喝酒反而喝得没那么多了。五代的瓷器，特别是茶器，烧得挺漂亮的，包括南方的越窑、北方的邢窑，这时候的制瓷工艺直接影响了北宋。

宋人追求安逸，崇尚雅趣，讲究吃喝。茶事有了升级版，第一次有了皇家茶园，命名为"北苑"。

北苑在现在的福建建瓯，离武夷山不远，帮皇家养茶、收茶，包括采茶、蒸茶、研茶、焙茶……工序越来越精细，讲究越来越多。比如要选清明时节的嫩叶，要让女生而不是男生，用洗净之后的指甲来摘取，以免受到体温的影响。

我想人类因为承平已久，已经把享受、爱好推到了一个极端。指尖收的茶，跟用舌尖收的茶、指腹捻的茶，多少人能喝出区别？喝出这种区别，又能给人多大的享受？人真是让他过好日子，就容易出精神病。

宋仁宗的时候有一个茶人叫蔡襄，蔡襄就是宋代书法四大家"苏、黄、米、蔡"中的"蔡"。还有一种说法说这个"蔡"指蔡京。蔡襄撰写《茶录》一文，曾长期在北苑为皇家看茶。

蔡襄之后的伟大茶人就是苏东坡。苏东坡的茶偏市井，偏日常，反而让他的文字跟我们有了更多的关系。

苏东坡这首《水调歌头》，"已过几番雨，前夜一声雷。旗枪争战建溪，春色占先魁"，"旗枪"指茶叶。

"采取枝头雀舌，带露和烟捣碎，结就紫云堆"，就是说取枝头的像雀舌一样的嫩芽嫩叶，和着露水，和早上的烟尘给它弄碎，弄成一堆。

"轻动黄金碾，飞起绿尘埃。老龙团，真凤髓，点将来"，用碾子，不要带那么多尘土，只是让茶叶末起来就好，弄成老龙团，弄成真凤髓，将来我们可以点茶。

"兔毫盏里,霎时滋味舌头回",用兔毫盏把茶点起来,不是烧火,是点茶,不是点火,是点茶。在一瞬间,舌头尖都要回转。

"唤醒青州从事,战退睡魔百万,梦不到阳台。两腋清风起,我欲上蓬莱",说的就是想起贬谪青州时浑浑噩噩的时日。

茶事里涉及的最后一个茶人是陆游,这就已经到了南宋。陆游曾任福建常平茶盐公事,"常平",维护物价平稳。柴米油盐酱醋茶,茶、盐都是日常的公用之物。陆游有首关于茶的诗,古龙在他的武侠小说里也多次引用,很有意境的一首诗:"小楼一夜听春雨,深巷明朝卖杏花。矮纸斜行闲作草,晴窗细乳戏分茶。"我纸剩得不多了,拿点纸头,拿点纸边,写点字,写点草书。天不下雨了,晴了,阳光下来,做碗茶喝,大家分一分也是好的。江南雨后喝杯茶,一生似乎挺圆满。

从茶盏到集盏的"不归路"

沿着艾丹的思路,从茶事、茶人、茶具过渡到茶具里最重要的东西——茶盏。

艾丹对茶盏的定义是口径10～15厘米的盏。口径10厘米以下的可能是喝酒的,口径15厘米以上的可能是吃饭的,口径10～15厘米的是喝茶的。

茶盏制艺的高峰当数建窑茶盏——建盏。最被宋代皇帝贵族推崇的是兔毫盏,之后被日本形成了另外一套体系——兔毫之上有油滴,油滴之上有曜变。被日本认可的曜变只有三只,中国没有一只完整的。静嘉堂一只,藤田美术馆一只,龙光寺一只。在中国,有半个曜变,是由二十多个残片组成的。有这半个曜变的老哥,也是我好朋友。

日本对这么小众的品类认真地建立了体系，坚持了 500 年。

艾丹从茶事讲到茶盏，最后到集盏，就是他如何走上收藏茶盏这条不归路的。

艾丹是怎么喜欢上古物的？我想他是家传，艾青就喜欢收集老东西，各式各样的，不怕杂、不怕差、不怕残。

艾丹说，其实就是想看看审美。通过这些器物，你知道古人把什么东西当成美，它的趣味在哪儿。从这个角度，我们神交古人。

艾丹在第三篇《集盏》导言的最后是这么说的：

人们说宋瓷的品级很高，这与宋人的生活方式有关。南宋文人吴自牧在《梦梁录》一书中描写宋人有"烧香、点茶、挂画、插花四般闲事"，市井的茶肆里，用瓷盏漆托，陈列奇松异桧，楼上又是曲艺、清唱之所。盛会时，有排办局、茶酒司、香药局等专业人士铺排布置。

我所仰慕的几位宋代文人，比如苏东坡、陆游、范仲淹均好饮茶赞茶，收集那个时代茶盏子会有一种亲切感。

收藏不仅仅是拥有古物，还收到了一份情感和寄托。

专心，才对得起美好之物

进入一个完全陌生的领域，"捷径"是什么？世界上从来没有绝对的捷径，"捷径"是说，你应该把功夫更多地花在什么方式和途径上。

学习新的学科或学问，涉足新的行业，一个捷径是掌握几十个核心词。我对于葡萄酒是外行，但我的确认识一些专业人士。我进入葡萄酒世界的过程，也是一个"投机取巧"走"捷径"的过程。用20个左右的核心知识点，用最少的时间最快地进入美妙的葡萄酒世界，只需要葡萄酒界非常经典的一本书《世界葡萄酒地图》。

葡萄酒的历史

人类饮用葡萄酒的历史可能比使用文字的历史更长。在山洞里、石板上、草纸上、墓室墙壁上，你都能看到古人饮酒的蛛丝马迹。落到具体的考古发现，人们在美索不达米亚发现了明确的饮用葡萄酒的证据，距今8000年。

到了 5000 年前，腓尼基人开始有明确的喝葡萄酒的记录。到了 4000 年前，希腊人开始有饮用葡萄酒的记录，这都围着地中海。3000 年前，意大利、法国、西班牙等国也出现了关于葡萄酒的记录。

在公元 5 世纪，也就是大致在 1500 年前，罗马人就在欧洲完成了葡萄酒的基本布局，这个布局跟今天欧洲葡萄酒酒庄的布局大差不差。

在 17 世纪之前，葡萄酒是唯一可存的饮料。那个时候水被认为是不安全的，你要烧开了喝，啤酒容易坏，基本没有其他的饮料。17 世纪之后，开始有了大家现在耳熟能详的饮料，比如咖啡、来自中国的茶。这些饮料在世界范围内开始流行，都是 17 世纪之后的事情。

第一款有记录的高质量酒，英文叫 reserve wine，可以长时间储存的酒，来自奥比昂庄园。奥比昂庄园 1660 年在伦敦开了一家餐厅，目的是推广他们的高档酒。酒不再是抓起来就喝的东西，不再是 table wine，而成为要认真对待的、精心制作的东西。

葡萄酒的历史就来到了现代，工业化和科学化让葡萄酒"飞入寻常百姓家"。

现代还有一个里程碑，20 世纪 60 年代有一个神奇的发现，就是用法国橡木桶来储存葡萄酒，对其口味有决定作用。

还有一个微妙的变化，就是在一个主观的饮酒行业，市场营销人员变得比造酒的人更重要。原来都是小农生产酒庄，造酒的说了算，他做什么你就喝什么，爱喝不喝。现在除非是小众的、太高端的、太少见的酒，大多数供给大众喝的酒，是市场营销人员说了算，他们会给葡萄酒生产厂家建议，说哪些酒更好卖，就去生产哪些酒。

不要去买酒庄

现代人装腔的重大举措之一,就是买一个酒庄。

但是,哪怕你有很多钱,我都建议你不要买。一是因为酒是很难卖的东西,世界上有那么多酒庄,有那么多种酒。二是因为总是喝自己酒庄的酒,劝朋友喝自己酒庄的酒,很乏味,亲妈、亲生孩子你换不了,老婆/老公换起来很麻烦,为什么还要买酒庄,让自己喝酒的选择变得固定起来?

酒庄什么样,无论是什么建筑大师设计的,跟喝酒的关系并不密切。但是,酒庄最好好看一点,特别是名气不那么大的,和能不能照出漂亮照片关系很大。

一个酒庄会有几个功能区,葡萄进来、输出会有几个工作区域,存储区、展示区、喝酒区等。

如果你跟酒庄庄主很熟,还可以带点吃的;如果跟庄主没那么熟,他会给你拿出几款酒,同时还会配点芝士、面包。有些酒庄漂亮,有些酒庄古朴,有些酒庄现代化,去逛逛是好事。

时间可以讲故事

酒喝什么年份的合适?答案并不绝对。时间当然重要,时间可以讲故事。最简单的故事是生日酒,比如你有喜欢的女生,1991年的,你就买一瓶1991年的酒带着,去跟她喝一口,比给她买一个莫名其妙的包更有心,她会更感动。

酒能存多长时间是因酒而异的,没有一定的规则。一瓶好酒存较长的时间,口味可能变得更好,也可能变差,但一瓶差酒,搁再长时间,也是一瓶差酒。通常的规律是：越是大牌、越复杂的酒越经搁，时间是它们的朋友；越是便宜的酒就越应该尽快喝，20欧元、20美元以下的，商业化、工业化的酒就尽快喝掉，别超过3年。

如果你就是爱喝老酒的味道，放20年甚至25年之后再喝，也不是没有道理。就好像写文章，少年的时候不一定很成熟，但是他有少年气、少年血，年轻的酒有那种青涩的劲、青涩的猛，挺好。老了，烟火气消了，可能你会觉得荷尔蒙不够，但是有温润的宝光，和酒一样，少年、成熟期、老年都有不同的味道。

我自己是喜欢老酒的，个人的体验，葡萄酒的少年状态就是放四五年，成熟期是放 10～15 年，老年是放 20～25 年。但是中间 5～10 年，有一段无趣的中年期，跟人有点像，无趣的中年期，这也是我个人的观点。

葡萄酒装腔指南

酒窖。第一，酒窖的大小要跟你的酒量相关，一天喝两瓶，跟一年喝两瓶，你需要存的酒的数量肯定是不一样的。咱们就从普通酒量的人出发，自己的酒窖和商用的酒窖要分开。你可能买一些量比较大的酒，屋子里搁不下，你可以放在外边，由专业人士帮你打理，把自己最近几年要喝的酒搁到家里来。第二，酒窖最好是地下室，楼房带地下室最好，别墅的话自己挖地下室，如果是山里的别墅，那就更好，山里相当于地下酒窖，潮湿，温度不高，避光。如果山里的别墅没有地下室，你可以把不朝阳的房子留一间给酒，室温控制在 7～18℃，酒没那么挑。如果特别讲究，你可以把室温设在 10～13℃，把酒平着放，这样酒塞就不会干，不会出现漏气的可能。

喝酒。第一要点，专心。一杯酒摆在你面前，你要喝了，最重要的是专心。别吵，安静，放空，别太想喝酒之外的事情，最好不要说话。专心，你才能够喝出酒中的好处；专心，你才对得起这杯酒。并不是说你不能说笑，而是在喝的那一瞬间，看、闻、喝之后体会，给这口酒一两分钟的专有时间，它值得这一两分钟的专有时间。

第二要点，分享。如果是一瓶特别好的酒，一个人喝，这种孤独和沮丧的程度要高于一个人去做手术。喝酒一个很大的乐趣是和谁喝。

第三要点，如果有四五瓶酒，你用什么顺序喝？渐入佳境——由一般到好，由淡一点的到浓一点的，由白葡萄酒到红葡萄酒。

喝酒喝多少合适？有一个基本规则，中饭少喝一点，晚饭可以多喝一点，节假日可以更多一点。依着各位的酒量来。750毫升一瓶酒，倒 6～8 杯，中饭通常一个人 1～2 杯合适，微醺。中饭喝一喝聊点事，对得起酒，对得起事，对得起人。晚饭，平均一人半瓶到一瓶，合适。

我跟朋友喝小酒，大致就是人头减一，四个人喝带三瓶，五个人喝带四瓶。如果有酒量非常好的，一种办法是让他先喝一顿再来。还有一种办法是，找点餐酒，让他先多喝一点，酒量大容易费钱。

品酒。动用你的四个感觉：视觉、嗅觉、味觉和总体的感觉。

先看颜色，看气泡，有时候可以从颜色看出酒存了多长时间。接着闻一闻，深吸一口气，让味道充满鼻腔。在葡萄酒品鉴上，鼻腔、鼻黏膜比口腔、口黏膜、舌头的作用要大。然后喝一口，先在嘴里咕嘟一阵，可以发一些小声，还算礼貌。最后喝下去，安静一阵，想想美事，而不是想烦心事，想想躺在花园里，想想最想想的人。

品酒的诀窍，是争取用自己的语言系统来描述酒。我有点投机取巧，引用了三类词汇来描述酒，一类是关于植物的，一类是关于动物的，一类是关于人类的，我都尽量用诗的语言。

哪怕你具备了描述酒的语言，矜持一点，不管你描述酒的语言有多么丰富和准确，毕竟是在比喻，比喻就意味着扭曲和偏差。让别人先说，让更专业的人先说，让更爱装腔的人先说。

好酒的标准，简单地说，三个核心词——平衡、复杂、持久：越平衡的酒越是好酒，酸度、力量、香气都非常平衡；越复杂的酒越是好酒，能让你闻到动物、植物、男人、女人；在你鼻腔、口腔留存得越持久的越是好酒。

我建议你建立个人的评分体系。比如我，对于有些酒，评分标准就比较简单，只有 0～3 分：不能喝、能喝、好喝、特别好喝；对有些酒，评分标准就复杂一些，可以从 0～20 分。0～100 分是某种形式，我真切地认为正常人分不出 92 分和 93 分的区别，这是非常主观的事。百分制评酒是个笑话，虽然它非常流行。

喝酒要当自己的主人。你花钱喝酒，你是主人，你别骗别人，更重要的是别骗自己。放空，专心，认真喝，让酒在头上开花、在口腔和鼻腔里绽放，扪心自问：这个酒是好还是差？你想不想再喝？

《世界葡萄酒地图》还讲了不同地方的不同酒类。我强烈建议反复看导言、介绍，不必看全。你更喜欢喝哪些产地的酒，比如法国、澳大利亚，或我国的葡萄酒产区宁夏，你就着重看哪部分。一边看一边喝，你会更好地享受葡萄酒。

七、留不住时光，还有诗、酒、花

《世说新语》

《东坡乐府》

《诗经》

《李白诗选》

《杜甫诗选》

《瓦尔登湖》

《麦田里的守望者》

面对生活，可以不走其他人走的路，简朴生活也是选择，世界上的路不止一条，人生的路也不止一条。

人生苦短，不要太多贪恋

刘义庆生于403年，东晋元兴二年，于刘宋元嘉二十一年，也就是444年病逝，一共活了41岁。刘义庆招揽了各路人才来帮他收集、整理魏晋南北朝的段子，放到一本书里，就是《世说新语》。

《世说新语》教会你我如何在油腻的世界里诗意地栖居。你改变不了什么，但你可以活得不油腻，哪怕在魏晋南北朝时期。

三国、魏晋、南北朝是中国比较混乱的时代。《世说新语》从汉末到东晋，集中、真实地体现了当时人们的思想和言行，上到王公贵族，下到士人，能帮你了解大跨度的历史和人性。

得天独厚的刘义庆

刘义庆身份非常特殊，其实我觉得又是老天定的，让他能够弄出点好东西。

第一，皇亲国戚。他是开国皇帝刘裕的侄子，在开国的过程中，他当过武将,也立过功。

第二,才华上出类拔萃。刘裕评价他"此吾家丰城也",意思是刘义庆是我们家智慧和文学的结晶,可见刘裕对刘义庆的赏识和喜欢。

第三,刘义庆聚集的文人也是一时之选,就是当时的文人里最能写能编、有文采的人。刘义庆做人低调,能善待他们。

刘义庆活了41岁,所以我读《世说新语》的时候总能感到一股少年气,一股"虽千万人吾往矣"的决绝。这种少年气来自于他的年龄,当然也来自他的出身:我是皇族,有学问,年轻,我认为这个世界应该是什么样,我应该活成什么样,我就怎么写。

《世说新语》涉及儒家、道家、释家,说明刘义庆招揽各路人才,只要文章好有巧思,咱们一块儿聊一聊,聊一些小事,就形成了"世说新语体",聊的都是段子。一共是1100多条段子,形成了200多个成语。可以说,《世说新语》在很大程度上丰富和延伸了汉语。

你的人生七件事

我提供一个解读《世说新语》的框架:一个人一生中最重要的几件事是什么?然后从1100多个段子中摘出最有意思的,让你体会人生大事应该怎么看,以及《世说新语》真实的三观。人活在世上,有七个"W"。视角是男性视角,但是对女性一定也有参考作用。

第一个"W"是woman,女性、女生、校花、妇女、女神。《世说新语》的背景是男权时代和环境,多数也是男性的故事。我会扩展一下概念,woman是人对人的爱意。

第二个"W"是wine,酒,包括一些能让人上瘾的东西,就是让你觉得双脚离地半尺,能够贴地飞行的东西。

第三个"W"是wealth，财富。钱是什么？钱是不是好东西？钱是多好的东西？钱有没有不好？钱能干什么？钱不能干什么？

第四个"W"是work，工作。《世说新语》非常"仙"，但是因为编辑者、创作者是皇亲贵族，其实也涉及如何管理国家、社会、团队和自己。work讲的是管理、成事。

第五个"W"是work out，锻炼。如果把概念扩张一点，是修炼，是一个人如何变得更好。

第六个"W"是wisdom，智慧。智慧在我心目中比钱更重要，有时候比女生更重要。

第七个"W"是watch，珍宝。我们如何看待自己的物欲，哪些是真正的物欲，哪些时候是走到了绝路？

这七个"W"你们不一定同意，我就权且当作一个讲《世说新语》的结构。

Woman：爱女色，爱男色，爱人类

如果人都不好色，不喜欢人，这还是人吗？《世说新语》里的人味，是真诚，是真实，是真。在"真"的基础上，善才能不是伪善，美才能是真美。

> 阮公邻家妇，有美色，当垆酤酒。阮与王安丰常从妇饮酒，阮醉，便眠其妇侧。夫始殊疑之，伺察，终无他意。

这境界是我喜欢的好色的境界。阮公指阮籍。他隔壁女邻居长得漂亮，开了个酒吧或饭馆。阮籍常和朋友去，有时候喝醉了，就躺在这个漂亮女人旁边。美妇的老公开始充满怀疑——阮籍到底想干什么，他老婆是怎么想的，有很多心理活动。"伺察，终无他意"，美妇的老公发现阮籍没有其他意思，啥都没干。故事就是这样的，很有意思。

之后阮籍被杀了，美妇继续卖酒。阮籍一定喜欢这个女人，为什么什么都没做呢？

孙子荆以有才，少所推服，唯雅敬王武子。武子丧时，名士无不至者。子荆后来，临尸恸哭，宾客莫不垂涕。哭毕，向灵床曰："卿常好我作驴鸣，今我为卿作。"体似真声，宾客皆笑。孙举头曰："使君辈存，令此人死！"

孙子荆说："你们这些人还活着，却让王武子这样的妙人死了。老天真浑蛋。"最后这句是我加的。

其实有些感情是很难定义的。人来世上一遭，能够感受到各种各样的感情，别怕，放开自己。自己不想怎么做的时候，争取不要那么做；自己想怎么做的时候，偶尔让自己做一回。哪怕是学回驴叫，为喜欢的、敬佩的人，不丢人，这就是孙子荆的精神。

Wine：给我一杯酒和一点自由

中年人在生活习惯上有两个主题——一个是怎么少喝酒，另一个是怎么少吃饭，但是都挺难做到的。人到中年，能让干的事不多，能带来快乐的事不多。喝酒是其中之一，狂吃东西是其中之一，但两者对身体都不好。但如果都去掉，生活还有什么意思？

刘伶恒纵酒放达，或脱衣裸形在屋中，人见讥之。伶曰："我以天地为栋宇，屋室为裈衣，诸君何为入我裈中？"

刘伶经常不加节制地喝酒，有时候脱光了衣服裸体待在屋里，有人看见了就责备他。刘伶说："天地是我的房子，屋室就是我的内裤，你们为什么要到我的裤衩里？"

《世说新语》里的竹林七贤，崇尚的是破除礼法，不要繁文缛节。

世界已经乱成这样，作为一个人我简简单单地找点乐子，怎么了？你说我，我就会说：滚！

王孝伯言："名士不必须奇才，但使常得无事，痛饮酒，熟读《离骚》，便可称名士。"

通常讲，看穿不说穿，看破不揭破。但是王孝伯揭人揭短，打人打脸，可能跟我有类似的习惯和毛病，平视、求真、祛魅、成事。王孝伯说："周围都是什么名士啊！你不需要是奇才，只要整天无所事事，有闲暇，痛饮酒，熟读《离骚》，就可说自己就是名士。"

其实我也常见到一些人，才气有一点，整天无所事事，喝酒，读点诗，《离骚》可能不会背，会背点唐诗宋词，就觉得自己是个名士。

Wealth：人生苦短，不要太多贪恋

祖士少好财，阮遥集好屐，并恒自经营。同是一累，而未判其得失。人有诣祖，见料视财物。客至，屏当未尽，余两小簏着背后，倾身障之，意未能平。或有诣阮，见自吹火蜡屐，因叹曰："未知一生当着几量屐？"神色闲畅。于是胜负始分。

祖士少喜欢钱，阮遥集喜欢鞋。有人去了祖士少家，看到祖士少挡着自己两篮子财物；有人去了阮遥集家，看到阮遥集拿着自己正在修的鞋说一辈子能穿几双鞋。经过比较，就知道谁是名士，谁是俗人。

第一层意思，好财的不一定是有名士风的，但好物的不一定没有名士风。

第二层意思，人都会死的，为什么还要敛自己花不完的钱，攒自己用不了的东西？"未知一生当着几量屐"，一辈子用不了多少，人生苦短，不要贪恋太多。

Work：乱世中的成事者

很多人以为《世说新语》是一本清闲、有风骨、特立独行的书，其实其中沉淀着痛苦、绝望、挣扎、权衡等。

华歆、王朗俱乘船避难，有一人欲依附，歆辄难之。朗曰："幸尚宽，何为不可？"后贼追至，王欲舍所携人。歆曰："本所以疑，正为此耳。既已纳其自托，宁可以急相弃邪？"遂携拯如初。世以此定华、王之优劣。

华歆跟王朗乘船去避难，有一个人想上他们的船，华歆不同意。王朗就说："船里还有地方，为什么不呢？"后来贼追了过来，王朗就想把他救的这个人赶走——你赶快自己逃命去吧。

华歆就说："我当时之所以不想救他，就是因为怕出现现在这种状态。既然人家已经把性命托付给了我们，怎么能因为情况紧急就把他丢下呢？"于是他们接着带着这个人往前走。人们因为这件事判定华歆比王朗强。

就好比现在我们招募团队的时候，要尽量谨慎一些。多一个人就多一个想法，多好几个人，甚至会产生公司政治。能少招一个人，就少招一个人。一旦把人招来了，就要对人家负责，不能因为公司面临困难，就随便丢弃人。华歆在这件事上表现出的风格是我认同的：慎始，敬终。

司马景王东征，取上党李喜，以为从事中郎。因问喜曰："昔先公辟君，不就，今孤召君，何以来？"喜对曰："先公以礼见待，故得以礼进退；明公以法见绳，喜畏法而至耳。"

司马景王问李喜："过去我爸招你当官，你不来；为什么今天我招你，你就来了呢？"司马景王问这句，明显是一种扬扬自得的心理：我比我爸强。

李喜的潜台词就是：司马景王同志您别沾沾自喜了，并不是你比你爸强，而是你比你爸狠。你用法治我，我害怕你杀我，害怕你让我断条胳膊缺条腿，所以只能来了。

从被治理的人的角度：你如果对我以礼，那我就从礼上说话；你拿法来压我，我就根据法来做事。

从皇帝治理的角度，有句俗话：礼治君子，法治小人，鞭子赶驴。如果你治理的大部分人是君子，你可以用礼来治；如果你要治理的多数是小人，只能拿法去治；如果是坏人，只能拿鞭子去治。

Work out：我自有我的风骨

竺法深在简文坐，刘尹问："道人何以游朱门？"答曰："君自见其朱门，贫道如游蓬户。"或云卞令。

竺法深去简文那儿聊天，刘尹就问竺法深："你一个道人为什么整天在权贵这儿混呢？"竺法深这么说："您看到我在权贵家，我却觉得跟游穷人家没啥区别。"

在一个油腻的世界里，想诗意地生活和工作，一个诀窍是不二，本一不二。见权贵如见平民，见朱门如见贫户，不容易做到。

Wisdom：乘兴而行，兴尽而返，何必见戴

王子猷居山阴，夜大雪，眠觉，开室命酌酒。四望皎然，因起彷徨，咏左思《招隐》诗，忽忆戴安道。时戴在剡，即便夜乘小船就之。经宿方至，造门不前而返。人问其故，王曰："吾本乘兴而行，兴尽而返，何必见戴？"

此处应该有掌声。古今中外，装腔第一；古今中外，文艺第一。这比李白"小时不识月，呼作白玉盘"的装腔级别高太多了。

虽然是装，但里边有真性情。一处是夜里大雪，人醒了，睡不着，不逼自己一定要睡着。四下一看，内心肿胀，背了首诗，想起了朋友。多数人心说明天还有工作，还要送孩子上学。但是王子猷想起想见的朋友，今晚咱不睡了，咱在船上晃悠。到他们家门口，砸他们家玻璃去。

到了门口，最牛的是算了，回去，兴尽了。真实面对自己的性情，真实面对自己心情的存量，说没兴致，我走了。如果男的都能这么性情，人间可能会多一些悲剧，但会很多好事就此发生。

我想起一些爱情。你有爱情的时候，分分秒秒都想和这个人在一起。在一起的时候一切都对，不在一起的时候一切都不对。我把它定义成爱情，你也可以把它定义成激素。产生爱情不容易，但是不是要在一起，我想不一定。"雪中访戴，乘兴而行，兴尽而返，何必见戴"。有爱情，为什么一定要在一起呢？

Watch：热爱你的热爱

Watch，直译是手表，广义是各种珍玩和自己特别珍惜的事物，包括人。

王子猷尝暂寄人空宅住，便令种竹。或问："暂住何烦尔？"王啸咏良久，直指竹曰："何可一日无此君？"

人生是暂住的，不能因为住的时间太短，住的是临建房、别人的房子，就不收拾到自己舒服的境地。人生要有自己的热爱，比如衣、食、住、行，一定要有你不能缺少的东西，这可以帮你建立内心强大的内核。比如我穿，我一定要有件睡衣；比如我看，我一定要能看到花草；比如我行，5公里之内我只用腿；比如我吃，一周要吃一次卤煮，一个月要吃一次炒肝。这些都不是坏事。

拿得起，放得下，了不起

宋朝，中国文化的高峰时期。宋词，又是宋朝文化的高峰。苏东坡，站在宋词高峰上的男人。苏东坡有豪放有婉约，不仅有大男子的一面，也有小才子的一面；苏东坡一生有痛苦有快乐，不招左派改革派待见，也不招右派保守派待见，一肚子不合时宜，一辈子被流放贬谪，但他一辈子保持乐观精神。如果你想快乐地过一生，在逆境中依旧可以乐观、积极、向上，就请进入苏东坡的世界。

被嫌弃的苏东坡的一生

苏东坡，字子瞻，一字和仲，号铁冠道人、东坡居士，世称苏东坡、苏仙、坡仙，这有点像我们现在偶尔会换换网名、昵称、头像。

苏东坡是北宋年间的人，1037年1月8日生于四川眉山。他2岁的时候，他弟弟苏辙出生了，兄弟二人这辈子建立了伟大的友谊。

苏东坡6岁开始读书，不能算早。18岁，他娶了四川青神县进士王方之女王弗。我去乐山师范学院讲过一次课，在高速公路上看到一个巨大的广告牌，写着：欢迎来到苏东坡初恋处。不得不说，很多四川人有一颗文艺的心，包括做路牌的这个人。

1057年，苏东坡年满20岁，兄弟俩同时进士及第。苏家父子仨名震京师。欧阳修坦诚地说"取读轼书，不觉汗出，快哉快哉。老夫当避路，放他出一头地也"——我拿苏轼的书去读，汗"哗哗"地出，真是开心，老夫我应该避开苏东坡的上升之路，让他快马加鞭地出人头地到我之上。这一方面说明苏东坡有才气，另一方面说明欧阳修有胸怀。文无第一，武无第二，很难说文章谁比谁强。特别是有本事、有才气、有地位的人，如果看到一个新人才气极盛，他第一反应可能是不舒服；也可能什么话都不说，就让他自生自灭。欧阳修大大方方地说他要回避苏东坡的锋芒，让人佩服。

苏东坡在之后的二三十年反对王安石的新法，又反对司马光的保守派，里外不是人，一会儿被发配到一个地方，一会儿被召回京师，一会儿又被发配到另一个地方，又被召回，就这样颠沛流离。

通常在官场，你跟个老大，站个队，一辈子就会随着老大起伏。为了名利、安稳，也有没有风骨的人，谁得势就去跟随谁，跳来跳去。但是像苏东坡这样，谁得势都要质疑："这样太激进了""你这样有欠平衡的地方"。一肚子不合时宜，所以他一辈子有风骨。

古代被贬谪，除了见不着挚爱亲朋，还带不走自己的多数东西，一路车马劳顿，甚至可能颠簸而死。即便到了地方，也可能因水土不服而死，再之后可能寂寞抑郁而死⋯⋯基本是九死一生，但苏东坡还是撑过去了。

1101年8月24日，苏东坡去世，活了不到65岁。虽生活坎坷，但活得还算长寿了。

"弟弟控"的苏东坡

苏东坡的诗词就合在一起讲，我最喜欢的几句是：*心似已灰之木，身如不系之舟。问汝平生功业，黄州惠州儋州。*

这句有一种大涅槃的感觉，就是：宇宙、人生说到底没意义，对于当权者，我没有办法，我只会被安排得几起几落，在大地上游荡。但是我保持个人的风骨，还能干出有意思的事情：修出苏堤，做出东坡肉，留下千古文章。这几句诗有正确的对待失败的态度，我非常喜欢。

苏东坡也是某种"控"，不是"酒精控""颜控"这些。看似洒脱的苏东坡，实际上"控"他弟弟，非常喜欢和依赖苏辙。他能过得那么潇洒，在很大程度上依赖他弟弟苏辙给他"擦屁股"。当然他弟弟也喜欢他，看到他们为彼此写的诗词，我会有泪目的感觉。

人间值得，既然来了，那就好好过一场。除了自己要有强大的内核，还要跟另外一个人建立某种羁绊，比如在心理、生理、生活、工作上长期依赖某个人。我不知道这种依赖关系什么样，但是我能感觉到这种依赖关系的美好和某些时候的心碎。

苏东坡第一次出外当官，是他和苏辙生平第一次离别。苏东坡看着弟弟在郑州西门外的雪地上骑上一匹瘦马，慢慢远去，路面有些起伏，他弟弟的头一起一落，终于消失在视线之外。不知道什么时候再见面，不知道再见面之前弟弟能不能把日子过好。

不饮胡为醉兀兀，此心已逐归鞍发。
归人犹自念庭闱，今我何以慰寂寞。
登高回首坡垄隔，惟见乌帽出复没。
苦寒念尔衣裳薄，独骑瘦马踏残月。
路人行歌居人乐，僮仆怪我苦凄恻。

>　　亦知人生要有别，但恐岁月去飘忽。
>　　寒灯相对记畴昔，夜雨何时听萧瑟。
>　　君知此意不可忘，慎勿苦爱高官职。

最后一句尤其让人感动：弟弟啊，这种感情难得，不要贪恋什么高官，什么厚禄。

苏东坡何以成为大宋顶流

在讲苏东坡的词之前，先说说词牌。词牌我感触最多的是这些名字：《临江仙》，临着一条江水的神仙；《蝶恋花》，恋恋不舍，因为一朵花而产生爱情的一只蝴蝶；《望江南》，江南看不见，从心里眺望一下；《西江月》，西面的江上，月亮升起来，又落下去。仔细想想，好美。

>　　　　定风波
>　　莫听穿林打叶声，何妨吟啸且徐行。竹杖芒鞋轻胜马，谁怕？一蓑烟雨任平生。
>　　料峭春风吹酒醒，微冷，山头斜照却相迎。回首向来萧瑟处，归去，也无风雨也无晴。

这首词我体会到几个核心词：一是乐观——不着急、不害怕、"不要脸"；二是淡定——风吹起来了，我的酒也醒了，微微冷；三是涅槃——也无风雨也无情，归于寂静。

这首词也可以用于解读爱情。想想十几岁、二十几岁那个时候，抓耳挠腮，一定要见到某个人，一定要跟她在一起，一定要问她到底爱不爱我……现在想起来，唉，人哪……"归去，也无风雨也无晴"。

苏东坡有豪放、乐观、看淡的一面,也有深情的一面。他最深情的一首词叫《江城子》。

江城子

十年生死两茫茫。不思量,自难忘。千里孤坟,无处话凄凉。纵使相逢应不识,尘满面,鬓如霜。

夜来幽梦忽还乡。小轩窗,正梳妆。相顾无言,惟有泪千行。料得年年肠断处,明月夜,短松冈。

人走了那么久了,彼此无处见、无处说,为什么忘不掉呢?坟在千里之外,没法到坟旁去说说话,那就靠梦吧。驾着梦还乡,看到你正梳妆,时间太久了,也没什么话要讲,那就哭吧。再过到明年、后年、大后年,咱们就还这样,梦里见,梦里哭,梦醒之后,推开窗是明月夜,是短松冈。

西江月·平山堂

三过平山堂下,半生弹指声中。十年不见老仙翁,壁上龙蛇飞动。

欲吊文章太守,仍歌杨柳春风。休言万事转头空,未转头时皆梦。

最后一句太妙。总说涅槃寂静、诸漏皆苦、诸法无我、诸行无常,这个道理大家都懂,但是即使懂,也改变不了我们对一切可眷恋之处、可眷恋之人的眷恋,对一切小情大爱的难舍之情。

临江仙·送钱穆父

一别都门三改火,天涯踏尽红尘。依然一笑作春温。无波真古井,有节是秋筠。

惆怅孤帆连夜发,送行淡月微云。樽前不用翠眉颦。人生如逆旅,我亦是行人。

人生真的像在酒店入住，睡一晚再结账离开，你会留下一些记录，付房费或者欠房费。但无论怎样，你是行人，我也是行人，你是旅人，我也是旅人。

苏东坡了解佛学、道教、人性、人情，了解自己，也有同理心去了解别人。在苏东坡三百首左右的诗词里，我能体会到一颗积极的、痛苦的、细腻的、豪放的、明白的心，有智慧、有担当、有决断，拿得起、放得下、了不起。

开心地过是一种过法，噘着嘴过也是一种过法，我自己倾向于和苏东坡的态度一样，我们不噘着嘴过，我们开心地过。

虽然我活着的时候不能跟你喝了，但希望在另外一个空间，我能敬您一杯酒。明月几时有，今晚喝杯酒。

苏东坡做过的最牛的事

我在几年前给苏东坡写过一封公开信，问过苏东坡一个问题：你至今做过最牛的一件事是什么？你为什么这么认为？

因为苏东坡已经回答不了，所以我只能替苏东坡回答。

我觉得他做得最牛的一件事是修了一条路，叫"苏堤"。我曾经在白天、晚上、风里、雨里都走过这条路。如果我有钱有闲，每年一定要去中国几个地方——昆明、玉溪、武夷山，还有杭州。去杭州，我一定要走一趟苏堤。

跟我有类似想法的其中一个人叫乾隆。他在玉泉山旁，在颐和园里，也建了跟苏堤很像的一条路，叫"西堤"，非常可爱。

一线路，两面水，几座桥，数点山，现在苏堤被公认为杭州乃至全国最美的一条路。在苏东坡生前身后，有多少人在这里凝神、伤心、爱恋、释怀、叹息。每个人每走一次，有意识无意识地都会敬苏东坡一次。比起挣了无数的钱，但楼盖得跟迷宫一样、动线安排得跟脑残一样、去一次都忍不住骂一次的房地产商，苏东坡的福德非常多。

苏东坡还很牛的是，写了好几十首流传至今的诗词。"明月几时有，把酒问青天"，很简单的意思，甚至有点傻里傻气的气质浮现，很文艺也很"二"。但是每个夜晚都有很多人拿起酒，其中就有些人会问天：明月几时有，什么时候可以活捉嫦娥？

除了苏堤，除了诗词，苏东坡还牛的是写了一手自己的字。"我书意造本无法，点画信手烦推求"，他就按照自己的理解自由自在地写了，《寒食帖》也被书法体系中的人评为"天下第三行书"。

除了苏堤，除了诗词，除了毛笔字，苏东坡还有一个很牛的地方，他创了一道菜，叫"东坡肉"。当然，可能就像端午节吃粽子一样，粽子不是屈原创的，是别人创的。"东坡肉"可能也不是苏东坡创的，而是佩服他的后人创的，既借他的名多卖几道，也用这种方式表达尊敬。

"竹外桃花三两枝，春江水暖鸭先知。蒌蒿满地芦芽短，正是河豚欲上时。"从这首诗里，我听见了苏东坡的心里话：春天终于来了，笋可以吃了，鸭子可以吃了，河豚也可以吃了，好开心。春风十里，不如吃你。

四季依然在轮回，每年春天都会来，每天少吃一顿都会饿。苏东坡已经离开很久，但是每天还会有很多人怀念"东坡肉"。

不爱美人，如何看到其他美好

通过一本书就能了解我们的祖先在这块大地上怎么生活，怎么恋爱，怎么心烦和狂喜，你要不要读？

先民的性与情

早年我们没有文字，但是有文化，比如红山文化、齐家文化、龙山文化、良渚文化。往后，到了商周，开始有了文字记载，呈现的形式是龟甲、兽骨占卜用的词。但占卜往往涉及打仗、祭祀、王公贵族的生老病死，跟我们的日常生活离得相对会远一些。还有一类早年的文字记录，民间占卜。

《诗经》是我国第一部诗歌总集，是很多人写的，可能包括两三千年前的路人甲、路人乙、隔壁老王、村口寡妇，包括那个时候的史官、文臣、皇亲国戚、专门的文人为了祭祀、典礼等正式用途写出来一些诗。所以，《诗经》的好处是既有街头、田头、床头，又有庙堂上、宫殿里和祭台旁；有《风》《雅》，有《颂》。其时间跨度约有五百年，涉及方方面面，从凶杀到情感，从征战到哀怨，啥都有，太珍贵了。

有一种说法，说各地收集的诗大概有三千多首，孔子下手选了三百余首。如果《诗经》真是孔子编的，孔子因这一件事就应该享受世世代代、无穷无尽的崇拜。

读诗要不求甚解

在讲《诗经》内容之前，我不得不强调如何读《诗经》，有两个要点。

第一个要点，不求甚解，"模模糊糊打十环"。

《诗经》语言跟今天的语言习惯相差太大，而且诗本身在意义表达上就有多指性和不确定性，诗人用尽了全身的力气，用最少的词暗示最丰富的意思。你非让它有个官方答案、标准答案，这真是焚琴煮鹤，不要这么做。

诗本身就是一个模糊的东西，几千年的流传又造成模糊，所以读《诗经》的方式就是不求甚解，这或许反而能更好地理解《诗经》想要表达的诗意。

打枪的一个诀窍叫"模模糊糊打十环"，在你呼吸起起伏伏、莫名其妙、慢慢悠悠、感觉似有似无时，很自然地把那枪打出去——十环！读诗也是这样。

开一瓶酒，一边读诗，一边得过且过，让这些诗自己能理解的部分进入脑海、心田。酒助诗意，模模糊糊地体会到感动就好了，不求甚解。

第二个要点，放开道德律，看到真实的人性。

后人阐释《诗经》，包括儒学强调的"君君臣臣父父子子"，基本都不对。《诗经》讲的是一个人看到花草、走兽、美女，出征了，受伤了，凯旋了，失败了，心里的真情实感，跟道德律、统治术没有关系。孔子说"一言以蔽之，思无邪"就对了。无论是字面意思还是真实意思，似乎有些不道德，但是"思无邪"，是正常人类的想法。

走近《诗经》的四个关键词

类型——风、雅、颂。《诗经》按风、雅、颂分为三类。"风"是指音乐曲调，"国"是地区、方域之义，"国风"即各地的曲调。"雅"就是正，是指朝廷，西周王畿的乐调，就是国王居住地的乐曲、乐调。"颂"是指宗庙祭祀之乐，很多都是舞曲，音乐相对舒缓。可惜这些古乐今天已经失传，我们已经无法了解风、雅、颂各自在音乐上的特色了。

手法——赋、比、兴。《诗经》主要就三个手法：赋、比、兴。

赋，平铺直叙，讲究的是细节之生动。比，对比，比如你像电线杆子一样高，你像乌鸦一样黑，你像狐狸一样狡猾。有一方面像就可以作为比。兴，是赋、比、兴中最神的一个，简单地说，是更高级的比喻。

"春水初生，春林初盛，春风十里不如你"，就是兴。

天气暖和了，水慢慢渗出来。草木被初生的春水滋润，渐渐茂盛。在春花里、在春光里、在春色里，走了舒服的几里路，都不如比这一切春色、春光路上更美好的你。

结构——重章叠句。《诗经》结构里用了很多双声叠韵、重章叠句，简单地说，就是重复言语。比如："昔我往矣，杨柳依依。今我来思，雨雪霏霏。"

有时候换词，还不如重复，有时候重复比变化更有力量，有回旋往复之感。与其让我用八种方式说你漂亮，还不如用一种最好的方式说你漂亮八遍。在这点上《诗经》深深教育了我。

韵律——朗朗上口。押韵，是诗人最重要的武器，如果一首诗歌不押韵，那它的威力就少了小一半。实在不能押韵了，《诗经》就加一个语助词，这个语助词彼此能押韵。

光耀千古的诗篇

下边解读《诗经》中我最喜欢的一些诗。

《周南·桃夭》：新婚之喜，洞房花烛

周南·桃夭

桃之夭夭，灼灼其华。之子于归，宜其室家。

桃之夭夭，有蕡其实。之子于归，宜其家室。

桃之夭夭，其叶蓁蓁。之子于归，宜其家人。

这首诗写得喜庆。大意是：小姑娘可漂亮了，就像桃花开放一样，又鲜，又艳，又美，又热情。这个姑娘要嫁到我这儿了，合家快乐，太好了！

这首诗充分体现了《诗经》的特点——真情实感。娶了一个漂亮姑娘，一块儿生孩子，过日子，照顾老人。听上去挺好的。之后难免有烦心的地方，但那是之后的事。

押韵，"华""家""实""室""蓁""人"押韵。叠字，"夭夭""灼灼""蓁蓁"。

结构类似，甚至有重复，"桃之夭夭"，桃花很美丽，重复三次。

"桃之夭夭"比"之子于归"，桃花很漂亮，我要娶的姑娘也很漂亮，就像桃花一样好看。比喻是很神奇的一件事，桃花跟女生到底哪点像？颜色？可爱劲儿？生气？或许，但更多的是整体的感觉，桃花那种怒放，

那种张扬，那种天真烂漫，那种自然，就和好年纪的女生一模一样。

《秦风·蒹葭》：求而不得，内心荒凉

秦风·蒹葭

蒹葭苍苍，白露为霜。所谓伊人，在水一方。

溯洄从之，道阻且长。溯游从之，宛在水中央。

蒹葭凄凄，白露未晞。所谓伊人，在水之湄。

溯洄从之，道阻且跻。溯游从之，宛在水中坻。

蒹葭采采，白露未已。所谓伊人，在水之涘。

溯洄从之，道阻且右。溯游从之，宛在水中沚。

《诗经》里很有名的一首，最重要的八个字就是"所谓伊人，在水一方"，它的诗境诗意也出自这八个字。我们或多或少都有喜欢的人，那个人莫名其妙地如此之美好，但是在水的另一方，我们就是没有那条船，没有那个桨，不能到她/他身旁。

除了这八个字，还有"气氛组"——赋、比、兴用得特别好。如果你单看"蒹葭苍苍，白露为霜"，就是赋，就是平铺直叙，芦苇苍苍，沾着露水变成的霜。但是，如果你细想后边的句子，它就是比。"蒹葭苍苍，白露为霜。所谓伊人，在水一方。"我想到在遥远彼岸的美人的心情，我的心上长满了芦苇，芦苇上结满了白白的霜。

"溯洄从之，道阻且长。溯游从之，宛在水中央"，我逆流去找她，道路又弯又长。我顺流去找她，也没找着，但是她似乎在水中间，不在岸上。离我似乎近了一点，但为什么我还是碰不到她的脚尖儿？

这么短短的一首诗，求而不得，内心荒凉。这也是我为什么喜欢诗，喜欢当个诗人。诗歌是语言王冠上的明珠。

《卫风·木瓜》：美女与"颜控"的恋情

卫风·木瓜

投我以木瓜，报之以琼琚。匪报也，永以为好也。

投我以木桃，报之以琼瑶。匪报也，永以为好也。

投我以木李，报之以琼玖。匪报也，永以为好也。

这女生长得好就是有优势，容易被人爱。你给他一个木瓜、桃子、李子，他能给你一块玉，不是为了等价交换，而是为了跟你一直要好。

这首诗告诉我们，长得好还是重要的，人有趣也是重要的，另外还要有所交换。你哪怕长得好，哪怕人有趣，你还要准备点木瓜、木桃、木李，给人做顿好吃的，切个水果，还是要有点仪式感，不能啥都不给。

《周南·关雎》：我想你想得睡不着觉

周南·关雎

关关雎鸠，在河之洲。窈窕淑女，君子好逑。

参差荇菜，左右流之。窈窕淑女，寤寐求之。

求之不得，寤寐思服。悠哉悠哉，辗转反侧。

参差荇菜，左右采之。窈窕淑女，琴瑟友之。

参差荇菜，左右芼之。窈窕淑女，钟鼓乐之。

讲的是凤求凰，用的是赋、比、兴，特别是兴。

"关关雎鸠"，一只鸟在河中的小洲叫来叫去，有个如此美好的女子在我周围晃荡，让我内心荡漾。

"求之不得，寤寐思服"，窈窕淑女不像船边的菜呀，我没办法摸到她，我也不能总摸水里的草啊，怎么办呢？

"窈窕淑女，琴瑟友之"，我给她弹个琴，奏个曲儿，唱个歌儿，她是不是就能像这个水草一样，至少让我摸摸她的头发，摸摸她的手指甲？

"窈窕淑女，钟鼓乐之"，这个美女，如果我再敲起鼓来打起锣，我是不是能够让她快活呢？希望如此吧！

这首《关雎》激素水平相当高。

《召南·野有死麕》：《诗经》情色"担当"

挑一首《诗经》里相对情色一些的，看看"思无邪"能到什么程度。

野有死麕，白茅包之。有女怀春，吉士诱之。

林有朴樕，野有死鹿，白茅纯束。有女如玉。

舒而脱脱兮！无感我帨兮！无使尨也吠！

我稍稍翻译一下：

野地里有个被打死的獐子，用白茅草包着它。有个很美好的姑娘动了春心，那长得很帅的哥哥在引诱她。在那个林子里，有个死鹿，死鹿被白茅草包着。这个美好的女生，像玉一样美丽。女生说：帅哥呀，你慢一点呀，不要碰乱我的裙子，不要碰得狗也叫。

用赋、比、兴都不足以来说这首诗的好。在野地里，在树林里，在死了的鹿旁边，有个很帅的猎人，有个像玉一样的女子，他们做了春雨对大地做的事，做了春风对花朵做的事。

这个男生有动作，但是没太多的话。他打死了鹿、獐子，这个女生是下一个"猎物"吗？是女生"猎"他，还是他"猎"这个女生？

这个女生没有太多的行动，但是有态度。有女怀春，但还是心慌，说你慢慢的，你不要弄乱我的衣服，你不要让狗莫名其妙地叫。

留不住时光,还有诗、酒、花

李白,一千三百多年前的诗人,留下几十首人们耳熟能详的诗,太了不起了!

李白是地球上有人类以来最伟大的诗人,无论古今中外,没有之一。

更神奇的是,李白他很会使剑。爱喝酒,又会耍剑,听起来就让人开心。

他又是一个无法被学习的诗人。有一种说法,杜甫可以学,李白学不了。你可以从杜甫身上学怎么用典、用句、用韵;对于李白,你只能知道他好,但是你无法学习。

李白不可学之处,恰恰是诗歌最神奇、最吸引人、最神秘的地方。

地球上有人类以来最伟大的诗人

李白作为一个诗人,他的生平是比较简单的,只有几件事:旅游、耍剑、喝酒、写诗。想当官,没当成,六十多岁就死了。红了一千多年,很可能再红几千年、上万年。

李阳冰的《草堂集序》是这么写的：

李白，字太白，陇西成纪人。凉武昭王暠九世孙。蝉联珪组，世为显著。中叶非罪，谪居条支，易姓与名。然自穷蝉至舜，五世为庶，累世不大曜，亦可叹焉。

李白写诗说自己的远祖是李广。有没有说实话？很难讲。

我妈是纯蒙古人，她总号称自己是孝庄皇后那一支过来的。没有族谱证明，我无法证真，也无法证伪。但是以我对我妈的了解，95%以上的可能是在吹牛。

郭沫若在《李白与杜甫》一书中考证，认为李白在701年出生于中亚细亚的碎叶城。他认为李白一定是汉人，不是西域胡人，但这个事儿是有争议的。

一个作家需要敏感，他的敏感来自于见过轮回，见过高低起落，见过热闹繁华，见过穷苦寂静，这种反差能造就出好的作家。

李白经历过时代的变化，从开元天宝到后来的安史之乱，翻天覆地的变化；经历过家庭的变故，可能是一个混血的家庭，从碎叶城迁到蜀地，小时候家里非常富裕，出来游历之后，就穷了。

这种反差的优势，无论是时代、家庭还是个人造成的，对他的成长都是件好事。

李白是如假包换的富二代。他爸爸、兄弟都经商，对他都还不错。他拿剑、把酒，丁零当啷地逛了四十年。

但是天宝年间，有钱不见得有地位。所以李白有双重拧巴：一方面有钱、有名、接地气，在江湖上混；另一方面又非常想当官，想走仕途，把自己所谓武昭王九世孙的传说续上。

他一会儿粪土万户侯，一会儿好想当王侯。是官迷，有时候又看不起官；既庸俗，又洒脱，可能这就是李白吧。

李白人生的十个关键词

1. 长生：留不住时光，但我还有诗、酒、花

"仙人抚我顶，结发受长生。"虽然李白有写佛教的诗，也有写寺庙的诗，但他骨子里最大的爱好还是道教。李白非常向往长生，希望能得道升天。

李白关于长生的几首小诗，都不长，我都很喜欢。

秋浦歌·其十五

白发三千丈，缘愁似个长。

不知明镜里，何处得秋霜。

不知道为什么，照着镜子，人就老了。头发为什么变白了？眉毛为什么变白了？为什么人不能不老？为什么花不能常开，人不能常在？为什么美人不能一直美，才子不能一直有才？

山中与幽人对酌

两人对酌山花开，一杯一杯复一杯。

我醉欲眠卿且去，明朝有意抱琴来。

在山里和一个好玩的人一块儿喝酒，可以真的聊聊天，不聊什么也不会冷场。真是美好，而且山花还开了。

因为意境太美好了，下边这句就变得看似鲁莽、直白简单，但是也想不出更好的安排方式了。"两人对酌山花开，一杯一杯复一杯。"真好，都在酒里了。

喝多了，想睡觉了，直接说明天你还想喝、还想聊的话，就抱着琴过来。

人这一辈子，遇上你想跟他分一瓶酒的人不多，遇上你老想跟他分一瓶酒的人就更少。

2. 好色：如果不爱美人，你要如何看到其他美好

魏晋南北朝的时候，有人问："如何做名士？"当时有的名士说："痛读《离骚》，痛饮酒，就可以做个名士，就可以做个好诗人。"

我加一条，还要好色。如果人不能沉迷于人，人在美好的人身上看不到美好和美，他怎么能看到其他美好？

李白是非常典型的阅读量大，好喝酒，而且好色。

> 长相思·其一
>
> 长相思，在长安。
>
> 络纬秋啼金井阑，微霜凄凄簟色寒。
>
> 孤灯不明思欲绝，卷帷望月空长叹。
>
> 美人如花隔云端！
>
> 上有青冥之高天，下有渌水之波澜。
>
> 天长路远魂飞苦，梦魂不到关山难。
>
> 长相思，摧心肝！

就是写"我想你"，但摇摇摆摆，起起伏伏，高高低低，凄凄惨惨戚戚。有些人对另外一些人念念不忘，对另外一些人毫无解药；有时候，事情过去好多年了，恩怨也说不太清了，但是每当我想起你，还是真难过呀。

3. 饮酒：李白和酒是分不开的

李白的一生，如果简而又简，就是"人生不过诗酒"。

> 人生得意须尽欢，莫使金樽空对月。

在我看来，李白最好的诗是讲饮酒的，李白最好的诗是乐府诗。乐府就是当时的自由体、自由诗。不用讲究具体有多少句，不用太讲究平仄、韵调。作为一个诗人，只要你觉得舒服的时候，你就有权利转韵。

李白很爱请客，卖马、卖玉、卖貂换酒，有股少年气，男儿至死是少年。

> 五陵年少金市东，银鞍白马度春风。
> 落花踏尽游何处，笑入胡姬酒肆中。

五陵年少，就是城市里的几个浪荡子。他们骑着马逛来逛去，春风拂面，花落当街，玩得开心了，饿了就去找好看的老板娘喝酒。

4. 旅游：李白的一生都在路上

李白生在碎叶，5岁的时候回到蜀地。后来出四川，进长安；出长安，到江南；又回长安，又到江南，几乎把唐朝主要的地方都转遍了，主要的人都见遍，主要的餐馆都吃遍。有钱真好。

《渡荆门送别》是李白的少年游，二十四五岁出蜀。

渡荆门送别

> 渡远荆门外，来从楚国游。山随平野尽，江入大荒流。
> 月下飞天镜，云生结海楼。仍怜故乡水，万里送行舟。

山远远地看，慢慢就淡了、远了、没了；一条大江，到远方的荒野里也就消失了；月过来，就好像天上的镜子一样；云气上升，就像楼一样。

"仍怜故乡水，万里送行舟"是点睛之笔，是"有我之境"。故乡水不认识他，他认识故乡水，但他反过来说故乡水爱他，送他一直去荆门。所谓多情不过如此。

5. 朋友：我醉君复乐，陶然共忘机

李白喜欢交朋友，也有很多好朋友。喝酒往往是跟朋友喝，写诗很大一部分是为怀念或送别朋友写的，或者应别人要求给别人写的。

我最喜欢《下终南山过斛斯山人宿置酒》，他下了终南山，经过斛斯山人的家，在那儿又喝又睡。

> 暮从碧山下，山月随人归。却顾所来径，苍苍横翠微。
> 相携及田家，童稚开荆扉。绿竹入幽径，青萝拂行衣。
> 欢言得所憩，美酒聊共挥。长歌吟松风，曲尽河星稀。
> 我醉君复乐，陶然共忘机。

"山月随人归"，我特别喜欢李白的"有我之境"。万物与我同生，而天地与我为一，就是我跟自然、跟周围美好的事物是在一起的。所以我自作多情，觉得万物有情，所以山月它或许不认识我，但是跟着我从碧山下来，一路回家。

我曾经套用意境写过一首现代诗：

> 醉鬼，
> 醉归，
> 明月随我，
> 一去无回。

其实李白也有忘机的时候。喝多的时候，他就忘记了当官，忘记了家族的期望，就变成了他自己。

6. 气势：李白的才气配得上他的自大

李白的诗的妙处，除了真切，除了内心的拧巴和苦，除了神来的比喻，除了字词句声音的搭配，还有气势。可能喝多了，可能破罐子

破摔了，可能志向得不到实现，就彻底放弃了。

宣州谢朓楼饯别校书叔云

弃我去者，昨日之日不可留；
乱我心者，今日之日多烦忧。
长风万里送秋雁，对此可以酣高楼。
蓬莱文章建安骨，中间小谢又清发。
俱怀逸兴壮思飞，欲上青天览明月。
抽刀断水水更流，举杯消愁愁更愁。
人生在世不称意，明朝散发弄扁舟。

李白是一个 ego（自我）很大的人，但是神奇的地方就是他的才气配得上他的自我。他对自己的认识，能够跟天赋相匹配。所以他的"有我之境"真实、大气，但你又不觉得难受。

苏轼在流放的路上还写过一首诗表现李白的厉害，也是借着表现自己厉害，"李白当年流夜郎，中原无复汉文章"，这个评价挺嚣张、挺可爱的。

李白，包括后来的杜甫、苏轼，对自己的文学地位、诗歌地位有非常高的自觉：我的诗意在这儿，作品在这儿，我就在这儿。

7. 官迷：得不到的永远在骚动

天宝元年夏季,道士吴筠受到唐玄宗的召见。吴筠是李白的好朋友，也被李白的才气所感动，由他直接推荐面见唐玄宗。贺知章和玉真公主也间接支持。

李太白同学喜出望外，进京去长安，认为皇上见到他肯定会惊为天人。他写了一首诗叫《南陵别儿童入京》，意思是哥们儿进京了，皇帝要见我。

南陵别儿童入京

白酒新熟山中归,黄鸡啄黍秋正肥。
呼童烹鸡酌白酒,儿女嬉笑牵人衣。
高歌取醉欲自慰,起舞落日争光辉。
游说万乘苦不早,著鞭跨马涉远道。
会稽愚妇轻买臣,余亦辞家西入秦。
仰天大笑出门去,我辈岂是蓬蒿人。

李白在这首诗里写小孩、写做饭喝酒,依旧让人入迷。你想"白酒新熟山中归",在山中爬山,一身大汗,身体里充满内啡肽、多巴胺,可高兴了,回去喝顿白酒。"黄鸡啄黍秋正肥",黄鸡吃着地上的小米,走地鸡,正肥着呢。"呼童烹鸡酌白酒",叫来小童把这个鸡炖上。"儿女嬉笑牵人衣",小孩跟大人玩,抓着衣服怪叫,好玩不好玩笑得都比成人欢。"高歌取醉欲自慰",一边唱,一边喝,一边安慰自己。"仰天大笑出门去,我辈岂是蓬蒿人",这种日子不能天天过,我要进京了,我要牛去了。

真是不知道说他什么好。

李白虽说号称"谪仙人",但是一辈子都没有脱离"当官最重要"这个心理阴影。因为没有当成正经的大官,所以很多时候想起这件事,又喝了口酒,会喷出特别好的厌倦官场的诗句。

如果你不对一个东西渴望,这种渴望又得不到,你就很难用特别神奇的语言来描述这种求而不得。

8. 狂诞:李白的狂,让他还能做自己

李白虽然希望得到皇帝的赏识,谋个高官去做一做,爽一下,也

可能是想造福老百姓。但是，他毕竟是李白，还会做出一些与他的目的背道而驰的事情，可以定义成狂诞。

李白通过朋友直接和间接的引荐，好不容易见了皇上、杨贵妃、高力士。他干了什么？皇帝敬他酒，杨贵妃给他研墨，高力士给他脱鞋，他表现了自己的风骨。

李白如果没有这种狂诞，可能就是一个普通官迷。因为他有一种怪诞，哪怕是面对皇上、面对第一太监、面对第一美女，他仍旧能够做自己。

醉后答丁十八以诗讥余捶碎黄鹤楼

黄鹤高楼已捶碎，黄鹤仙人无所依。
黄鹤上天诉玉帝，却放黄鹤江南归。
神明太守再雕饰，新图粉壁还芳菲。
一州笑我为狂客，少年往往来相讥。
君平帘下谁家子，云是辽东丁令威。
作诗调我惊逸兴，白云绕笔窗前飞。
待取明朝酒醒罢，与君烂漫寻春晖。

无论是真的还是假的，我把黄鹤楼捶碎了，又能咋地？挺好。

9. 智慧：清醒的李白

李白最聪明的地方，就是反战。李白善使剑，又想扬名立万，但是他在诗里明确地表达：仗没什么可打的，回家喝酒，那些仗实在是无聊。

有诗为证：

关山月

明月出天山，苍茫云海间。长风几万里，吹度玉门关。

汉下白登道，胡窥青海湾。由来征战地，不见有人还。

戍客望边邑，思归多苦颜。高楼当此夜，叹息未应闲。

有些男生喜欢战争，爱讲战争。可是别说"一将功成万骨枯"了，剁自己一根手指、插自己一刀，你受得了吗？何况你身边逐渐死人，没的吃、没的救，看不到明天，不知道自己什么时候能够回去。那个时候，你还有征战的动力和雄心吗？

无论是一个士兵，还是一个将军，在战争面前只是一个卒子。所以在你说喜欢打仗、崇尚军旅之前，先饿自己两三天，戳自己几刀再说。李白是有这个意识的。

10. 自由：人生贵痛快，何况写诗

李白不写格律，留下的很多近体诗不符合当时的韵律。韵律从南北朝开始到了唐代，变得非常繁复而僵硬。李白的近体诗有近三百首，其中接近一半韵律不合格，特别是七律八首，只有两首合律。

他对韵律并不是太重视，这是李白可爱之处。何必精心？人生贵痛快，何况写诗？

李白在《草书歌行》里写怀素的草书：

少年上人号怀素，草书天下称独步。墨池飞出北溟鱼，笔锋杀尽中山兔。……

王逸少，张伯英，古来几许浪得名。张颠老死不足数，我师此义不师古。

古来万事贵天生，何必要公孙大娘浑脱舞。

表面说的是怀素写得好，不按规矩，只按自己的天赋来，实际上写的是自己。有些人，规矩就不是为他们定的，他们就是石头缝里蹦出来的。

写毛笔字是这样，写诗也是这样。

尝尽人生苦后的一点甜

苦不苦,想想杜甫。杜甫这一辈子太惨了,每当我心情低落的时候就重读杜甫,就多了一点安全感。有时候人的快乐是建立在别人的痛苦之上,不好意思,杜甫,但是还是谢谢你!

杜甫一辈子生活在边缘。一直想做官,一直做不成。一辈子颠沛流离,靠卖中药、吃闲饭生活,过了小六十年。小儿子饿死,最后自己也在江上又穷、又饿、又冷、又病,然后死了。

他一直表达在当下,写的都是他观察、经历的东西和真情实感,真到诗歌可以作为"诗史",有史料价值。

杜甫的诗又称得上"文心雕龙","为人性僻耽佳句,语不惊人死不休"。遣词、炼句能力,从古至今不能说第一,但一定能排前十。而且他并没有为了新而新,为了怪而怪,为了出奇而出奇,是很舒服地做到了最好、最合适。

杜甫早期的豪迈和浪漫

有天赋的诗人,在天时地利人和下,写出了优美的诗篇。但是这不是一个必然关系,有很多机缘巧合,有很多造化于神功。

杜甫和时代相互成就,没有那样的时代,很有可能出不了杜甫这样的诗人。

杜甫早年的诗流传得非常少,有一首相对经典的叫《望岳》:

岱宗夫如何?齐鲁青未了。造化钟神秀,阴阳割昏晓。

荡胸生曾云,决眦入归鸟。会当凌绝顶,一览众山小。

李白写了很多古体诗、自由诗,而杜甫在前人的基础上,把律诗做了非常好的归纳、整理,甚至经典化。

"会当凌绝顶,一览众山小",等我登上山顶,一看这些山,都太小意思了,都在我脚下。

看这个转化,他是望岳,站在一个地方,没有到山顶的时候去望这个岳,就好像望自己的未来。从无我之境到有我、到我甚至站在了山顶,把山都比下去,都看下去。男儿了不起。

杜甫另一首早年的诗,《房兵曹胡马诗》。胡马是塞北或西域马,"(大宛)多善马,马汗血,其先天马子也"。

胡马大宛名,锋棱瘦骨成。竹批双耳峻,风入四蹄轻。

所向无空阔,真堪托死生。骁腾有如此,万里可横行。

这就是杜甫早期诗的态度,"万里可横行""会当凌绝顶,一览众山小"。

就像李鸿章当年写的"一万年来谁著史?三千里外欲封侯"——这一万年来谁在历史上留下了名字,即使离家三千里,我也要扬名立万成为王侯。

年轻人都有一股狗血，少年气、少年血，少年当自强，少年该吹牛。当阳光灿烂，就该歌唱；当春风吹起，就该梦想。

他还有一首相对早期的诗——《夜宴左氏庄》，我非常喜欢。

杜甫的一生是靠卖中药、蹭闲饭生活的，卖药都市，寄食友朋。而《夜宴左氏庄》，说的就是他在蹭吃、蹭喝过程中的感受。

林风纤月落，衣露净琴张。暗水流花径，春星带草堂。

检书烧烛短，看剑引杯长。诗罢闻吴咏，扁舟意不忘。

林里有一丝丝微风，细细的初月落下去，像漂亮姑娘细细弯弯的眼睛闭上了。衣裳沾上了露水，琴声雅静，慢慢地铺开。杜甫是动词之王，"衣露净琴张"，这个"张"字用得，像水样弥漫开。

花旁边的一条小径，暗暗的水流从旁流过。春天的星星，小小的星星，能看见草堂的样子。"流"显不出多高明，但是有"流"的铺垫，"带草堂"的"带"字就显得太棒了。

看看书，不知不觉蜡烛已经快烧完了。拿起一把宝剑比画，看着剑，叹口气，内心肿胀，喝口酒。

我读读诗，写写诗，听到了吴国的口音，想起了范蠡。他离开了权力场，离开了油腻之地，离开了是非之乡，驾着一叶扁舟，带着西施，带着钱袋子，然后就消失在江湖之中。看上去我在江湖，但是江湖中只有我的传说，不再有我的新事发生，而那些打打杀杀跟我已经毫无关系了。想的是挺美。

杜甫：李白是神仙

杜甫最爱谁？爱他老婆吗？可能爱，但是给她写的诗非常少。

杜甫流传至今的1400多首诗里，写给谁的最多？毫无疑问，就是写给另外一位大诗人，比他年长10岁多一点的李白！

这是杜甫赠李白的第一首：

赠李白·二年客东都

二年客东都，所历厌机巧。野人对膻腥，蔬食常不饱。

岂无青精饭，使我颜色好。苦乏大药资，山林迹如扫。

李侯金闺彦，脱身事幽讨。亦有梁宋游，方期拾瑶草。

这首诗基本把杜甫的心情、生活状态都交代清楚了。他在东都洛阳已经晃荡了两年，见到的都是一些油腻的人和事。平常他看着别人家吃腥膻的鱼肉，但是自己没的吃，连蔬菜和米饭都吃不饱。青精饭是道家常见的饭，但他也吃不到，所以脸色不太好。想采药，但是没钱，所以山林去得也少了。您李白如果不想干了，不是您才能不高，而是想求仙访药。咱们约一次，到梁宋去玩一趟，希望跟您一块儿去捡点好仙药。（"梁宋"在现在的河南开封、商丘一带，离洛阳并不远。）

又是一首《赠李白》：

秋来相顾尚飘蓬，未就丹砂愧葛洪。

痛饮狂歌空度日，飞扬跋扈为谁雄？

秋天咱又相见了，咱俩还在天地之间飘着，也没有像葛洪一样炼丹求长生。咱们就是整天痛饮狂歌，白白地过日子。最后一句我喜欢。"飞扬跋扈为谁雄？"谁在主宰乾坤？谁在吹牛？谁能在历史上留下痕迹？如果不是你我，那是谁呢？

杜甫青壮年时期写的《饮中八仙歌》，当然八个人里也有李白。他们喝酒、聊天、谈诗，互赠诗歌，这是唐朝顶尖文艺活动。

直书战乱，饱含忧患和悲悯

杜甫关于打仗的诗，描写得就比较惨了。

比如《兵车行》，背景涉及几场大战，其中最广为流传的诗句是"君不见，青海头，古来白骨无人收"。

下面一首《月夜》也是讲战乱的，背景是天宝十五年六月，安禄山叛军陷潼关，杜甫携家眷逃难至鄜州。到了七月，玄宗退位，肃宗在灵武即位，杜甫只身投奔。他在投奔途中被叛军所俘，当了俘虏。他被带到长安，对着月亮，想起老婆孩子，写了这首诗。

今夜鄜州月，闺中只独看。遥怜小儿女，未解忆长安。

香雾云鬟湿，清辉玉臂寒。何时倚虚幌，双照泪痕干。

大意是：我望着月亮，不知道老婆跟孩子在哪儿，但他们也会看月亮。小孩子还不懂什么是思念，虽然老婆懂，但是又有什么办法呢？

著名的惨诗《春望》：

国破山河在，城春草木深。感时花溅泪，恨别鸟惊心。

烽火连三月，家书抵万金。白头搔更短，浑欲不胜簪。

大意是：国破了，大地还在，春天挡不住，草木还是长得挺好。但是看花的时候觉得花也在落泪，听鸟叫的时候觉得鸟也在伤心。连天的战火已经持续三个月了，没有一点家里的音信，我现在头发全白了。

读《赠卫八处士》，能体会一下人生之苦。

人生不相见，动如参与商。今夕复何夕，共此灯烛光。

少壮能几时，鬓发各已苍。访旧半为鬼，惊呼热中肠。

焉知二十载，重上君子堂。昔别君未婚，儿女忽成行。

怡然敬父执，问我来何方。问答乃未已，驱儿罗酒浆。

夜雨剪春韭，新炊间黄粱。主称会面难，一举累十觞。

十觞亦不醉，感子故意长。明日隔山岳，世事两茫茫。

杜甫生活的时代战乱频仍，大家就像不同的星星一样，碰不到一起。忽然能见了，感觉时间过得可真快，二十年一眨眼就过去了。上次见你的时候，你还是个少年。这次见你的时候，你已多了一行儿女，人生真是神奇。他们问我从哪里来，还能给我斟酒。咱们终于见面了，吃点好的。夜里下雨，在园子里剪点春韭，炒点鸡蛋，真好。多喝一杯吧，明天再分手，今生有可能就再也见不了了。

经历过不寻常，才明白寻常的幸福

杜甫号称晋代名家杜预的十三代孙，其降生以后，家族的声势渐渐地衰落到底。杜甫在诗里经常推崇杜预和杜审言——杜预能打，杜审言能写诗。虽然这样，但十三代，基因都不知道稀释成啥样了，简单地说就是个破落户。

而杜审言的诗比杜甫的差远了，但杜甫很推崇他的爷爷杜审言。他在他儿子生日的时候吹牛说"诗是吾家事"——诗是我们杜家人的事。他经常吹牛、自恋，屈原、贾谊、曹植、刘桢这些人，他都不看在眼里。我觉得杜甫有一半是实事求是，跟曹植、刘桢、贾谊比起来，他确实强出了好大一块。

青年：没写什么诗，也没多少心事

杜甫在20岁到29岁期间有过两次长期漫游，基本上都是在吴越和齐赵，基本上都是交朋友、喝酒和写诗，可惜只留下了两三首诗。其中有一句是"从来多古意，临眺独踌躇"（《登兖州城楼》），意思是：我向来以古为师，古人圣贤的智慧都在我心胸里。

他这近十年虽然玩得开心，但没考上进士，没交上什么有用、有名的朋友，基本上就是"鬼混"去了。

杜甫30来岁的时候，他爹死了。本来他爹还能给他一些生活费，而此后，他就开始了这一生的主题——讨饭。文人讨饭，要讲点风骨，不能叫讨饭，而是说去拜会那些贵族。贵族总得活得有点情调，需要文人、乐工、书家、画师，作为生活的点缀。他们点缀你的生活、装饰了你的梦，你就给人一口饭吃——就是这么一种生活环境。

中年：卖药都市，寄食友朋

杜甫这口饭吃得并不好，可能因为杜甫的身段不够柔软，可能因为杜甫就是一个不招人喜欢的人。那时候的文人比现在惨多了，现在我的读者还能给我口饭吃，那个时候读者能背你的诗，就是对你最大的支持。

在那段时间里，他有了一个大的副业——采药，"卖药都市，寄食友朋"。

但可惜了，他如果真在卖药上好好发展，比如杜甫大补丸、杜甫消气丸、杜甫神仙散、杜甫销魂丹……文案一通写，往药丸上一贴，一卖，就不用"寄食友朋"了。

我从做生意的角度讲，杜甫被他祖上当官的传统害了。他如果跳出来不做官迷，就"卖药都市"，认真做也挺好。

漂泊、乱世、死亡

杜甫在40岁前写的诗歌留下的不多，而《兵车行》的出现是个标志性的事件——他开始把目光放到基层，放到身边，放到他自己熟悉的、心中不满的事情上。

杜甫45岁时，国破了，旧日的朋友不是跟皇上跑了，就是被弄死了，不是被俘虏到洛阳去了，就是投降了。杜甫开始了十四年的流亡生涯。在这十四年中，他写了很多非常接地气、除了惨就是苦的诗歌，比如《月夜》《春望》、"三吏""三别"等。这期间，他还是靠卖中药和吃闲饭这两种主业过活。

在草堂：尝尽苦药后的一点甜

再后来，杜甫到了成都，找到了他的好朋友严武。成都是天下富庶之地，杜甫在50岁左右，终于迎来了他这辈子最快活的时光。他在当地地方官严武的帮助下，建了座自己的草堂，终于可以不用流离失所，能有个自己落脚的地方。

他的有些诗写得非常舒服，比如说《春夜喜雨》：

好雨知时节，当春乃发生。随风潜入夜，润物细无声。

野径云俱黑，江船火独明。晓看红湿处，花重锦官城。

到了765年，他53岁的时候，严武去世，杜甫离开了成都，开始往家走。他停在了夔州，也就是四川奉节这个地方。由于山太险，地太偏，又没人，又没乐，交流基本靠吼，交通基本靠走。他写了好多跟当地生活有关的诗歌，而且写了好多有关回忆的诗歌。他身体时好时坏，各种老年病开始缠绕着他，疟疾、肺病、风痹、糖尿病等，最后牙齿掉了一半，耳朵也聋了，成为一个风烛残年的老人。在这种情况下，他两年里写了430余首诗，这是他一辈子创作最旺盛的时期。

一叶孤舟，人生落幕

两年之后，杜甫离开夔州，走到了湖南，也走到了他人生的尽头。他登上了岳阳楼，想到自己晚年漂泊无定，国家多灾多难，不禁感慨

万千,写下了《登岳阳楼》:

  昔闻洞庭水,今上岳阳楼。吴楚东南坼,乾坤日夜浮。
  亲朋无一字,老病有孤舟。戎马关山北,凭轩涕泗流。

最后这两三年,他一路奔波,没家、没房子、没钱、没朋友,大部分的岁月都是在船上度过的,船成了他的家。

他在生命的最后一年,在湘江遇上大水,停在一处,在船上五天五夜没有吃的。我想他当时一定想起了他那个不满周岁就被饿死的幼子。

在770年的冬天,杜甫在湘江的船上,离开了地球。这是郁郁不得志的一辈子,只有过四五年好日子的一辈子,写了1400多首诗歌的一辈子,是最终在江上小船上死了的一辈子。

人生的路不止一条

《瓦尔登湖》是迄今为止美国最受欢迎的非虚构作品。这是一本关于放下的书,是断舍离的鼻祖;这是一本安静的书,告诉我们面对生活,也可以不走其他人走的路,简朴生活也是一种选择;这是一本讲不同的书,世界上的路不止一条,人生的路也不止一条。

作者亨利·戴维·梭罗是19世纪影响世界最大的哲学家之一,1817年7月12日出生,1862年5月6日去世。梭罗是作家、哲学家,和他的恩师爱默生都是超验主义代表人物。他还是一位废奴主义者及自然主义者,有无政府主义倾向,曾任土地测量员。我们了解作者的生平,可以方便理解其作品为什么那么写,以及怎么写。

基于我对爱默生和梭罗他们作品的了解,稍稍解释下什么是超验主义:主张人能够超越感觉和理性而直接认识真理。超验主义有三个主要思想观点:第一,强调存在超灵,强调精神;第二,强调个人与个体的重要性,不要认为你只是社会的螺丝钉,你像一滴水、一朵花一样,一滴水里也有万物,一朵花里也有宇宙;第三,自然是美好和神奇的。

1845年，梭罗28岁，他在离康科德镇两英里远的瓦尔登湖畔，亲手搭建了一间小木屋。那里是爱默生家的土地，他在那里待了两年多，写了两部作品。

1862年5月6日，梭罗因为肺结核不幸去世，不到45岁。他在生前一直默默无闻，并未被同时代人所认识。20岁从哈佛大学毕业，在美国高速和平发展的时期，梭罗没有去做能挣钱的事。他没有任何职业，没有结过婚，独自居住。他从来不去教堂，从来不参加选举，拒绝向政府纳税，甚至因为不纳税被抓起来过。他不吃肉、不喝酒、没有吸过烟。虽然是个自然学家，但是不抓动物、不打动物，他宁愿做思想上和肉体上的独身汉。

与众不同地生活到底可不可以

《瓦尔登湖》这本书的细节离我们的生活有点远。重要的是它构建出来的精神，一种在大家都这么选择的时候，你可以不这么选择的态度，反而对我们更有用。

我读《瓦尔登湖》时脑海里蹦出了五个问题：

1．面对生活，我们真的有选择吗？
2．如果有选择，我们是主动选择，还是听天由命？
3．我们怎么去选择？
4．如果想做到这样去选择，我们应该有什么样的能力？
5．在做前、做中、做之后，我们需要避免哪些误区？

与众不同的生活到底可不可以选择？把你推向生活主流的力量，自身的欲望、别人的压力等，有可能像抽刀断水水更流一样，推着你往回去，让你不能轻易地享受与众不同的生活。

我访谈了身边真正过着与众不同的生活的朋友来兄，他只比我小两岁，跟我完全是一代人。他在北大念到第三年，忽然觉得非常无聊，就去庙里待了一年。老师让他回来再考试拿毕业证，来兄拒绝了，说没必要。

围绕这五个问题，来兄的观点我总结如下：

人的生活是有选择的，所以当然，别人有选择你和不选择你的权利。但是你也有选择的权利，跟谁不跟谁，做什么工作，甚至到人生的最后都有选择，比如积极治疗还是不积极治疗。人的每一步，都是在做选择。

多数人没有能力做选择，往往是无意识地在选择。但无意识的选择，听爸妈的、老师的、老婆的、老朋友的、老板的、社会的召唤，都是选择。任何个体都要明白，归根结底，责任都是要自己承担的，其他人都不能用你的肉体和心灵替你做事情。

我们如果要选择不随主流，在选择面前就要建立自己的原则。首先要有意识，"我可以过与众不同的生活"。多数普通人就像羊群马群一样，容易随大溜，跟随所谓的意见领袖、个性和人格强的人。要小心，要独立问问题，从自己出发，做自己的选择，给自己以答案，否则很容易在极端影响下走偏。

其次需要具备三种能力：第一种，要有道德底线。包括个人的道德，不偷、不抢、不坑、不骗；包括人在社会中的道德，不作恶、不配合作恶、不服从作恶的命令。

第二种，要能够享受自己，要有丰富的个人生活。多数人只有工作和家庭，没有个人的空间和时间。不要全身投入，你要维持自己。

第三种，要有思考复杂问题的能力。有独立思考、自由精神、欣赏美的能力，才能不随大溜，战略笃定。

与众不同地生活，要避开哪些常见误区？第一点，生活不能复杂，过简单生活。如果你生活很复杂、很挑剔，在做重大选择时，就无法有足够的自由度；第二点，不要二元思维，非黑即白，特别是社会舆论如此容易走极端，用你的脑子想想，是不是真的像舆论说的那样。

解读《瓦尔登湖》金句

我觉得一个人若生活得诚恳，他一定是生活在一个遥远的地方了。

可见在现在的世界里，保持真诚、有趣、干净有多难。诚实、真实是生活的底线，哪怕因为诚实、真实，你受到一些不便甚至损失，你可以去调整生活，但是不真实、不诚实的生活是要不得的。

瓦尔登湖可以是那个瓦尔登湖，也可以是你能去的另外一个地方，还可以是你的一个爱好、小梦想、小习惯。你每天在不被打扰的状态下喝一杯茶、一杯酒，那这茶、酒也可以是你的瓦尔登湖。

清醒健康的人都知道，太阳终古常新。抛弃我们的偏见，是永远不会来不及的。无论如何古老的思想与行为，除非有确证，便不可以轻信。在今天人人附和或以为不妨默认的真理，很可能在明天变成虚无缥缈的氤氲。

很多年很多人都说过的，不一定是真理。人还是要具备思辨的能力，虽然培养这种能力比较难，但是你有脑子，要学会用它，脑子是个好东西。

我们被迫生活得这样周到和认真，崇奉自己的生活，而否定变革的可能。……可是从圆心可以画出多少条半径来,而生活方式就有这样的多。一切变革,都是值得思考的奇迹。……当一个人把他想象的事实提炼为他的理论之时,我预见到,一切人最后都要在这样的基础上建筑起他们的生活来。

多数人给自己设限制,哪些可以、哪些不可以。但他们没有仔细想:真的不可以吗?真的可以吗?你如果列成单子,仔细想过,那么这个单子可以很短。

要知道,美的趣味最好在露天培育,在那里既没有房屋,也没有管家。

相信露天,相信天然,不要把所有能加上个顶儿的地方,都加上一个顶儿。比如说阳台就要让你能去抽根烟,能拿一杯酒,看见云飘过去,而不是把阳台给封起来。

一个人要在世间谋生,如果生活得比较单纯而且聪明,那并不是苦事,而且还是一种消遣;……我希望世界上的人,越不相同越好;但是我愿意每一个人都能谨慎地找出并坚持他自己的合适方式,而不要采用他父亲的,或母亲的,或邻居的方式。

我希望我周围的怪人越多越好,怪人越不同越好。一个生态系统的稳定性,取决于生态系统里生物的多样性,越多样的世界、越多样的人群越有意思。

读得好书,就是说,在真实的精神中读真实的书,是一种崇高的训练,这花费一个人的力气,超过举世公认的种种训练。

当脑力被训练得很好,就像一把刀,能够帮你披荆斩棘。把读书当成一种锻炼，当成去健身房，也是一种值得培养的爱好。读好书，读实全名归、金线之上的书，读得筋疲力尽，获得一大的安眠。

我并不比湖中高声大笑的潜水鸟更孤独，我并不比瓦尔登湖更寂寞。我倒要问问这孤独的湖有谁做伴？然而在它的蔚蓝的水波上，却有着不是蓝色的魔鬼，而是蓝色的天使呢。

有时候我们的在场感是虚假的。所有的人、事物都是孤独的。真正战胜孤独的方式并不是和别人时时刻刻在一起，并不是做多数人认可的事情。

如果一个人跟不上他的伴侣们，那也许是因为他听的是另一种鼓声。让他踏着他听到的音乐节拍而走路，不管那拍子如何，或者在多远的地方。他应否像一株苹果树或橡树那样快地成熟，并不是重要的。

一个人可以有他自己的节奏，不见得他要跟别人完全一样。

不论你的生命如何卑贱，你要面对它，生活它；不要躲避它，更别用恶言咒骂它。它不像你那样坏。你最富的时候，倒是最穷。爱找缺点的人就是到天堂里也找得到缺点。尽管贫穷，你要爱你的生活。甚至在一个济贫院里，你也还是有愉快，高兴，光荣的时辰。夕阳反射在济贫院的窗上，像射在富户人家窗上一样光亮；在那门前，积雪同在早春融化。我只看到，一个安心的人，在那里也像皇宫中一样，生活得心满意足而富有愉快的思想。

清风朗月，不用一钱买。但是，你上一次看见星空、看见朗月、享受清风，是什么时候？

不必给我爱,不必给我钱,不必给我名誉,给我真理吧。

追求真理、智慧,是有满足感、有意思的,但多数人想反了。

善待自己心里的小孩

青春期似乎是一个过渡，你似乎不该靠父母，父母似乎该放手了，但是你似乎又不能主导命运，完全按自己的想法去做。那青春该怎么过？

塞林格提供了一个视角：青春之苦，青春之快乐。简单地总结归纳，就是塞林格提供了一个青春版本，一个少年愤怒不爽的青春，给我们一代一代的年轻人好的参照视角。

这本书真的打败了时间。有人在阅读的过程中知道了青春应该怎么过，如何当一个成人。但也有很多人因为阅读它感到更大的困扰，更大的不确定，更不知道漫漫的人生路应该怎么走。

青春值得阅读

文学里的青春，在塞林格的《麦田里的守望者》之前有狄更斯的《大卫·科波菲尔》这类作品。《大卫·科波菲尔》是穷孩子努力、勇敢、奋斗、获得成功的青春，反映了那个时代的中产阶级从无到有，发展壮大。《大卫·科波菲尔》呈现的三观，构成了中产阶级的教化。中产阶级希望他们的孩子读《大卫·科波菲尔》这类书，像他们小时候经历的一样，努力、勇敢、成功，或者从成功走向成功，从增长走向增长，花开不败，一代一代。

但是《麦田里的守望者》横空出世，完全逆转了中产阶级这种教化。《麦田里的守望者》中的男主角家境优渥，不需要再奋斗。他看到了奋斗中的无聊，看到了中产阶级教化中的虚伪、庸俗之处，奋斗成功忽然变得毫无意义。

在《麦田里的守望者》里，大人、老师反复教导孩子们的就是"人生是场比赛"，按照规则，你足够努力，加上一点点天赋，就可以赢。

如果全世界的孩子都发足狂奔，那是多么无聊的一件事。为什么就不能有个人说我不想比赛，为什么要比赛，赢的意义是什么？于是塞林格横空出世，写了《麦田里的守望者》，告诉大家其实人生可以不是场比赛，我也可以拒绝长大。

和《麦田里的守望者》类似的反叛作品还有凯鲁亚克的《在路上》，主要讲"二货"青年的游荡。这两本书对第二次世界大战之后的文学和文化产生了重大的影响。

《麦田里的守望者》里的男主角离家出走，离校出走，各处乱逛，试图从他的角度进入成年人的世界。但他看到的都是他不喜欢的，最后他选择了"回去"，对自己做出了妥协，人生可能就是这么无奈。

似乎每个人在青春的时候都有过愤怒，极个别的人用他们的方式跟世界断绝关系。即使是老老实实地接受成人世界主流规则的大多数人，谁能说心里就没有一丝丝残留的反叛？谁能说年轻时做出的事都是荒唐可笑的？

我们在父母的教诲下拼命地成长、念书、考试、进好公司、干活，拼命地在一条规定的路上发足狂奔。转眼人生最好的一半已经过去了，很多美好的事情，甚至不能说忘记，因为都没有体验体会过，青春就呼啸而过了。

无论我们想过顺从的青春还是反叛的青春，塞林格的《麦田里的守望者》都值得参考。

天才作家的一生

J. D. 塞林格，1919年1月1日出生，2010年1月27日逝世，活了91岁。

塞林格出生在纽约一个犹太富商家庭，成长过程中衣食无忧，父母对他有相当高的要求，但是他一直经历失败。

第二次世界大战爆发，塞林格中断了他的写作。1942年，就是他23岁的时候，塞林格加入美军陆军第四步兵师，参加过诺曼底登陆。后来又碰到海明威，海明威还称赞过他的作品。1944年，他在欧洲战场转调任，从事反间谍工作。你会发现不少作家跟间谍、反间谍工作有一些关系，包括海明威、劳伦斯。

1946年，塞林格退伍，战争让他恐惧，他后来的一些关于战争题材的短篇小说写得相当好，比如《九个故事》。他回到纽约后开始专心创作，第一本长篇小说《麦田里的守望者》在1951年出版。1951年，他32岁，因《麦田里的守望者》一举成名，这本书一直畅销，让他衣食无忧，成为少有的幸运的作家。

一本让人感到被治愈的书

《麦田里的守望者》的英文名叫 the Catcher in the Rye，又翻译成《麦田捕手》，它讲述了一个简单的故事：以霍尔顿为第一人称讲述了他被学校开除之后，在纽约城游荡两昼夜，试图进入成年人的世界，试图逃开他自己的境况去追求所谓的纯洁真理和真相，但是最后失败了——经历一系列大大小小的失败，最后又回家了。

霍尔顿，是当代美国文学中最早出现的反英雄形象之一。反英雄形象成为主角，不仅不会让你烦，还能让你看到生活之美、人性之美，这不容易。

读积极上进的小说，有时候你会觉得挺累的。读坏孩子的反叛故事，心里其实有一种莫名其妙的放松感，这种放松感来自不努力也是一种生活。在主人翁试图往下走、乱混的过程中，你能体会到人性的温柔、善良、美好、光明。所以，它有种莫名其妙的治愈力，会让你看到少见的光明，甚至少见的智慧。

一个屡屡失败的少年

霍尔顿上的是当地最好的预科学校，正和对手进行橄榄球比赛。霍尔顿的故事就从这里开始。可是霍尔顿一上来就不走运，就是失败。他误了比赛赛点，而且作为击剑队领队，他把运动装备落在了纽约地铁里，比赛被迫取消。然后他又得知，因为在学校成绩多科不及格，被学校开除，责令在圣诞节之后离开学校，而圣诞节从周三开始。

霍尔顿前往历史老师斯潘塞先生家，想和他道个别。因为希望不给老师添麻烦，让老师不要因为给他历史课打不及格而自责。霍尔顿想告诉历史老师，自己退学并不是因为他。

后来霍尔顿跑到纽约，去了厄尼夜总会，回到旅馆后，他叫了个妓女，叫桑妮。霍尔顿在灯光下发现女孩跟自己年龄相仿，当女孩脱去上衣时，霍尔顿不知所措。他告诉女孩，他就想跟别人聊天。

女孩很生气，虽然霍尔顿按时付费，但女孩仍旧带着老鸨回来向他要更多的钱，桑妮从钱包里又拿走了5美元，而老鸨莫里斯给了他一顿拳打脚踢。

霍尔顿在青春持续失败的状态下，一直在想的是悬崖就在那里，潜在的失败就在那里，他希望做一个"麦田里的守望者"，希望所有的孩子不要掉进悬崖，可以有小的失败，但是不要掉进悬崖。

他的英文老师安托利尼教给他一个观点，是"大卫·科波菲尔"们崇尚的精神，是一个名句："一个不成熟的人的标志是他愿意为了某个理由而轰轰烈烈地死去，而一个成熟的人的标志是他愿意为了某个理由而谦恭地活下去。"

这句话是《麦田里的守望者》里的名句，但霍尔顿并不完全认同。

人多多少少都会有童年阴影或不良经历，有可能跟人一辈子。在成长过程中，特别是在青春期，我们也可能放大一些事。在我们的荷尔蒙作用下，我们把一些事看得很重、很压抑、很黑暗。这些事跟父母、好朋友谈谈，必要的时候，寻求专业人士的帮助，还是应该的。

而一些成年人会把自己不妥的行为习惯归咎于童年阴影，因此心安理得。过去的事情可以是你的阴影，可以是你的理由。如果换一个角度，你也可以把借口抛开，让它成为你未来的动力。

图书在版编目（CIP）数据

了不起 / 冯唐著. --北京：北京联合出版公司，
2022.8（2025.7重印）
 ISBN 978-7-5596-6374-0

Ⅰ.①了… Ⅱ.①冯… Ⅲ.①世界文学－文学欣赏
Ⅳ.①I106

中国版本图书馆CIP数据核字（2022）第124565号

了不起

作　　者：冯　唐
出 品 人：赵红仕
责任编辑：孙志文

北京联合出版公司出版
（北京市西城区德外大街83号楼9层　100088）
嘉业印刷（天津）有限公司印刷　新华书店经销
字数：273千字　880毫米×1230毫米　1/32　印张：11.375
2022年8月第1版　2025年7月第11次印刷
ISBN 978-7-5596-6374-0
定价：68.00元

版权所有，侵权必究
未经许可，不得以任何方式复制或抄袭本书部分或全部内容
本书若有质量问题，请与本公司图书销售中心联系调换。电话：（010）82069336